云南省文艺精品创作专项扶持项目

·献礼新时代 长篇文学作品·

立潮人

马玫 著

云南美术出版社

图书在版编目（CIP）数据

立潮人 / 马玫著. -- 昆明：云南美术出版社，2023.10

ISBN 978-7-5489-5455-2

Ⅰ.①立… Ⅱ.①马… Ⅲ.①长篇小说—中国—当代 Ⅳ.① I247.5

中国国家版本馆 CIP 数据核字 (2023) 第 194463 号

责任编辑：张湘柱　张　蓉
责任校对：赵　婧　魏于清　肖　红
统　　筹：邹　滢
装帧设计：长策文化

立潮人

马　玫　著

出版发行	云南美术出版社（昆明市环城西路 609 号）
印　　刷	昆明亮彩印务有限公司
开　　本	787mm × 1092mm　1 / 16
印　　张	17.125
字　　数	265 千字
版　　次	2023 年 10 月第 1 版
印　　次	2024 年 8 月第 1 次印刷
书　　号	ISBN 978-7-5489-5455-2
定　　价	68.00 元

20世纪80年代、90年代，是我国改革开放、龙虎跃的年代，既有思想的启蒙，又有理想主义的诞生。小说以光辉的20年作为时代背景，《立潮人》以三位时代女性的成长旅程为主线，用艺术的手法讲述了三位时代女性反复无常的人生境遇。重现恢复高考制度时期的艰难抉择、小商品经济发展的浪潮、成长的阵痛、创业的艰辛、知识女性的情感遭遇、婚姻的坎坷和离散、下岗的大势所趋、改革开放中的弄潮人、对当下的思考和面对未来的茫然。记载了在大时代的风云变幻下，小人物命运的载浮载沉。

前言

《立潮人》以三位时代女性陈红梅(小商品经济的弄潮人)、张倩(洋溢着艺术气质的下岗工人)、杨维维(知识女性)20年的成长历程为主线,1977年,"文化大革命"中断的高考制度恢复,一批即将面对高考的学子命运随之发生变化,故事从这里开始。

陈红梅聪明好学,原本有希望考上大学,由于父亲病逝,家庭负担加重,为了让弟弟上学而放弃高考机会,进入公社办的鞋厂。在这个小厂里,她人生中初次接触到了制作布鞋的技术,也学到了做人的常识,之后进入正规布鞋厂工作。20世纪80年代初,随着小商品经济的发展,她尝试把布鞋拿到市场上出售,捞到第一桶金。由于计划经济体制刚刚结束,人们尚未从传统观念中解放出来,遭到了家人的极力反对和周围人的阻碍。重重压力之下,当国营企业在社会上还处于主导地位的时候,她逆流而上,毅然辞去工作办起鞋厂。从布鞋到皮鞋,从高跟鞋到工艺绣花鞋。在市场经济快速发展的当下,她不断地创新和改变定位,通过小产业,博得大学问,最终创造自己的品牌,得到了亲人的理解,成为商海的弄潮人。陈红梅的故事告诉我们,任何时候,只有不断地更新自己,找准目标,坚持内心的梦想,才能在快速发展的当下赢得主动权。

张倩自知考大学无望,高考失败后进入工厂工作。读书的时候,与高中同学余家兴懵懂相爱,余家兴考上大学后因家庭困难,曾想放弃学业,被张倩制止,并主动供其学费。然而,长期的接触中,张倩不知不觉爱上了同在文化大院里的画家肖飞,最终两人成家。20年恍然一梦,余家兴成为副市长,而肖飞虽有绘画天赋,却怀才不遇,始终对妻子有所怀疑,导致两人发生感情危机。此时,张倩遭遇下岗,余家兴内心对她心存感恩，希望再续前缘，被张倩拒绝。本身有着从小缺失母爱切身体会的张倩，在婚姻方面，始终坚持着自己情感上的独立，对于未来也有自己的选择。她将下岗女工的亲身经历写成小说，一经发表，得到了千千万万下岗女工的共鸣，从下岗工人成长为知名女作家。其中的经历告诉我们，任何时候，女人一定要有驾驭自己命运的能力，并且要有情感上的独立和自信，才能塑造完美的人生。

杨维维是感情上的被动者，经过千军万马过独马桥的高考后，实现自己的愿望，如愿考入医科大学。由于在校时，与教授同居，而时逢全国上下严打期间，因作风问题而不得不退学，失去了领取毕业证的机会，拿着最高的学业文凭只能委屈在一个小卫生院做临时工，造成了感情上的心理阴影。因有过情感上的失败经历，她内心渴望爱情又拒绝情感上的付出。20世纪90年代初，国家实行医疗制度改革开始，她当机立断，办起了具有家庭式特色的诊所，由于过硬的医学基础知识，小诊所很快在群众中声名远扬。最终，事业顺利的同时，也收获了自己幸福的婚姻家庭。情感和婚姻问题，始终是困扰女性生活的一个重要话题，但是，只要坚持走下去，沿途处处是风景。

芸芸众生中，三位女性始终勇立潮头，她们的命运如茎叶相互间有着交接又各自有自己的延伸，或许她们只是千千万万女性中的一小部分，然而，却又有着新中国女性身上的共同缩影。小说以现实主义的手法，情感真挚，娓娓道来，情节跌宕起伏，真实再现现场，将那份铅灰暗红的20年生活经历，传奇式闪耀呈现在读者面前。

立潮人

LI CHAO
REN

目录

001 \ 早春

036 \ 雨水

070 \ 惊蛰

100 \ 谷雨

130 \ 芒种

160 \ 霜降

191 \ 白露

222 \ 大寒

252 \ 小满

PART 1　　**早春**

立潮人

一

当薄暖的阳光逐渐向西边偏移的时候，教室里的阴影便如水墨般随之一寸一寸渲染开来，照在一张张神态沧桑却又稚气未脱的脸上。

男同学刚蓄起一轮的胡子，像是窗外三月的青草，真是春风吹又生啊，刮了没几天又蓬蓬勃勃长出来了。习惯性用食指摸摸下巴，那一层柔软的绒毛，有着势不可挡的嚣张。不知不觉，女同学走路开始含起了胸，把双臂稍稍向前合拢，挎着绿色帆布书包的背就显得驼了下去，以为这样就可以把刚刚发育的胸部隐藏起来。可胸前那两个刚长出来的软柿子是藏不住的，像小丘一样顶着前面的衣服，对于胖一些的女生，简直是撑得要爆了。

有几个后排的男生挤在教室角落里聊天，高个子男生便用手偷偷指了指刚进门的一个胖女生，嘻嘻哈哈说着什么，紧接着就是一阵爆米花似的坏笑，清脆的声音落在耳中，变得意味深长。胖女生有些莫名其妙，环顾了一圈教室，知道是针对自己，可是苦于没有证据，倒也无所谓，便跟着笑，无遮无拦的笑脸上，露出一口粉红色的牙床，格外耀眼。

她小跑两步走过去，用手拍打高个子男生的脑袋，人本来胖，每打一下都实沉，嘴不饶人地嚷着："就你没见过，就你没见过，你妈没有，你姐没有，你奶奶没有，要不要祖奶奶让你看看什么是真家伙。"

挨打的男生只能抱着头逃命，泥鳅一样往同学堆里钻。胖女生不肯轻易放手，一只脚踩着凳子继续追过去。男生身手敏捷，没被抓到。胖女生又抓起一本书，凌空掷了过去。在一阵更加嚣张的笑声中，书本在教室上空划出一条优美的弧线。随着书本在教室门口落下，班主任陈老师突然出现在门口。

糟了，同学们在心里喊。陈老师对学生向来要求严格，违反自习纪律，肯定要受体罚。可陈老师今天不同。她弯下腰，捡起书，还拍了拍书上粘的灰尘，然后若无其事地走进教室，双目异常明亮，明明没有笑，可双颊上又挂着一对笑窝——那笑容是藏都藏不住了，像烧开的水一样漫得一张脸上到处乱淌。她昂着头，迈着大步走上台阶，分明就是人逢喜事精神爽。

后排还愣着的几个男生趁机赶紧回到座位。经过两年的高中生活，刚刚把课程上完，还没来得及复习，就要面临高考，却看不出有半点紧张的气氛。这所中学已经有些年没有招高中学生了，而他们是恢复高中教育后的首届学生。

想想当初，能够踏进这所高中校门确实不容易，先是举行全区的统一考试，在每个公社中心学校设考点，把毕业的初中毕业生集中起来统考。按照考分和家庭出身来综合决定，最后的结果，录取了160人，分成4个班，每个班40人，女生只占了四分之一。学生之间的年龄差距也很大，最小的和最大的可能相差七八岁。高中生活只有两年，加上白天学习，晚上还要帮家里抢工分，要想学好，学习任务就比较重，因此，也出现了一批混日子的学生，两极分化严重。

因为当时还没有恢复高考，目标似乎也不是为了考大学而设定的，考不考试，结果似乎都放在那里。相比较而言，那些来自贫寒家庭、根正苗红的同学，似乎更有希望进入大学深造。而那些家庭出身不好，还背着"帽子"的同学，即使再勤奋用功，对于前途还是十分茫然。因此，学业不再是单纯的学习较量，更多的是被家庭和出身所决定，学生在命运面前显得无能为力。

陈老师迈着轻盈的步子走上讲台，她先把手中的书合上，才笑眯眯地说："同学们，今天我要告诉大家一个好消息。"

大家相互看了看，猜不透是什么好消息能让陈老师变得如此神清气爽，再看陈老师脸上的表情，又觉得这好消息非同寻常，一个个瞪大眼睛等着宣布。

"我现在要郑重向大家宣布。"陈老师声音清脆响亮，语调抑扬顿挫，"以前上大学都是推荐，有可能你学习很好，或者说你努力了还是轮

立潮人

不到你，可是，从今年开始，高考制度恢复了，也就是说，谁考上，谁就去读，所谓'千军万马过独木桥'的教育大幕将就此拉开！你们可真是幸运，你们是恢复高考后第一批参加高考的学生啊。"

教室里鸦雀无声，有将近5秒钟的沉默。这种沉默具有空前的力量，仿佛随时可能引爆。大家在这种沉默中等待，还暂时无法回过神来。高考这个词，在这些孩子的眼中，是陌生的，尽管他们曾经猜测过、梦想过，甚至期待过，然而与现实是相脱离的，在他们的成长过程中几乎一度失传。因此，当这个词重新真实地狠狠砸在他们面前时，他们完全不敢相信，就像是在努力咀嚼和吞咽一枚生涩的即将成熟的果实。

怕同学们没理解，陈老师接着解释："恢复高考，从此以后，高考对于我们每一个人来说都是公平的，只有付出努力、取得优异成绩的同学才有机会进入大学校门，命运将掌握在我们自己手中。同学们，决定自己命运的关键时刻终于到来了！"

接着，陈老师收起脸上的笑容，神色变得庄重，声音洪亮地念道："一、劳动知识青年可以报名，应届高中毕业生也可以报名；二、具有高中毕业文化程度的可以报名，而且必须通过入学考试；三、政治审查主要看本人表现，破除'唯成分论'；四、德智体全面考核，择优录取。"

没等陈老师话音落下，教室外，公社新装的广播响了起来，随着《解放区的天》明快的音乐，教室里顿时响起了一阵热烈的掌声。同时，也有一部分同学沮丧地低下头去。有同学开始小声议论。这个消息的公布，预示着原先存在于这个集体中暗藏的定律将发生重大转变，完全可以用翻天覆地来形容。也就是说，那些根红苗正、之前有十足把握能够进入大学校门的同学，有可能从此与大学失之交臂。而之前因为家庭出身不好，有可能永远没有机会进入大学校门的同学，却完全可以凭着自身努力，闯入大学校门。

这场公平的竞争就此拉开了帷幕，最后两个月的努力，有可能换来一生的改变，更多的同学愿意珍惜这次平等的挑战，他们相信命运是公平的，机会是均等的，要想成功，就只能靠自己的努力去争取。

就在这个时候，坐在教室第二排，正拼命鼓掌的陈红梅突然回过头，看了看张倩。张倩正微笑地看着她。而和张倩仅一桌之隔的杨维维此时也转过头来。她们在沸腾的教室里，用目光传递着彼此心里的喜悦，形成了一个稳固的三角形，相互对望着，露出了会心的微笑。

二

下课铃声响了，同学们三三两两地走出教室，边走边小声议论着。又过了一会儿，陈老师和陈红梅才并肩走出教室。陈红梅把教室门关上，又用胸前挂着的钥匙把门锁上。陈老师耐心地等在旁边。门锁好后，两人继续往前走，好像说着什么。陈红梅边听边点头，两人边走边聊。

陈老师剪着齐耳短发，40岁左右的年龄，名牌大学毕业，恢复重建高中部后，市里自然挑选全市最好的高中老师过来担任班主任。陈老师对工作极其负责。她定期家访，能准确掌握每个学生的家庭情况和学习情况，不仅和孩子们的关系比较好，就是和孩子的父母关系也比较融洽，偶尔会做些代写书信之类的小事。只是依目前的情况来看，因为班上的学生生源参差不齐，学习基础差距较大，对部分同学实在无能为力。她真想着能把孩子们都送进大学的校门，让他们都有更好的发展空间。

相比较来说，陈红梅是她比较看好的一个学生，不仅学习努力，而且乖巧懂事，对长辈安排的事总是会想方设法做好。她是班长，在班级的日常管理中减轻了陈老师很大的工作负担。这孩子最大的优点是听话，可反过来看，这也是她的弱点。谁都不能确定逆来顺受是好事，毕竟这是个弱肉强食的社会，要想在这个社会站稳脚跟，就得学会点拼命和厮杀的本领。看得出，陈红梅如果不是因为家庭负担重，家务事基本靠她承担，平时温习功课的时间都要靠挤，否则，考个好些的大学应该没问题。

"恢复高考了，今后就完全凭实力竞争了，你应该会有很大的机会考上大学，晚上抽时间多复习。"陈老师声音温和，边走边鼓励陈红梅。

立潮人

　　陈红梅眼睛看着路面，轻轻点了点头。她的头发从中间分开，梳了两个长辫子，辫子末端用红毛线扎起来，打了一个小的蝴蝶结，分别从两边耳侧垂到肩膀上。这孩子发际线有些高，剪了刘海，油亮亮的一层刘海儿盖住前额，丹凤眼水灵剔透，薄薄的红润的嘴唇，十六七岁的女孩子，怎么看都是鲜活娇嫩，好看得很。身上的红黑格子外套原来是母亲穿过的，改过以后给她继续穿，虽然有些大了，腰肥肥的，前襟和后摆也是空的，跟晾在衣架上一样。姑娘家都这样，正在长身子，大一些可以多穿几年。肩膀上缝了个黑色补丁，针脚走得齐整，不细看都看不出来。因为穿的时间久了，衣领上磨起了一层毛疙瘩，虽然是旧衣服，却洗得干干净净。

　　本来，陈老师还想问一问陈红梅最近的家庭情况，话到嘴边又忍住。刚刚收到恢复高考的好消息，看得出孩子的脸上挂着满满的喜悦。走到路口，拍拍她的肩膀走了。

　　陈红梅看老师走远，这才加快步子往前走，穿过学校的小花园，抬头看见张倩和杨维维站在路边，便向她们跑过去。三个女孩子挽着手穿过窄长的公社，公社实际上是一段半山坡，每天上学就是上坡，放学就是下坡。同学之间说话随意惯了，心照不宣地把上学叫作上坡，放学叫作下坡，路上遇到了同学，就扯开嗓门叫喊着："上坡啦，下坡咯。"

　　反正是书山有路勤为径嘛。

　　坡两边的房子低矮平整，沿街多是两层楼的土木结构的老房子，大街小巷还被红油漆覆盖着，斑驳的墙上写着毛主席语录，清秀飘逸的仿宋体还很新鲜。也有一栋四层楼的房子，房顶上迎风飘着五星红旗，有小阳台、落地门窗，和铁艺的楼梯扶手，是当初为了接待苏联专家建的宾馆，里面的设施很豪华，听说还有白色的搪瓷马桶。据那马桶和搪瓷盂缸一样，在屋子里上完厕所，水一冲就干净了。那大便去哪儿了？冲到地底下去了呗。会不会冲到地球的那边？听说那边还有叫啥白宫的。反正都是些匪夷所思的问题，因为想不通而显得更神秘。进出这幢楼的人，一个个手臂上都戴着红袖章，几个女孩子每天都要从楼下经过，总要瞅机会多往里面看上几眼，就是没机会进去看过。

　　三个女孩子还没从老师公布的消息中走出来，就着这个话题，一路上边走边聊。"你想考哪所大学？"两个人看见陈红梅，迎面走了过来，迫不及待地问她。

"都还没想过呢。"陈红梅舔了舔嘴唇，若有所思地回答。之前每天只知道用功读书，甚至都没想过居然还有上大学的机会。虽然平日里作文课上老师布置的题目写《我的理想》，她也豪情壮语地写过，将来要当老师、当医生，还有当人民解放军。可突然真正面对这个选择的时候，反而一愣，好像之前的所有想象都被凭空否定了，一切需要从头再来。

"那你呢？"陈红梅反过来问张倩。

张倩呵呵一笑。她笑的时候，嘴边有两个深深的小酒窝，映得一脸灿烂的阳光软软的。她爽快地回答陈红梅，说："我还真没仔细想过，我成绩没你好，又偏科得厉害，如果只让我考语文和历史的话，准能拿80分以上，可只要听见数理化，我脑袋都要爆炸了。"张倩夸张地用手拍了拍自己的脑袋，又说，"再说才两个月的时间，我就是三头六臂，从头学也来不及了。"

走在一边的杨维维先是沉默着，听两个人聊得开心，便抢了话题，说："我早就想好了，我就要考医学院。奶奶死的时候我就这么想的，我要是医生，给她打针吃药，她就不会那么早离开我。"

陈红梅和张倩的目光同时转移到了杨维维的身上。她们对杨维维这种坚定的理想暗暗吃惊。原来她早就想好了，难怪学习那么刻苦。只不过，对杨维维的理想她们是理解的。杨维维的父母都是大学毕业，长期在矿上工作，听说是矿上的重要技术人才，她从小跟着奶奶长大，和奶奶感情最好。奶奶走了以后，基本上就是她一个人，该上学就上学，该吃饭就端着口缸到附近的食堂吃大锅饭，生活就像是一道公式，看起来没毛病，可偶尔父母回来，一家人就是亲热不起来。

现在听她这么说，两人异口同声地鼓励道："考医学院当然是最好的，以你的成绩肯定没问题。等你以后当了医生，我们都不用上医院了，专找杨医生给咱们看病。"

杨维维脸上露出自信的微笑。她用手推了推眼镜，开心地说："等着吧，只要是公平竞争，我就肯定能考上。再说了，除非是没机会考，不然要是连大学都考不上,我那高知人才的父母不把我看到门缝里去才怪。"

这下好了,公平竞争,能者就上。但愿大家都能实现自己的理想。三个女孩说笑着,一路向坡下走去,阳光铺满的半山坡上,洒了一路的笑声。

三

下过这段坡后,三个人就该分开了,一人走向一个方向。陈红梅背着书包,穿过一条窄长的小巷,脚下的路变得越来越不好走,坑坑洼洼的碎石子路面细肠子似的绕在房前屋后,两边的土坯房子脸贴脸似的都快挤到一起,东家的檐角擦着西家的山墙,这家的瓦檐挂着那家的天空,好像这样就能把空间撑大些。房子中间留出的路又细又窄,路边有一条小水沟,占去了路一半的位置,胖一些的人几乎要侧着身子才能穿过。沟渠上长了一层阴暗潮湿的青苔,一年四季都泛着苍青色,稍不小心就会将人滑倒,所以路过的时候最好踮着点儿脚尖,一不小心就可以滑个前仰后翻。直到头上的天空变成了一条细长的线,陈红梅匆忙的脚步才停在了一间屋子前。

她看了看门,没上锁,知道母亲在家,便推开门走了进去。走进屋子,光线瞬间暗了下来。由于老房子过于密集,采光不好,就连通风都成问题。屋外阴沟里的气味,长年阴魂不散地在屋子里弥漫,驱散不开。

母亲正坐在床上糊火柴盒,因为房子太小,为了充分利用空间,一张床两种用。实际上也不是床,只是用木板和红砖支起的大通铺。晚上的时候,铺开被褥睡觉,天亮的时候,又把所有被褥卷起,把床上打扫干净,放上小桌子继续工作。

用于糊火柴盒的硬纸片,一摞一摞地码在桌子上,堆的高度几乎将母亲的脸挡住。母亲每次拣出20张左右的纸板摞在一起,用小锤在纸板上敲出折痕,又推开成扑克牌的样子,在边沿刷上糨糊,开始折叠,再刷上黑胶，才算完成最后一道工序。虽然活计不复杂，可每天从早做到晚，一天也赚不了几个工分。

看见陈红梅进屋，母亲放下手中的活儿，用商量的口气说："要不你去做饭吧？"陈红梅赶紧放下书包，走到床边对母亲说："还是你去做吧，我来糊盒子。"不等母亲回答，她已急忙脱了鞋子爬到床上。

母亲只好下床，坐得久了，挪动步子都吃力，边走边用手捶着后腰。因为每天坐的时间较久，已经有严重的腰椎间盘突出，走路的时候只能弓着身子，看上去苍老了许多。陈红梅之所以要让母亲去做饭，就是想让她借机放松一下，活动活动身子。

她坐到床上，一刻也不敢耽搁，手脚麻利地把小纸片摞起来，又用小锤敲出折痕。小锤碰撞桌面，发出两声干脆而简洁的当当声，一看就知道平日里经常做活儿，早就熟能生巧了。

家里就两间屋子，里间和外间，所以，陈红梅可以边做活儿边和母亲聊天。看见母亲端着锅走进来，陈红梅问道："小弟怎么还没放学？"

母亲道："听说他们学校今天勤工俭学，几个同学约着到附近的钢铁厂去捡碎铁了。我看时间也差不多了，怎么还没回来。"说话的时候，目光朝门外看了看。

"每天都有学生去捡，学生比掉的碎铁还多。昨天我们班有几个同学也去了，结果还不是空手回来？"陈红梅叹息道。钢铁厂离他们家不远，拉生铁的货车经过时，车上的铁模偶尔会被颠得掉下来。如果捡到，可以拿到附近的废品收购站去卖，算是一笔不小的收入。

"这世间的运气啊，千人有千份，只能靠碰。"母亲道。

陈红梅的弟弟叫陈红兵，今年刚上初二，明年就该进入高中了。他的学习成绩特别好，有空的时候总是帮着家里做家务活儿。话音未落，陈红兵从外面走了进来。他走路很快，两腿生风，走起路来却没有声音，倒是把母亲吓了一跳。

没想到，他一站稳，竟然变戏法似的从书包里掏出两大块焦炭，对母亲和姐姐说："总算没白跑，两块焦炭也算是收获。"

看着弟弟稚嫩的肩膀，陈红梅有些心疼。她对陈红兵说："赶紧打点

立潮人

水洗洗手吧,看你又弄得一身灰,以后别去了,拉焦炭的车出出进进很危险,灰尘又大,哪能捡到什么铁呀,都是他们瞎说的。"

弟弟笑呵呵地坐到姐姐身边,放下肩上的书包,说:"你不用担心,我已经长大了,难道还不知道避让车子?万一我真捡到了,那不就发财了吗?再说,我也没空手回来,还有两块焦炭呢,好歹够做一顿饭。"

这话把陈红梅逗笑了。她实际上是心疼弟弟。陈红兵不敢久坐,边说边走到水缸前打水洗手,洗干净后又到里间去看父亲。

陈红梅的父亲是一名矿上的老工人,原来做井下矿工,每天出入矿井口,在地下几百米的矿洞里取矿,打钻开眼,灰尘极大,有时喷得一身上下都是尘土,长年累月地工作得了矽肺病。上次经过检查,诊断书上说,已经得了并发性肺结核和肺气肿,经常咯血、发热,回家后只能长期躺在床上休养。

陈红兵进屋看父亲。父亲躺在床上,从被角处露出一张蜡黄的脸。他最近食量越来越少,瘦得整个人好像连骨头都变小了。想想以前父亲简直可以用健壮如牛来形容,陈红兵既心疼父亲,又无计可施。他走到父亲床前,半蹲下身子轻声唤醒老父。父亲微微睁开眼睛看了看他,目光是散的。陈红兵赶紧问父亲要不要喝水。父亲似乎想了一会儿,才微微点了点头。陈红兵走进厨房,拎了把开水壶出来,倒了一碗白开水,用勺子小口小口地喂到父亲口里。

这时候,母亲的饭菜也做好了。陈红兵先把熬好的粥端进房间,喂父亲吃饭。父亲吃了两口,看上去吞咽都很困难,稍微一动,额头上便布满了细汗。他轻轻摆了摆手,陈红兵知道父这是吃不下了。他眼眶一红,嗓子被泪水堵住,却不敢说什么,只能端着剩下的半碗粥走出来。

看到陈红兵的样子,又看了看他手里的碗,母亲和陈红梅都明白了。母亲扒了两口饭到嘴里,又催促姐弟俩吃饭。本来陈红梅想着趁吃饭的时候,把恢复高考的好消息告诉母亲和弟弟,让他们也高兴一下。可是看到父亲病情加重,一家人心情都不好,她便没提这件事。

吃过饭后,陈红梅把碗一摆,赶紧爬上床继续糊火柴盒。陈红兵则收拾碗筷。母亲说,晚上公社要组织学习,她得去参加,不去要扣工分。

陈红兵洗完碗，又收拾好桌子，过来想帮姐姐糊火柴盒，被陈红梅制止了。她说："你赶紧去做作业，别耽误了功课。"陈红兵说："你不也同样要复习吗？还是你先做作业吧，我来糊纸盒。"姐弟俩争了一会儿，最终达成统一意见，把桌上的一堆纸片糊完，然后再一起做作业。

母亲回来后，也加入了两人的行列，即使三个人，还是忙到了深夜，姐弟俩才赶紧打开书包做作业。陈红兵作业没做完，趴在桌上睡着了。陈红梅只好把他叫醒，让他到床上睡去。看着弟弟疲倦的样子，陈红梅心里五味杂陈。

四

听到了恢复高考的消息，同学们的学习积极性提高了很多。天气还冷，除了后排有几个男生趴在桌子上打瞌睡，其他同学都进入了紧张的复习状态。

看见陈老师走出教室，张倩离开座位，踮着脚尖悄悄走到杨维维的身后，把手围成喇叭状，对着杨维维的耳朵小声说："明天周末，你有没有空？我发现了一个好地方，带你去哦。"

正困在一道几何习题里的杨维维抬起头，因为太投入，像是刚刚睡醒，推了推掉到鼻尖上的黑边眼镜，问她什么事。

"反正是好事，你想好了，不去可后悔。"张倩有意卖关子。

"倒也没什么事，可我想在家复习功课，究竟什么事，你说呀。"杨维维很好奇，眼睛盯着张倩的鼻尖，一脸的困惑。

"我发现了一个好地方，就在我家后院的老屋里，原来一直锁着，可昨天我路过的时候发现锁竟然被撬开了。我进去看了一眼，妈呀，好多好多的书，可全是些好书呢，《安娜·卡列尼娜》《牛虻》，还有《钢铁是怎样炼成的》，太棒了。"张倩说到高兴处，抑制不住内心的喜悦，音量不知不觉提高了几个分贝，还耸了耸肩，做了一个夸张的动作。

"没人管吗？"杨维维双目圆睁，惊讶地问。

"谁敢管，再说了，公家的东西谁又愿意管。"张倩回答得理直气壮。

"那你为什么不拿走呀？"杨维维不解地问。张倩有些不高兴了，一脸委屈的样子，半天才咕哝着说："老鼠太多，我刚踏进去一只脚就被吓出来了。"

"老鼠？"杨维维皱着鼻子重复了一遍，听见这个词，她也不免全身起了鸡皮疙瘩。

"不怕呀，两个人壮胆，我赶老鼠，你去拿书。"张倩试图说服杨维维。杨维维还在犹豫。她有些心动，主要是她太想看那些书了。小时候，有一次她睡醒，就看见一只老鼠趴在她枕头边上，她当即吓得魂飞魄散，从此对老鼠心有余悸，简直可以说是闻鼠色变了。

"那要不咱们再叫上陈红梅？"杨维维想了想，说。

"她不去，我刚才就问过了。你没发现她最近特别用功？一踏进学校就跟钻进书堆似的，看样子是立志要考好大学了。"张倩说的时候，目光往陈红梅那边看了一眼。陈红梅正低头看书，没注意到张倩和杨维维的目光。

"要不，我叫上余家兴，他胆子大，我们让他朝前。"张倩眼珠一转，又出了一个主意。这下，杨维维马上点头表示同意。有了杨维维的支持，张倩顿时心花怒放，转身向着余家兴坐的后排位置跑去。

张倩的家在一个老四合院里，一道又一道深深的宅门相连贯通，前后共有三个大院，房屋之间可以穿堂而过，便于里面住着的人交叉监视。这幢老宅大概建于民国年间，据说是当地一个有名的富商所建，建房的木料是从缅甸运来的，石头是从金沙江买来的，都是上等货色，可惜没住满三代，就遇上变故，一家老小被撵出大门。大院几经波折，饱经风霜，现在成了市级文化馆。

第一个大院本来陈列着书法和绘画作品，后来被盖上了，打补丁似的摆成了颜色和涂料堆积的恢宏景观。如果用照相机拍下来的话，那相片自带抽象派效果。位于中间的大院就热闹了，里面住着市里有名的作家、画家、音乐家和书法家，格子门里长期弥漫着新漆和鲜石膏的气味，不时地还有二胡声、风琴声和着咿咿呀呀的吊嗓声，绝对不亚于一场大型汇报演出。第三个大院基本上都是仓库，堆了文工团的道具、文化馆的珍藏图书，还有一些过年时耍狮子、舞龙灯用的行头。本来还剩几间屋子可以住人，可院子里住的都是什么人呀，文化人。文化人大多自视清高，目中无人，现在有名的角儿都是住在第二个院子，你要再往后挪，那岂不是自认低人一等？所以，不管二院怎么挤，哪怕是两家人共用1个厨房，5家人共用1个水龙头，10家人共用1个茅房，反正没人肯搬来三院住。

　　从小，张倩就在这样一个充满了艺术气氛和戏剧气氛的院中长大，所以，她看多了文化名人的私生活。这些人前光鲜亮丽的形象，背后拖着的是被生活污辱得疲惫不堪的影子。比如市里一个有名的书法家，夜里练习书法至深夜，第二天大早上穿着拖鞋和别人抢茅房，最最重要的是经常忘记裤子前排的扣子，开着天窗。她还见过一个被别人赞不绝口的画家，为了节省开支，把调颜料的画盘当成菜盘子，接待他那耳朵上坠着两个铜门环、大腿比腰粗、身材严重失衡的女朋友，真心佩服他的审美能力是不是只能用在画纸上。还有女歌唱家扯着唱腔打老公，男戏子从背后抱住了保姆，小孩子躲猫猫藏在了裸体石膏像的下方等，后来就见怪不怪了。张倩就像一只生活在屋檐下的猫，冷静，冷漠，苟且又清高。

　　张倩从小和父亲相依为命。她听父亲说过，她的母亲当初是文工团一名当红演员，美艳惊动四邻，后来，由于组织上重视，被当成艺术人才调到省里去培养了。张倩没见过自己的母亲，"母亲"这个词对于她来说是陌生的，只是一个称呼或是一个名词。

　　偶尔，父亲会给她看一些母亲的照片。照片上的母亲化着浓妆，两道粗黑的眉毛几乎分不出眉心，涂着浓艳的口红，不知是为了拍照还是为了演出，反正这样的化妆效果时常会混淆张倩对母亲的认识和记忆，好像母亲整个人除了眉毛和嘴巴，再没有其他什么可以让人记住的地方。因此，张倩没有太多的时间去考虑母亲，要是再用"想念"这个词，就更牵强造作了。

对于她所表现出的不屑态度，父亲则会表现得无比惋惜。他遗憾地摇着头说："等你见到你母亲，就会知道她有多好了。你母亲可不是一般的人。"接下来父亲便会找出各种溢美之词赞扬母亲的才华。张倩则及时转换话题。她不愿意父亲总提及母亲，更不愿意和他讨论，听他唠叨。父亲的思念有具体的形象，而她的思念是无形的，不可能在同一个维度上。

父亲原来在文化馆办的一份文艺报纸那里任职，张倩看到来拜访他的人都尊敬地称呼父亲为张老师或张主编。她知道父亲平日里会写些小文章，张倩在报纸上经常看见父亲的名字，怎么也无法把那个压成铅体的扁平的名字和父亲联系在一起，好像他们本来是两个不相干的个体，却偏偏有人要把他们结合在一起。

对于张倩来说，自己的父亲和街头巷尾的所有父亲一样，只是她一日三餐和吃喝拉撒的保障和归属地。被生活打磨得粗糙，甚至是有些不太完整的父亲形象，在别人的夸夸其谈中伟岸地膨胀，而落到张倩面前时又恢复了常人的面貌。

父亲留给她唯一的好的东西，大概就是从小陪伴她的取之不尽，看之不竭的图书。这些书成了她缺失的母爱中唯一的补偿，也成了父亲送给她童年的最好的礼物。

五

正午的阳光洒落在苍青色的瓦檐上，把古老的宅院置于一种安宁和静谧之中，有一种遗世独立的空旷和宁静。杨维维、余家兴和张倩三人趁着午休时间聚到了这里。他们先假装在第一个大院里欣赏了一会儿陈年的书法。经过时间的洗涤，这些旧作品反而有一种劫后余生的沧桑之美，那些失去了边角的字画就像缺腿的美人，令人疼惜，又让人心生怜爱，即使是被覆盖在重重叠叠、鲜艳夺目的宣传画里，一枚鲜红的印章依旧在岁月的积尘里熠熠生辉。

然后他们又到张倩家门外站了一会儿。杨维维主动向张倩父亲解释，说是过来向张倩借书。张倩父亲应了一声，就进门了，三个人这才悄悄潜入后院。

余家兴的个子比两个女孩高出一个头，他有着荞麦色的皮肤，瘦高的个子挺拔修长，国字脸，大眼睛明亮有神。班上的女孩子都喜欢余家兴，他活泼开朗又懂得收敛，性格里所杂糅的静和动总是交替出现，捉摸不定的性格令他具有神秘感，也有亲和力。

不可否认，张倩也喜欢余家兴。在情窦初开的少女时代，她也许不知道如何准确表达心中对于爱或是喜欢的区别，但她对余家兴有一种特别的感觉，那种感觉细若游丝，却又分明存在，比如他说的一句话或是一个笑容，他推开教室窗户，凝望天空时眼神中的深邃，或是他郁郁寡欢时的颓废，都令她着迷。但她不懂得如何表达。班上有同学说张倩清高，而且，她的成绩并不理想。当一个女孩突然间面对自己所喜欢的男孩时，会希望自己完美无瑕，高洁如玉，同时，也会因自身丁点的缺憾而表现出前所未有的自卑。

三人站在了红色的木门前，匙扣上挂着一把铜锁，仔细看才发现，那锁实际上是虚扣着，锁是坏的。他们很快断定，之前有人来过。

他们有些紧张，因为紧张又有一种莫名的兴奋。因为害怕老鼠，张倩和杨维维到了门口就不敢再往前，她们一左一右排开，让余家兴上前。余家兴呵呵一笑，笑声里带出了三个字——"胆小鬼"。两个女孩只好对着他挥了挥拳头。他没搭理，大摇大摆地上前两步，轻轻把门打开。年久失修的木头门臼发出"咯吱"一声闷响，三人不由得对看了一眼，确定屋里没人后，才轻轻走了进去。

屋子里是一排排厚实的书架，积满了铜钱厚的灰尘，几乎看不出书架原来的颜色和质地。在童年的记忆里，张倩曾随父亲来过这里，记得书架上全放满了书，崭新而华丽，估计是后来被人拿走或销毁了，剩下不多的书孤零零地躺在书架上，成了劫后余生的"红颜"。张倩挨着书架一行行走过去，童年的记忆瞬间袭来，一时间竟恍若隔世。

立潮人

"这么多好书,我们要不要带走?"杨维维突然有些胆怯。张倩停下步子,几乎不假思索地回答:"当然要带走,好书应该由爱它、疼惜它的人来善待,应该是放在枕头旁边,应该捧在手心里,应该得到应有的尊重,而不是堆在这里喂老鼠。"

杨维维使劲点头表示同意。

就这样,三人快速地在书架上寻找自己的目标。在各种物资都匮乏的年代,书比粮食更稀缺,再说,对他们来说,没看过的书就都是好书,因此,取舍就变得相当困难,几乎是一个取鱼与熊掌的过程。

时间仿佛停止,屋子里的光线阴暗,窗帘是暗红色的金丝绒,原来有流苏,平绒磨秃了,露出织线的经纬,棉织的纤维藏着灰尘,略微一动,扬起的灰尘便沿着窄长的光线飞舞。从窗户到书架间结起了圆形的蜘蛛网,从窗口射进来的阳光就落在蜘蛛网上,在宽大的空间里,结成了几个厚实而硕大的巨型圆盘,微小的灰尘沿着光线在阔网中舞蹈,看上去倒是自由而随性。靠窗的位置,还有两张红木书桌,原本应该是背靠背放置着,结果被拉歪了,像是码头上停着的两艘没有方向的旧木船。

张倩走到书桌边,随手拿起桌上的书看了看。然后,她惊讶地发现,桌上居然没有灰尘,一个竹笔筒,一支小狼毫垂挂在笔架上,旁边放着一个笔洗。张倩把笔洗托在手心里看了看。是一只紫陶的笔洗,尽管积满了灰尘,但看得出镂空的雕工非常精美。笔洗旁边,放着几本书。张倩拿起来看了看,书上没有灰尘,而且,在这本《安娜·卡列尼娜》的书里面,还有一道新的折痕和一枚用叶脉做成的书签。

远处公社的大广播响了起来,眼看时间差不多了,他们把找好的书塞进书包。就在这时,一只老鼠突然从屋顶的木梁上跳下来,正好落在杨维维面前。杨维维先是没反应过来,等看清楚了才吓得失声尖叫。余家兴赶紧走过去,拍了拍她的背,说:"不用怕,就是只老鼠。"看杨维维依旧惊魂未定,余家兴干脆用力跺了跺脚。屋子里响起了一阵轻微的"沙沙"声。再仔细看时,原来那些声音正是老鼠跑动时爪子摩擦木楼板发出的声音。两个女生后背上的汗毛瞬时立了起来,当下决定赶紧离开。

临走前,张倩顺手把笔洗塞进了包里。

多年后，当张倩再次回想起这个细节的时候，依然想不通当初自己为什么会无意识地将这个笔洗塞进书包，也许是因为太喜欢，也许是命运冥冥之中的安排。

回到家后，她小心地将笔洗从书包里取出来，又找来一支旧毛笔轻轻刷去灰尘。紫陶的底色渐渐莹润起来，只见杯壁中间雕刻有一条镂空的盘旋巨龙，怒目圆睁，鳞爪分明，周围一圈云雾缠绕，隐约可见百鸟隐现，整个笔洗造型别致，做工精美。张倩爱不释手，小心地将它放在了自己的书桌上。

六

有书陪伴的日子，让张倩完全忘记了高考带来的压力。她几乎是流着泪读完了《茶花女》。当她合上书页的时候，内心的热浪翻滚，久久不能停止。她想着玛格丽特悲惨的命运，那个身染重病沉疴、行走在巴黎、混迹于烟花柳巷的风尘女子，她的爱情令她莫名地心疼和惋惜。透过历史的烟尘，张倩似乎可以理解玛格丽特的痛苦、无助和绝望。当她一遍遍想象着杜瓦先生轻轻亲吻玛格丽特的额头，在星潮涌动中，杜瓦先生的目光和余家兴的目光如此相似，仿佛在他的凝视中，嘈杂的世界会在瞬间安静下来。

不知道什么时候，父亲走进了她的卧室。自从被隔离审查回来后，父亲的精神状态差了很多。他本来话就少，如今，沉默得使整个屋子里的气氛仿佛都凝重起来。有的时候，张倩甚至不敢直视他的眼神，她害怕父亲眼神中的那份寒意，似乎预示着随时会有一场冰雹自天而降。

张倩从小缺失母爱和呵护，童年的孤独注定了她性格中那不易察觉的自卑。她不懂得与人交谈，更何况父亲常年写稿，那满腔的热情，那些华丽的语言只有在稿纸上才能开出鲜艳的花朵。张倩还记得小的时候，那

立潮人

时候她对任何人都还没有生分感,心怀善良和真诚。有一次,父亲回来晚了,她赶紧跑到煤房里打来开水给父亲泡脚。但是,当她把一盆热水放在父亲面前时,父亲一怔,突然从嗓子眼里对他说了一声:"谢谢!"

那一刻,张倩的泪水差点流出来。她知道父亲并无别的意思,也许是突然意识到女儿的成长,懂事得让他不知所措,仓促之间未寻找到最好的表达方式。但是,当"谢谢"这个词郑重其事地出现在父女之间的时候,她被吓了一跳,手足无措地呆立在那里。她明显感觉到了她和父亲之间的距离。明明是朝夕相处的人,明明是这个世上最亲近的人,他们之间的这种生分和客套,其实是一条巨大的不可填补的裂缝。当父亲再唤她的时候,她害怕自己的眼泪会暴露心底猝不及防的脆弱,赶紧躲回房间。

或许是这几天张倩屋里过分的安静引起了父亲的注意,一开始父亲以为她在看复习资料准备高考,有几分欣慰,特意来看看。但是走近才发现,张倩正在看一本小说,而且居然是《茶花女》这样的爱情小说,确实令父亲大吃一惊。

"这书从哪儿来的?"父亲的话刚一出口,连他自己也吓了一跳。在家里,他很少用这样的粗嗓门说话,尤其是对女儿。他知道张倩从小就失去了母爱,让他觉得自己欠了孩子。

张倩从小就很自立,上红星幼儿园时才5岁,却不肯让父亲接送,年幼的张倩用双手推开父亲,自己出了门。他有些不放心,悄悄跟在她身后,远远注视着女儿。一线仁慈的晨光中,她小小的身影背着书包慢慢穿过巷子,走了几步后,停下,回头张望,似在思考,单纯而安静的眼神,完全不像一个孩子。他有些动容。当他想迈步上前的时候,看到张倩迟疑片刻后,开始大步向前走去。他能理解她的胆怯。缺失母爱,没有母亲保护的孩子,往往会比其他孩子生性更懦弱,或是更独立,因为别无选择。张倩就是如此。只是这孩子从不愿意暴露自己的懦弱,仿佛从那一天开始,她就这样脱离了父亲的照管,从幼儿园到小学、初中,之后越走越远,仿佛已经远远走出了父亲和女儿的距离。

他只能更加小心地对待她,父女俩君子之交,听起来仿佛是一个笑话,但事实就是这样。无论任何时候,父亲只把她当成一个独立的个体,而不是一个在父亲关照下成长起来的女儿——就如远远旁观一只越飞越远的风筝。

屋子里有一阵短暂的沉默。父亲一生以书相伴，他看书也写书。在他眼里，每一本书都有其合理的不可否认的价值。他不反对女儿看书，但是，在高考前夕的紧要关头，还在争分夺秒地看爱情小说，就引起了父亲的反感。

"已经恢复高考了，你不打算考大学了吗？"父亲犹豫了几秒，终于在对面的椅子上坐下，似乎准备长谈一番。

张倩没有回答，目光在书本上闪躲，不肯与父亲对视。

"今年是恢复高考第一年，你能赶上这样的时光，应该感谢党，应该珍惜，这是多少人可遇不可求的，你为什么就不努力一把呢？"父亲说得痛心疾首。正是这样的语气，让张倩觉得身边的空间正在无休止地缩小，一种压迫感和窒息感瞬间扑面而来。

父亲起身，在房间里走了几步，然后，目光停在了那个笔洗上。他停下脚步，看了一会儿，才若有所思地说："你去过后院的书屋？"

依旧是沉默。

"你居然把这个笔洗拿回来了，你胆子真够大的啊，你以为整个院子的人都是瞎子吗？为什么别人都不要，而你却可以明目张胆地拿回来？"

"高考是没希望了，你别指望我能考上什么大学，我就是这样。你别指望我。我给你丢脸了是吧，张大主编，我就是这么堕落的一个人，从小不听你的话，不爱学习，现在又学会了偷书、偷东西，没一处是你看得顺眼的地方。"张倩冷冰冰地回答，声音孤零零地在空气中飘浮了一会儿，迟迟不肯落下。

"你从小在这个文化人聚居的大院里长大，没学到半点文化，倒是把那些要命的随意懒散的毛病全学回来了。"

张倩咬着嘴唇，注视着父亲凝固在嘴角的冷冷的笑容，是失望，是藐视，还有讽刺。她的下唇处咬出了一条苍白的痕，父亲却不肯停下来，仿佛自言自语地说："就你这样子，让你妈回来看见了，还说是我没教育好你。"

立潮人

"那扪心自问,你是如何教育我的?再说了,谁是我妈?我不认识,别总在我面前提她。"话一落地,张倩被自己吓了一跳。这是她第一次在父亲面前公然表现出对母亲的排斥和反对。或许可以说这股怒火已经在她心里燃烧了很长一段时间,像一座蓄谋已久的火山,终于找到了爆发的缺口。

"你怎么敢说这样的话!"父亲脸色苍白,愤怒地道。

"别再骗自己了,别再继续你那不着边际的妄想了,不要继续生活在你的幻想里了。你以为生活是你虚构的小说吗?如果她愿意回来,需要等这么多年吗?"张倩说这话的时候,大滴的泪水从眼眶中落下。

昏黄的灯光下,父亲突然矮了下去。他本来就瘦,这样矮下去的时候,就像完全变了一个人。他佝着背,拖着瘦长的影子,慢慢步出屋子,房间里终于安静下来。

七

"攻城不怕艰,攻书莫畏难。科学有险阻,苦战能过关。"教室的黑板上方,贴着一张醒目的红纸,红纸上,是陈老师规规整整用毛笔写下的这首诗。此时,看到这首诗,便和教室里的情景相辅相成了。学生们在努力拼搏,陈老师也采取各种方法激励着学生积极向前,一步一步向着高考迈进。

到了放学时间,教室里几乎没有一个人离开。接近12月,天气越来越冷,刺骨的寒风从破了的玻璃窗刮进来,学生们因为家庭环境的原因,普遍穿得单薄。写了一会儿字后,双手就会冻得麻木,只能把笔放下,把双手合在嘴前哈一口气,暖暖手再接着写。寒冷的严冬,又遇上决定命运的考试,真有一种风萧萧兮易水寒的悲壮。

陈老师没有走,一直在教室里陪着大家。几个学生围着他在解一道习题，陈老师耐心地给大家讲解。

直到天色渐渐暗了下去，同学们才纷纷离开教室。杨维维把课本收进书包，又把那本《安娜·卡列尼娜》拿出来看了看，无比爱惜地轻轻摸了摸封面，尽管十分想看，但还是咬了咬嘴唇，把它收进了书包，想着先把它带回家，等考完试再接着看。

杨维维刚站起身，陈红梅走了过来，两人结伴一起回家。二人走出教室不远，经过花园的时候，看见张倩和余家兴站在路边说话，好像正聊得高兴。杨维维叫了张倩一声，张倩向两个人挥了挥手，没有走过来，而是转身走了。

"最近，好像张倩和余家兴走得比较近哦。"杨维维好奇地说。

"我觉得他们俩一直都挺好的，不会是恋爱了吧？"陈红梅爽快地笑着道。十六七岁的女孩子，对于恋爱已不再陌生，更何况班上已经有同学等毕业就要结婚。只是余家兴和张倩关系没有明确，所以有所忌讳。

"以前天天在一起，现在快毕业了，突然对有些同学还挺舍不得，可能他们俩就是这样的心理——以前在一起没什么感觉，后来渐渐有了好感，现在突然要各奔东西，就像捅破的气球，感情突然就炸开了。"杨维维笑着道，把身边的陈红梅也逗乐了，附和着说："我也有这种感觉呢。"

两人走远了，杨维维又转头看了一眼，叹气说："其实我心理压力挺大的，今年是恢复高考的第一年，所有应往届高中生都可以报名，这样的竞争压力太大了，万一我考不上怎么办？"

她眼睛一红，有眼泪滚出来。陈红梅停下脚步，给她擦眼泪，安慰她说："你的成绩一直那么好，不用担心。虽然往届高中生有很多，还有大部分知青，但是他们把课本丢了几年，想要重新拿起来也不容易，所以，咱们还是有优势的。先不想这些，全力以赴就行啦。"

听她这么说，杨维维觉得有道理，擦干净脸上的泪水，往家的方向走去。

杨维维的家在一栋四层楼的红砖楼房里。父母都是矿上的技术工人，这栋楼就是矿上的职工宿舍。在这个城市里，算是比较好的住房条件。家

立潮人

里只有杨维维一个人，因此，她的书桌上基本都是随便放的，要等到父母休假前她才会赶紧收拾。

刚走到门口，就听到里面有声音。杨维维停下脚步，听到是母亲在说话。她敲了敲门，手刚落下，门就开了，好像母亲早就算好了她会这个时候回来。

"妈，你们什么时候回来的？不是还没放假吗？"好几天没看见父母，突然看到母亲，杨维维开心地喊道。

"我们回来办事，顺便看你一眼，明天早上就走。"母亲回答道，脸上线条僵硬，让杨维维有种不好的预感。她悬着心走进屋子，看到父亲披着外套坐在椅子上，手里翻着一张旧报纸，看见她回来也不说话，只是点点头。

等杨维维放下书包，母亲才走到她面前，手里拿着的，正是那天从张倩家后院带回来的几本小说。母亲神色严肃地问道："这些书都是从哪儿来的？"

"从一个同学那儿借来的，要还回去了。"杨维维自知理亏，心虚地答道，说着，赶紧把书抢过来抱在怀里。

"哪个同学？怎么会有这种书？"母亲把鼻梁上的眼镜摘下来拿在手里，生怕女儿结交了什么坏人，不放心地继续追问。

"是同学借来的，我随便翻翻，还没看呢，正准备还给人家。"杨维维不肯说出张倩的名字，更不想说出这些书的来历。

可她越是不说，母亲越是不放心。停了一会儿，母亲语重心长地说："还有一个月就要考试了，你居然还弄这种书来，真是越来越不懂事。父母在矿山上多辛苦，不都是为了你吗？只要你过得好，我们也算没白苦一辈子，万一考不上大学怎么办？总不能再到矿山接我们的班做工人吧，那我们全家老小不都卖给矿山了？"

听着母亲开始长篇大论，杨维维的大脑一下子炸开了。她最怕的就是母亲这招苦肉计，好像整个家都在围着她转，她若是考不上大学，那就是千古罪人。她受不了这样的优待。杨维维委屈的泪水流了出来，她想躲进屋里，然后把门锁上。可这招早就被母亲识破了。在她刚迈步的时候，母亲一把揪住她的书包。两人一纠缠，书包随之落到了地上，包里的书滑了一地，其中最显眼的还是那本小说。

"你看看，还说没看，书包里都随时背着呢，我看比功课还重要了。"母亲伤心地数落着，竟然流出泪来。

眼看母女俩陷入僵局，父亲才说："不管这些书是不是你的，你马上处理掉。父母不是不通情达理的人，也不反对你看小说，但不是在这个时候。你应该分清楚自己将要面对的是什么，那是高考，是千军万马过独木桥。你如果能过去，你就成王；过不去，掉到水沟里，那是你自己的命，你好自为之。"

听完父亲的训话，杨维维回到自己的房间，趴在桌子上默默流着眼泪。她想告诉父母，她有能力管理好自己，支配好自己的时间，为什么父母不信任她，不理解她？为什么要把他们自己的理想强加于她的身上？而更伤心的是即将面临的高考，仿佛一座大山，压得她喘不过气来。

八

他们所居住的这个片区，实际上已经是城市的边沿地区，在20世纪60年代时还比较萧条，路上的行人和车辆很少。60年代末的时候，为响应国家号召，荒地上建起了几个大的国营工厂，招了大批工人过来。这些工人来自五湖四海，有省外的，也有省内的，操着不同的口音，说着不同的地方话。他们有着不同的文化背景，仿佛一股股新鲜的血液汇集到这里，形成一条大的时代河流。在国家强有力的投入和带动下，这个地方仿佛久旱逢甘霖，渐渐波翻浪涌起来。

像张倩他们这群孩子，出生和成长几乎和这些工厂的建设是同期的。他们从小在工厂附近玩耍，时常停下脚步，看着不远处工厂的日新月异，厂房从一间变成两间，烟囱从一个变成两个，还有频繁进出的拉货车辆。

立潮人

工厂不断扩张，工厂一天比一天多，有时候，他们潜意识里会觉得，迟早有一天，他们的命运会和这些工厂联系在一起。

在一块枯黄的草地上，余家兴席地而坐，两条腿盘起，目光静静地注视着工厂烟囱流出的青烟，渺渺升向苍蓝的天空。他仿佛在想些什么，有很重的心事，令人不敢去打扰。

坐在余家兴身边的是张倩。她穿着淡蓝色的棉布外套，剪了齐耳短发，两边的头发梳得整整齐齐，两侧垂下的发丝别在耳朵后，衬得她尖尖的瓜子脸很是精致。这个发型在当时学生中间属于很流行的发型。她看了一眼余家兴。虽然在一起读了两年高中，两个人平时在一起说话也比较投缘，他们谈理想，谈学习，也谈小说，但很少谈起各自的家庭。在那个铅灰色的年代，家庭出身至关重要，可能影响到各自的学习、工作、婚姻，甚至是整个人的命运。不问，是想有所保留。

她没有说话，只是看着余家兴，而他只是看着远方，目光里好像写满了忧伤。

而此时的她，心被一份小小的喜悦充斥。她没想到余家兴会主动约自己，完全在她的预料之外。她只是喜欢和他聊天，和他在一起，有一种莫名其妙的亲近感，对于一个涉世不深的少女来说，没法判断这种感觉和恋爱有没有关系，只是被这突如其来的欢喜激荡着。但是，今天早上下课的时候，当她打开他递过来的字条，悄悄阅读上面每一个遒劲有力的钢笔字，然后，又脸红心跳地将那张小字条藏进日记本的时候，她已经明显感觉到，那种微妙的关系可以给她带来强烈的幸福感。

"你为什么约我？"话才说出口，张倩就后悔了，在心里小声地喊着——怎么可以问这么愚蠢的问题？

余家兴笑了笑，目光平静如一池深水。他坦诚地说："再不约的话，就毕业了，即使想，估计也没机会了，趁现在还有那么一点点勇气，干脆做一件自己想做的事情。"

对于这个回答，张倩十分满意。她悬着的心终于落了下来。原来，他也一直在关注自己，这么说，他们之间是相互吸引和靠近。啊，多么美妙，原来爱情就是这样一种纯粹的东西。

"他们说你很清高。"他又说。

"你觉得呢?"她反问。

"那是因为他们不了解你。真正了解你的人,会感受到你内心的善良和真诚。实际上,你的清高正是你与众不同的地方,也是最迷人的地方。"余家兴似乎在思索如何让自己表达得更完整。他侧头看着张倩,光线的原因,他的眼睛被阳光刺得半眯着,有一种漫不经心的温柔。

"高考结束后,你有什么打算?"他问。

"我估计自己考不上大学,也没想过。听说工厂每年都在招工,可能进工厂工作吧。"张倩坦率地回答。她从来没和任何人说过这个很没志气的想法,尤其在高考即将到来之际。但是现在,她想告诉他,她就是这么随性任性的一个人,他还会愿意继续陪在她的身边吗。

"那你呢?"张倩问。

"我现在完全没有能力去规划自己的未来,但是我会尽力去参加高考,无论结果怎样,我都能接受。"余家兴认真地说。

"你成绩那么好,除非我们班一个都考不上。"张倩认真地说。

"最好我们能一起考上。"

"万一我考不上呢?"

"那我们也要保持联系。我会给你写信,会回来看你,你也可以到学校看我,直到我大学毕业。"

"然后呢?"

他抿着嘴笑了笑,没有回答。

"大学的校园里,会有很多女孩子,她们都很优秀。"不知道为什么,她心里浮起一股醋意。

"大学里女孩子再多,我生命里叫张倩的只有一个。"余家兴固执地说,停了一会儿,接着说,"我知道,你住的那个大宅院里,都是市里有文化、有知识的名人,你出生在那样的家庭,我确实高攀不起。虽然恢复了高考,但是,这依旧是一个讲究出身的年代。我父母都是农民,家里还有三个妹妹,如果当初不是通过推荐的话,我也没机会进入高中学习。如果不努力的话,我就只能做农民。你知道对于一个农民的儿子来说,读书这样的机会有多重要吗？"

　　余家兴将拂在脸上的狗尾草拽过来咬在嘴里，坐得久了，干脆躺在草地上，双手枕着后脑，天空的蓝色倒映在他的眼睛里，令张倩眼前的这个少年平静而温暖。他继续说："其实，以现在的情况来看，即使考上了，也不知道家里有没有能力让我去读，我的命运从来就不在自己手里。"

　　"只要考上了，就要争取去，难关肯定会有，但办法也是人想出来的。"张倩认真地回答。她很想鼓励他，但找不到恰当的词汇。她之前从来没有考虑过这个问题，令她有些束手无策。再说，面对残酷的命运，任何的语言和安慰都显得苍白无力。

　　余家兴转过头来，看着张倩。和暖的微风让平原上的万物春情萌动。第一次被异性深情地注视，张倩脸颊上的两个小酒窝里仿佛能溢出幸福。两人的目光汇拢，就那么默默地对视着。那一刻，天地俱寂，万物葱茏，属于青春的永恒岁月里，跳动着流光溢彩的绚烂。

九

　　进入冬季，本来就是万木垂落、百叶凋零的季节，进入12月以后，天空又飘起了几场小雪。那雪不大，总是薄薄的一层，像是一个人的好脾气，落在屋檐上、泥土里，被过路的风一吹就不见了，似乎只是老天和大地开了个漫不经心的玩笑。然而，那冷是实实在在的，像一块拒绝融化的冰飘浮在空气中，风吹来，会刮人的骨头。而仓促的时间和总是令人措手不及的光阴，又仿佛是睫毛上落下的一小片雪花，轻轻一眨眼就不见了。

　　这一天，陈红梅的父亲似乎突然好了起来。在陈红梅的记忆里，这是个特殊的日子，阴了近半月的天空在那一天突然转晴。早晨，灰色的天空出现了一层薄暖的阳光，大地变得明亮起来。陈红梅把洗好的衣服和被子抱到屋外去晾晒。她用手轻轻捶打着被褥，因为父亲身体不好，他的床上用品差不多两天就要洗一次。天气不好，这些洗好的被褥有一股霉味，今天阳光好，得好好地晾晒一下。

这时候，陈红兵笑眯眯地从晾衣绳另一头露出一张笑脸，对她说："爸今天精神可好了。"

"真的？"陈红梅不敢相信，看着弟弟。

"早上他坐起来了，还说想晒晒太阳。我刚把他扶到窗口，正在晒太阳呢。"陈红兵兴奋地答道。

"太好了！"陈红梅一边应着，一边赶紧擦了擦手，掀开里间的门帘走进去。她看到父亲就坐在窗口的竹椅上，用手撑着额头，头发几乎落光了，露出粉红色的头皮。脸因为枯瘦，原本方正的脸如今变得尖尖的，脸色蜡黄。一缕阳光从窄小的窗口照进来，正好洒在父亲身上。

"爸，你看起来好多了。"陈红梅走过去，单腿蹲在父亲身边，用手紧紧拽着父亲的手。父亲的手是冰凉的，没有一点儿温度。陈红梅干脆用双手握住父亲的手，想把他捂热。这时候，陈红兵也跟了进来，站在门口，静静地看着父亲和姐姐说话。

"看到你们姐弟长大，我也放心了。"父亲脸上露出一丝欣慰的笑容。他抽出一只手来，轻轻抚摸着陈红梅的头发，说话的时候很费力，喉咙里发出"呼呼呼"一串沉重的摩擦音，每一个字就像是从这种摩擦音里挤出来的。

他休息了一会儿，接着说："要是我身体好一些，就不会让你们姐弟吃那么多的苦了。我听外面广播里天天说恢复高考的事。你们赶上了好时候，要凭自己的努力在社会上立足，将来照顾好你们的母亲。她这一生很不容易。"父亲喘着气说完，似乎很累了，又是一阵激烈的咳嗽。他咳嗽的时候，就用毛巾捂着嘴，等毛巾拿下来，陈红梅看到，毛巾上又是一片鲜红的血迹。

"爸，你会好起来的。你看你今天气色就好多了，这是一个好的转变啊。"陈红梅说话的时候，父亲向陈红兵招了招手，用另一只手牵住儿子，就这样，两个孩子一左一右蹲在父亲身边，三个人的手紧紧握在一起。

立潮人

"爸爸的身体是不会好了，只会一天比一天差。在这个世界上，你们一定要相互照顾，看到你们健康地长大，爸爸就放心了。"父亲一口气说完，慢慢地闭上了眼睛，身子靠在椅背上，好像这些话耗尽了他所有的力气。

姐弟俩对视一眼，陈红梅把薄毯拉了拉，给父亲盖好。父亲休息了一会儿，又睁开了眼，拍了拍陈红梅的手背，说："爸爸有些饿了，你去给我弄点儿粥来吃。"姐弟俩一听，十分高兴。父亲已经好几天没有吃东西了，不是说"人是铁，饭是钢"嘛，只要想吃东西，就说明肠胃功能恢复了，身体就会一天比一天好，身上就会有力气，这个家不是又有希望了吗？

陈红梅赶紧跑到厨房，给父亲盛了一碗白米粥端过来，小口地喂着父亲。

那天，父亲破天荒地吃了小半碗粥，姐弟俩又围着父亲说了一会儿话，直到父亲累了，说想休息的时候，他们才将父亲扶回床上，给他盖好被子，看他睡着了，姐弟俩才悄悄地退出屋子。

可是到了下午的时候，一直昏昏沉沉睡着的父亲突然坐了起来，大口地吐血。那些血落在乌黑的地板上和墙面上，仿佛黑色的泥土上一夜之间盛开了许多触目惊心的梅花，把家里人吓坏了。陈红梅赶紧跑出去找邻居借来了平板小推车，将父亲弄到车上；生怕父亲着凉，又拿被子盖好。顶着凛冽的寒风，她和母亲、弟弟一路小跑将父亲送到医院。等医生将被子打开的时候，父亲已经永远地停止了呼吸。

仿佛根本没有悲伤的时间，姐弟俩在母亲的指挥下，赶紧将父亲拉回家，给他换好衣服，抬到屋子凉床上，搭了个简单的灵堂。哀乐一响，左邻右舍都知道了，平日里和父母关系比较好的几个邻居过来吊唁。陈红梅和陈红兵的几个同学也过来参加了葬礼。

由于经济能力有限，丧事办得很仓促，也很简单。将父亲送葬后，回来烧了几张纸钱，父亲的这一生就算是永远结束了。

黄昏的时候，母亲带着弟弟出去办事，陈红梅一个人看着父亲的遗像发呆。遗像上，父亲的目光依旧慈祥温和，仿佛没有走远，只是站在不远的地方看着这个家，注视着他们姐弟的成长。这个时候，陈红梅才真正感觉到父亲的离世，从此天人永隔，哪怕再为父亲端一碗粥、撑一把伞的幸福都没有了。她这时候才明白，死亡是怎么一回事，此刻，她流出了父亲走后真正意义上的第一滴眼泪。

送走了父亲，残破的屋子里空空如也，就连老鼠似乎都一下子跑光了。陈红梅环视屋子。她知道，从今天开始，她必须和母亲一起分担起这个家庭的责任，必须把这个贫寒的家庭撑起来。

第二天清晨，陈红梅早早就起了床，开始坐在床上糊纸盒。陈红兵默默地跟着坐过来。陈红梅不动声色地观察着他，看他丝毫没有要去上学的意思。眼看时间差不多了，陈红梅问他："你怎么还不去上学呀？"陈红兵说："你不是也没去吗？"陈红梅强硬地说："你赶紧去吧，我糊完这些就走。"

陈红兵不敢多言，只好起身，走到门口，停了一会儿，又走回来，坐在姐姐身边，说："你该不会是不想上学了吧，如果我们俩非要有一个人留在家里的话，那就你去上学，我留在家里。"

"瞎说，我怎么不去了？你不要胡思乱想好不好？"陈红梅边说边下了床，生气地穿鞋子，又背上书包。看弟弟还在发愣，她走过来，一把拖起弟弟的手，根本不给弟弟说话的机会，拉着他就向学校的方向大步走去。

十

1977年的冬天，全国共有近570万考生走进曾被关闭了十余年的高考考场。这是共和国史上唯一的一次冬季高考。那个冬日，阳光灿烂，仿佛早春已经开始。这些考生中，有应届高中生，也有往届的高中生，还有一部分是知青，但是他们都是为了一个共同的目标，希望通过高考改变自己的命运。他们在这个特殊的日子里，抱着美好的愿望，共同来到了考场里。

尽管离考试的时间还早，学校已经迎来了前所未有的热闹，一波一波的青年学生，来来往往，出出进进，学校的花园里、树林里、草坡上都是人。他们各自捧着课本，认真地阅读和背诵，希望能够抓紧最后的一分钟时间，为自己争取多一分的改变命运的机会。

而学校门口，陈老师提前半个小时就等在这里，迎接她的学生踏入考场，鼓励他们如何沉着应对考试。而学生看见陈老师在，仿佛看见了亲人，那是他们最坚强的后盾和力量。有陈老师在，他们觉得自己更有勇气和信心了。

然而，时间一分一秒地过去，三十分钟，二十分钟，十分钟……考生们开始有序进入考场，安静地等待开考。监考老师拿着试卷走进教室，准备发试卷，陈老师还没有看到陈红梅的影子。

陈老师看了看腕上的手表，实在是不能再等了，她赶紧走进考场，找到了张倩，轻声问她："你知道陈红梅是怎么回事吗？她到现在都还没来，她有没有跟你说过什么？"

张倩摇了摇头，又往陈红梅的座位看了一眼，才发现陈红梅确实没来考试，说："不知道啊，昨天晚上我们还在一起复习，到了很晚她才回去，她还鼓励我，让我好好考试。"

"好的，你考试吧，认真做题。"陈老师怕影响张倩的情绪，说完，又同样问了杨维维。杨维维也是一头雾水，同样不知道是怎么回事。

陈老师只好走出教室。但她不能离开、出去找陈红梅，不能丢下那么多的学生。她在学校门口走来走去，不停地张望，希望能够看到那个清秀的穿着红色呢子服的身影赶快出现。然而时间一分一秒地过去，考试的铃声响了，同学们已经开始答题，但那个身影依旧没有出现。

第一场考试结束了，同学们放下笔，纷纷走出考场。他们三三两两地聚在一起，有的议论着这次考试的难易程度，有的在对考试答案，有的打开书本，为第二场考试做准备。一张张年轻的脸上有的高兴，有的悲伤，有的茫然，有的满怀信心。然而，陈红梅依旧没有出现。

因为休息的时间比较短，学生大都自己带馒头和饼子等干粮，中午的时候就不回家了，在学校开水房接点热水，简单吃点，然后为下午的考试做准备，还有一些学生围着陈老师解题。

而此时此刻，陈红梅就在学校不远的一个半山坡上。她看着同学们走进学校，听到熟悉的铃声响起，她在心里判断着，考试开始了，考试结束了，她感觉自己和所有的同学在一起，内心紧张而又兴奋，却又被现实隔得那么遥远。昨天还在同一间教室复习，今天开始，读书突然成了一段遥远的记忆。当考试的铃声响起的那一刻，一滴眼泪从她的眼角滑落。

她把头埋在膝盖上，任悲伤的哭声被呜咽的山风带走。她怎么也没想到，命运会如此残酷。她不是不敢面对高考，而是不愿意再去面对。她知道，人生有许多被迫的选择，逆来顺受不是唯一的方法，她要改变自己。然而，以她目前的能力，还完全没有办法和命运抗争，只能听天由命。从此以后，人生将以另外一种方式开始，和高考无缘，和大学无关，路，得靠自己走了。

就这样在山上坐了一整天，直到夕阳落山，陈红梅才起身往家走。还没走到家门口，远远地，她看见陈老师和几个同学等在她家里。陈红梅挽了挽头发，换上一个轻松的笑容迈进了家门。

看见陈红梅，张倩先迎了上去，一把拉住她的手说："你怎么没去考试呀？"

陈红梅有些不好意思地笑了笑，说："我去了。到了学校门口，听见考试的铃声我突然就害怕了，两只脚一直不停地发抖，干脆在学校门口站了一会儿。你们都已经考试了，我身上还在冒汗呢。即使进去了，以我的状态，还能考出什么好成绩，干脆就回来了。"

"你怎么这样？不是说好一起参加高考吗？"杨维维走过来，拉着陈红梅的手，突然就流出了眼泪。

"哭什么，不就是一次高考吗？这也要哭。"陈红梅边说边伸出手，去擦杨维维脸上的眼泪。

这时候，陈红兵突然从后面站了出来。他走到姐姐面前，哭着说："你骗不了我，我早就看出来你不想读书了。如果我们俩只能有一个人读书的话，那也应该是你读。现在我是家里唯一的男人，这个家应该由我来挑。你如果不读书的话，那我也不读了，我们姐弟俩谁都不要读了。"

看得出，陈红兵的话激怒了陈红梅。她的脸色一下子变了。她咬着牙，狠狠地瞪着陈红兵，一字一句地说："你再说一次，你敢不敢把刚才的话再重复一遍？你不读？这是你该说的话吗？你不知道我们全家的希望就在你身上吗？你以为你是在为你一个人读书，你是在为我们全家人读书！你说这样的话，还有一点责任心吗？"

陈红兵低着头，只顾淌眼泪。陈红梅的声音一声比一声高，她接着说："你对得起爸爸吗？爸爸走了没几天，他说的话你都忘记了？陈红兵，你要是敢不读书，你往后就没有我这个姐姐。"

家里瞬间安静下来，只剩下姐弟俩的哭声。陈红兵不说话了，他扑进姐姐怀里。陈红梅伸手搂着他。他已经长高了，比姐姐高出了半个头，但姐姐依然是他的依靠。

陈老师明白了。她走过来，手搭在姐弟俩的肩膀上，亲切地说："高考只是改变命运的一种方法，但不是人生的唯一出路。参不参加高考，实际上并不重要。你们今后还要步入社会，还有很长的路要走。陈红梅，老师相信你，你的成绩那么优秀，你那么善良和勇敢，以后，你做其他事情也会同样优秀的。"

陈红梅没有说话。她感激陈老师对她的理解。陈老师停顿了一会儿，语重心长地说："命运此时欠你的，以后会还给你，相信你一定会是命运的强者，好孩子。"

十一

高考结束了，春天也来了，枝头的花、树上的叶、湛蓝的天空、碧绿的青草，还有不远不近的鸟叫声，春天热闹起来了。而这春天的每一个角落，都可以做成一幅风景画，挂在墙上，存进相册，写进记忆里。

杨维维可以尽情地看小说了，反正父母不在家，她已经很多年没有享受过这种自由自在的时光了。她放松得像一只自由的小鸟，在房间里把小说一本一本嚣张地放在桌子上，那些用文字组成的故事如此惊艳着她的青春时光。

但是每天，当邮差的自行车铃声清脆地从楼下经过的时候，她会赶紧放下书，提前到门口等着，等邮差走到面前的时候，就迫不及待地迎上去追问："叔叔，有我的信吗？"

问了几次后，邮差都记住她了，还没等她开口，就笑眯眯地回答她："快了，快了，你的录取通知书已经在路上了。"

半个月过去了。她不知道还要等多久，也没人告诉她高考录取是怎样的过程，除了等待，别无选择。

陈红梅正在糊纸盒，没时间陪她出去玩，杨维维干脆脱了鞋子爬到床上，陪陈红梅一起糊纸盒。两人说着话，门被推开了，原来是张倩来了。张倩人还没走进屋子，清脆的声音就飘了进来，说："告诉你们个好消息，余家兴已经收到录取通知书啦。"

"啊，这么快！"陈红梅和杨维维异口同声。张倩说话的时候，踮起脚尖，伸展双手，在屋子里幸福地旋转。

"是地质大学。我就知道他能考上。"张倩开心地说，就好像考上的不是余家兴，而是她自己。

"真该为他感到高兴。"陈红梅说着，赶紧下了床，边穿鞋子边说："我们应该赶紧去告诉陈老师，这是我们班的第一份录取通知书，陈老师一定会高兴的。"

"是啊。"张倩挽着陈红梅的手，两人正要往外走，发现杨维维没跟上来，再一看，原来她正低着头流泪呢。

"怎么啦？"两个人一起围了过去。

"余家兴收到了录取通知书，说明录取工作已经开始了，可我什么都没有收到？肯定是我没考上，怎么办？"杨维维边说边哭，越想越伤心。

"是啊，可是我们谁也不知道录取通知是一起公布，还是会有先后。"陈红梅困惑地说。

"你别着急呀，拿到通知书的只有余家兴，其他同学还没收到呢。再说了，邮局有的信送得早，有的送得晚些，说不定明天就收到了呢。"张倩赶紧安慰杨维维。杨维维想了想，觉得她说的话有道理，这才止住了哭声，跟着她们俩一起去找陈老师。

陈老师听到余家兴收到了录取通知书，也很高兴，又安慰杨维维说："目前，收到录取通知书的，全班只有两个同学，再等等看吧，不要放弃希望。"

果真，过了两天，杨维维真的收到了录取通知书，而且比较下来，杨维维的分数在全班是最高的。她被医科大学录取了。这个消息在同学中不胫而走，全班同学组织了一次聚会，为收到了录取通知书的三位同学庆贺了一番。

聚会结束后，余家兴送张倩回家。那时天已经很晚了，道路上冷冷清清的，没有什么行人。路边低矮的房子沉睡在月光里，那天晚上的月光特别亮，洒在路面上，那条路就像一条银色的缎带，铺陈在半山坡上。

再转一个弯，就能看见张倩家所在的大宅院了。余家兴愣愣地站在那里不肯走，欲言又止。过了一会儿，他才说："跟你说个事。虽然我收到了录取通知书，但一点儿都不开心，我想放弃了。刚才那么多老师和同学，我不想扫大家的兴。"

"为什么呀？"张倩焦急地问。其实，她早看出来了，整个晚上，余家兴都心不在焉。

"我以前跟你说过我们家的情况，哪还有钱让我去读书呀。家里又没有劳动力，完全靠我父母，几个妹妹还小，我现在去读大学，不是给他们增加负担嘛。"余家兴的声音在寂静的夜里显得特别清晰，每一个字落在地上，都透着深深的悲伤和绝望。

"可是你都已经考上了，怎么能不去读呢？你读大学，顶多四年的时间，回来不是就有工作了吗？全家人的生活不就可以改善了吗？"张倩焦急地说。

"四年的时间听起来容易，可对于我那样的家庭来说，却是度日如年，漫长得等同于无期。我二妹今年该进初中了，可我爸不让她去，这对她太不公平了，她那么小能做什么呢？我怎么忍心让年幼的妹妹去做童工供我上学呢？"余家兴说话的时候，目光看着远处的公社，一脸的茫然。

张倩深感无奈。余家兴说的是事实。她沉默了一会儿，只好说："不要着急，离开学不是还有一段时间吗？总会有办法的。"

"还能有什么办法，依我们家现在的情况来说，就是去学校的车费都没有，更别说学费还有其他费用了。"余家兴冷冷地笑了一声，无比辛酸地说出了最实际的问题。

"慢慢再想办法，现在，你首先要做的，就是做好去读书的准备。你知道考上一个大学多么不容易吗？老师和同学都为你喝彩，你却想放弃。"张倩一口气说完，目光停在余家兴的脸上，过了一会儿，又认真地说，"再说，你还有我呢。"

"不，我宁愿不读书也不能依靠你。"余家兴固执地说。他倔强的目光落在张倩脸上。张倩的眼睛亮晶晶的。

余家兴伸出手，轻轻握了握张倩的手。他手上的温度，通过手心传到了张倩手上。在人生中最关键、最辗转反侧的日子里，能有一个人陪着说心里话，告诉你要勇敢面对未来，那是莫大的幸福，也是心里最大的安慰。

PART 2　　雨水

雨水

一

年轻时，我们做过很多蠢事，许多年后，这些蠢事又会提醒我们，曾经年轻过。

近段时间，在他们居住的地方，经常发生入室盗窃的案件。大院里有几家住户被撬了门，损失了一些财产，案子一直没破。损失的东西倒也没什么特别值钱的，不过是些生活上的小用品。但是这样的事情一旦发生，就会弄得人心惶惶。

正急等钱用的张倩由此受到启发，反正后院里的那些宝贝也没人管，不如去取几本书回来，消磨一下日子。再说，那天她看到书被动过，心里始终惦记着，想要再去看个究竟。万一哪天被哪个小偷惦记上了，还不如先下手为强，说不定还能弄到个值钱的，刚好给余家兴做学费，为祖国培养人才，我张倩也算是"劫富济贫"。

打定主意，趁着下午院子里的人出门散步的时间，张倩再次悄悄潜入后院。

有了第一次的经验，再来时，张倩便轻车熟路。她沿着屋子走了一圈，没发现什么特别的东西。她有些丧气，又回到书屋，看到门还是虚掩着，便悄悄推开门走了进去，然后迅速把门从里面合上。进了屋子，她长长地舒了一口气，拍拍手上的灰尘，以为大功告成。谁知道，就在这个时候，椅子上突然站起一个人。由于那人身形高大，几乎挡住了从窗户射进来的光线。张倩被突如其来的影子吓得魂飞魄散，以为撞见了鬼，惊恐地后退，结果被绊倒，跌坐在地上，等回过神来定睛一看，发现原来是文化馆的工作人员肖飞。

肖飞到文化馆工作没几年，和张倩家住在一层楼，只是中间有过道，一家朝东，一家向西，平日里偶尔远远看见，不打招呼，就混个脸熟，因

立潮人

此谈不上陌生，也谈不上熟悉。肖飞画得一手好画，文化馆重组后被破格录用，实际上年龄比张倩大不了几岁，也就二十一二岁的年纪。

"你是人还是鬼啊？吓死我了。"张倩一边拍着屁股上的灰尘，一边骂骂咧咧地爬起来。

"你前后来过两次，第一次只是观察，没有进屋；第二次你带走了许多书，还有那个笔洗。"肖飞慢条斯理地道，差点让张倩答不上话。

"别血口喷人，谁拿过什么书啊，什么笔洗，我更不知道，你再冤枉我，我就报警了。"张倩有意耍赖，故意一脸凶相地逼视着肖飞。她走了两步，故作镇定地接着说："啊，我明白了，原来这几天大院里的盗窃案都是你搞的。"

张倩想来个反咬一口，肖飞却懒得理她，自顾回到桌边坐下，继续翻手中的书，把张倩当成空气。张倩一看，切，没劲，再看肖飞那一脸的不屑，更是不服气。她干脆大步走过去，拉过肖飞对面的椅子坐好，继续一脸凶相地看着肖飞，说："是我拿的又怎么样？难道只许你进来看书，就不许我进来拿书？如果我拿书算偷的话，那你来看书也算偷。实话告诉你，那些书我早就送给我同学了。至于那个笔洗，也早被我卖了。"

"笔洗被你卖了？你竟然把它卖了？你这个白痴。你卖给谁了？卖了多少钱？在什么地方？"肖飞一听，脸色瞬间变了。他一连串的提问，让张倩根本没有回答的机会。他凶起来的时候，五官就跟变了形一样，绷得紧紧的。张倩看他这样子，还真有点胆怯了。

"我为什么要告诉你？"虽然心里害怕，但嘴上不肯服输。在这个大院生活了十多年，张倩心里就没有"怕"字。她胸膛一挺，宁死不屈的样子。

"我求你了，你告诉我，你卖给了谁。这城里懂那东西的人不多，我去找他买回来。"肖飞恳求地说，声音变得温和，反而让本来还一肚子气的张倩有些不好意思。

"算了吧，看在你那么喜欢的分儿上，你把钱给我，我再去把它赎回来给你。"张倩说出这话的时候，连自己都吓了一跳。哎呀，真是急中生智啊！

"你卖了多少钱？"肖飞问。

张倩早就迫不及待了，几乎是不假思索地脱口而出："30块。"

"多少？30块？"肖飞重复了一遍。那是他一个月的工资啊。意识到这小女子来者不善，他不得不提高警惕，问张倩："那么多钱你都弄到哪儿去了？"

张倩呵呵笑了一下，厚着脸皮说："你问得可真有水平啊，别说是30块钱，你就是给我300块、3000块，你信不信，我也可以几天之内就把它花完。"

肖飞思索了一会儿，说："那行，你明天下午来这里，我把钱给你。"

"哎，不对，不对，我记错了，应该是60块。"张倩得意忘形，赶紧补充。她有些意外，没想到得来全不费工夫，后悔怎么不狠狠敲他一笔。可是来不及了，肖飞不再理她，而是低下头继续看书，完全当张倩不存在。

张倩有些心虚，吐了吐舌头，又瞪了肖飞一眼才退出去，出去的时候还顺带把门关上。

第二天下午，张倩按照约好的时间，直接到后院的书屋找肖飞。门推开，肖飞早就等在屋里，看见张倩也不说话，直接把钱扔在桌子上，说："钱都在这儿了，你快把笔洗赎回来，万一被人家弄坏就来不及了。"

看肖飞着急的样子，张倩心里暗暗好笑。她拿起钱，在手心里掂了掂，得意地说："你知道吗？你这是在鼓励青少年犯罪。"说话的时候，还故意用眼睛瞟了一下屋子里的书，似乎有所暗示。

这下轮到肖飞着急了。他生气地瞪着面前的冤家，却又拿她没辙，只好说："你可千万别打这些书的主意，这些都是好书，你要是再敢拿走一本，我去告诉你爸。"

"你知道的，我从来不怕我爸。不过，你可别怪我没提醒你，你最好还是提防着点儿。"说完，她把钱塞进口袋，大摇大摆地走出屋子。走到门口，她停下脚步，回头看了一眼肖飞，心里一阵欢天喜地。

过了两天，当张倩再到书屋时却发现，门上已经换了新锁，她再也进不去了。

立潮人

二

  糊好的火柴盒不能挤压，只能用木箱装好，再找来手推车送到公社。虽然没有多少重量，但是这样一箱箱码得太高，陈红梅一个人推着独轮车，箱子几乎挡住了她的视线，很难掌握平衡，尤其是遇到比较颠簸的路面，车就摇晃得厉害，随时都有倾斜的可能，看得人心惊胆战。

  公社办的王主任，50岁左右的年纪，一脸的络腮胡子，热情耿直，说话语速快，声音洪亮，一嗓子可以从街头传到街尾。远远地看见陈红梅推着木箱子过来，他赶紧加大步子迎了上去，一边帮陈红梅接过车子，一边责怨道："丫头，一次不会少拉点？万一车子倒了，压了人可怎么办？"

  等把车子停稳了，陈红梅才擦了擦脸上的汗水，回答王主任："反正来去一次总要那么多的时间，能多拉点就多拉点呗。"陈红梅的家住得比较远，两天跑一趟，已经很不容易了，这一点王主任心里很清楚。

  两人把车上的木箱子搬进屋里。等货物全部搬完，陈红梅脸上都是汗。王主任怜惜地看了看陈红梅稚气未脱的脸，可怜她小小年纪，却要承担起家庭的重担，不禁有些同情，对陈红梅说："到屋里喝口水，休息一会儿吧。"

  "不了，叔，我还赶着回去呢。"陈红梅边回答，边扶起车就要走。

  "早呢，慌啥，这孩子，劳逸结合，要学会休息。"王主任不由分说抢过车把。

  经过这一阵的忙活，陈红梅确实累得不行，干脆把袖套取下来擦了擦额头的汗水，跟着王主任进了屋子。王主任的办公室陈设简单，两张简易的木头桌子，靠墙有一木条凳，墙上挂着《人民日报》，桌子正中放着一个用木头雕刻的大印章，下面是红色印台，旁边放着几张信笺纸。

  王主任给陈红梅倒了一杯白开水。陈红梅接过来握在手里。虽然满头大汗，但因为天气太冷，手早就冻得不行，骨节处原本起了一些紫红色的冻疮，骨关节肿得像馒头。

"家里要有啥困难就说，别死扛着。"王主任关心地说。

"知道呢，叔。"陈红梅回答，心里感激王主任。之前，王主任没少帮助他们家。父亲生病的时候，多次找王主任借推车什么的，他从来不推辞，算得上是有求必应。这次父亲去世，也是王主任招呼着街坊邻居帮忙，才把父亲入了土。

想到这些，陈红梅便对王主任说："叔，不知道该怎么感谢你呢，我妈说了，感激一个人不能光用嘴谢，要记在心里。你对我们家的好，我都记在心里呢，以后有机会一定报答你。"

听她这么说，王主任忙说："你这孩子，说啥谢呢，都是一条街上的人。"

说到这儿，他端起铁口缸喝了一口茶，接着说："本来都快参加高考了，多好的机会啊，你却放弃，真是可惜。只是以你家的情况，我也能理解，不容易啊。"

"其实不参加高考也没事，让我弟弟参加，他成绩比我好，比我有希望考上大学。"陈红梅乐观地说。说到弟弟，她脸上带着笑意和骄傲，说："这段时间我帮着我妈糊纸盒子，两个人一起做，效率提高了很多。我妈的身体也好多了，所以说，我放弃高考是正确的选择。"

"那就好。你孝顺又懂事，你爸妈没白疼你。"王主任满意地看着陈红梅，边说话边点头。

稍微坐了一会儿，陈红梅怕影响王主任工作，赶紧起身准备离开，一只脚刚要跨出屋子，王主任又叫住她，说："对了，丫头，还有个好事要跟你说。"

"什么好事？"陈红梅一脸好奇地看着王主任。

王主任说："公社要办一个鞋厂，需要招一批工人，刚好你不是在家吗？可以写个申请过来，等公社这边招工的时候，我给大家提一下，像你们这类困难家庭，应该会优先考虑。"

"太好了，那就是说我也会有自己的工作了？"陈红梅激动得跳起来，小脸涨得通红，一双眼睛亮晶晶地看着王主任。

"是啊，是啊。只是鞋厂刚成立，工作肯定会比较辛苦，你可要提前做好吃苦的准备哟。"

"我不怕，叔，我这人从小就好养，酸甜苦辣啥都能吃。"陈红梅怕失去这次机会，急着向王主任表白，逗得王主任笑了起来。

"知道，知道，赶紧回家把申请写好送过来，可别耽误了。"王主任乐呵呵地说。

没等王主任的话音落下，陈红梅早就跑出了屋子，迫不及待地想把这个好消息告诉家里人。等到了家，她人还没进门，就大喊着："我要有工作啦！我要有工作啦！"

母亲和陈红兵正在糊纸盒子，看到她跑得上气不接下气，赶紧迎出门来，问道："什么工作啊？说仔细点，看把你激动成这个样子。"

陈红梅喘着粗气，把刚才王主任说的话重复了一遍。讲完后，娘儿三个高兴得抱在一起。陈红兵更是夸张地拉着姐姐的手，说："这么说，以后你就是鞋厂的工人啦，那我该叫你工人老大姐啦。"

"那还用说，往后你继续读书，姐姐有了工作，你就不用操心学费的事情啦。将来参加高考，等你考上大学，姐姐的工资供你上大学绝对没问题。"陈红梅得意地说。

"太好了！"陈红兵嘴上答应着，看着姐姐稚嫩的脸庞，心里却涌出一股酸涩，泪水止不住流了出来。

陈红梅赶紧伸手帮弟弟擦去脸上的眼泪，责怪道："哭什么呀，这可是好事情，我们要高兴才对，今天一定要高高兴兴。"边说边挥舞着手给自己纠正，"不对，不对，今后的每一天，我们全家人都要高高兴兴的。"

"我哪是哭，我是激动。"陈红兵解释着，害羞地擦了擦眼睛。

晚上，陈红梅趴在桌子上，认认真真地写好了申请，第二天就交到了公社王主任那里。接下来几天，就是等待消息了。

雨水

三

  这段时间，余家兴一直徘徊在上学还是不上学这个问题上。过重的生活压力使这个刚刚考上大学的年轻人还未感受到喜悦，就已经陷入深深的矛盾和迷茫之中。

  最终，还是张倩的一句话道出了真相。张倩说："难道你还打算再做一辈子农民？无论如何，对于你来说，只有读书才是出路。"

  张倩的话，说出了事情的本质，也让余家兴真正认识到了自己的处境。不读书，他这个农民的儿子就永远还是农民，永远摆脱不了如父亲那样一辈子和土地打交道的命运。在张倩的劝说下，余家兴总算作出了最后的决定——上大学。哪怕作最坏的打算，哪怕只能读一年，至少也迈进过大学的门槛，以后说起来也算是镀过金边的。

  再说了，人生中有许多的偶然或是意外，谁也无法把未来规划得恰到好处，只能走一步算一步。他甚至在心里暗暗作好打算，先到大学报到，实在不行再退学，不去经历就永远不会知道结果。

  当然，他这次去学校带的学费和车旅费，都是张倩为他准备的。为了这点钱，张倩算是使出了浑身解数，先是对父亲软磨硬泡，编出了各种理由和借口，还提前一个月把自己的生活费支用了，又加上从肖飞那里弄来的60元，减去8元的车票钱外，可以这样说，经过张倩的努力，余家兴身上已经有了一笔不小的财富，足够他应付一段日子。

  恋爱中的女孩往往是毫无理智可言的，单纯、冲动、善良，把未来想象得春光无限，更何况她心里本就没有计较，也没有负担，这样就更轻松了。当张倩把这些东拼西凑弄到的钱交到余家兴手上的时候，连她自己也说不清楚，这份感情有多么复杂，究竟是同学、友谊，还是初恋、爱情，似乎都有些模棱两可。但似乎她和他已经是一家人了，否则，她怎么可能会给他钱花？他又怎么会花她的钱？

她承认自己确实喜欢余家兴，这份感情也是实实在在的。他的名字像枚糖果，融化在她的心里，让她每次想起他的时候，都有一种从心底生出的幸福和甜蜜。或许是因为这是她的初恋，她愿意为他付出，一种不求回报的义无反顾的投入。对于一个陷入初恋的女孩来说，是再正常不过的。至于值不值得，允不允许，结果如何，似乎对于这个年龄的女孩子来说都不重要。

多年后，当张倩成为一名作家，当她再次回忆起这段往事，都会吃惊当初自己怎么会有那么大的胆量。算起来她和余家兴单独见面，大概没有超过三四次，她甚至为自己寻找开脱的理由，把当初这种冲动的行为归咎于出生在那样一个充满了艺术氛围的大宅院，以及当初看过的爱情小说，使她身上天生遗传了艺术家的浪漫，有一种超乎寻常的不着边际的幻想能力，而且总是把故事简单化，而把梦想美好化。

直到送余家兴走的那天，张倩才知道，原来余家兴的家在城市附近的农村，他平时在城里，是寄住在他的姨妈家。那天，他的父母连乘汽车到市里送儿子的钱都没有，可又舍不得不送，知道他这一去可能几年都回不了家，便一家老小全都走到了火车站。他的父母都穿着灰黑色的棉袄，棉袄上打了一个又一个的补丁，都看不出原来的颜色了。儿子还那么年轻，父亲竟然已是满头白发，确实有些意外。

三个妹妹糖葫芦似的站在一起，按年龄大小排列着。她们半张着嘴，不知道究竟发生了什么事情，也还没体会到离别的忧伤。她们的目光完全被来来往往的行人，还有不远处一辆早就停止多年没有使用的老火车车厢所吸引。她们没有更多的精力去体验什么是离别的苦。许多年后，张倩才从余家兴口里知道，那天来送他的三个妹妹身上穿的衣服，居然是从邻居家借来的，因为平日里三个孩子只有两套像样的衣服，只有出门的时候才能穿上。那样的一种贫穷，让张倩实实在在体验到了原来真正的贫穷在她力所能及的想象范围之外。

站台上的人不多，火车还没有来，张倩和陈红梅远远地站着，目光不时地看向余家兴，看他和父母说话，看三个妹妹糖葫芦似的串在旁边。

她们看到余家兴的母亲一直抱着儿子在哭，哭过后又笑，好像悲伤和欣喜全搅在一块儿了。儿子出门千里，做母亲的，心在那个时候是复杂的，激动、不舍、难过，估计都理不出个头绪来。想要交代儿子一些出门在外的话，想要给儿子准备一份体面的行李，结果都是力不从心。他的父母没有出过远门，大山外面的世界是一个怎样的天地，他们不知道，出门的经验他们是完全陌生的，也完全无法想象，只能木讷地抖动着嘴唇，却找不到任何言词和嘱咐。

眼看时间差不多了，火车还没来。余家兴和父母告别后，又把目光落在张倩脸上，眼神里，除了爱意，或许还有留恋和不舍，以及从心底流出的感激。这些情感复杂地交织在一起，融化在他的眼睛里，使那双原本深棕色的眼睛成了一口深不见底的井。两人就这样互相对望着，任时间流过。到了即将分开的这一刻，千言万语却不知道该说些什么，好像应该说点什么特别的话，可是，任何话都不足以表达此时此刻的心情。最终，还是张倩先开了口，她说："在学校里，该吃什么吃什么，该买什么买什么，该花的钱就花，别让周围的同学笑话。等我这边有了工作，会给你汇钱过来。"

"我不能总用你的钱。用你的钱，我心里不踏实。等到了那边，我自己想办法。"余家兴说。

张倩没有说话，只是看着他。离别的气氛更显沉重。陈红梅走到余家兴面前，往他手里塞了一些钱。余家兴捏着那些钱，心情沉重又复杂。陈红梅说："你是我们班的骄傲，来送我们未来的大学生，我觉得很光彩。你一定要好好学习，替我们实现我们未能实现的大学梦。"

说话时，火车来了，尖锐的汽笛声划破天空。余家兴随着人流上了火车，找到自己的座位，又把窗户打开，伸出头来，想要抓紧最后的时间和站台上的人告别。目光落在张倩脸上，两人默默地对看了一会儿，他对张倩说："你要照顾好自己。"张倩使劲点点头。她觉得这句话，本来应该是自己对他说的，结果被他说了，心里莫名升起一股酸楚。

火车的汽笛再次拉响，火车轮子摩擦着铁轨发出"刺啦"的声音，仿佛在提醒站台上的人们，告别将要结束。张倩突然大声对余家兴喊道：

立潮人

"记得给我写信！"余家兴笑了笑，从车窗里探出一张阳光般灿烂的笑脸，回答她："一定的，等着我。"

火车缓缓开动，载着余家兴驶向一个遥远而又陌生的地方。

有人说，只要心靠近了，彼此就没有距离。实际上，当两个人分开的时候，那种无形中的距离是不可忽视的。

四

余家兴读书去了；杨维维在父母的希望中如愿上了大学；陈红梅为了家，每天忙得不可开交。每个人的人生都像一条静静流淌的溪流，奔向属于自己的海洋。只有张倩依旧游手好闲，似乎还没完全摆脱学生的身份，没有踏入社会青年的行列，而是每天看看小说，听着留声机里的唱片，对着窗外蓝色的天空发呆。

这样的状态持续了不到半个月，陈红梅就收到了鞋厂的通知，让她去上班。

陈红梅兴高采烈地来到鞋厂，却发现鞋厂还处于筹备阶段。那时候社办企业刚刚兴起，没有任何基础。实际上，仅仅准备了一间旧仓库作为生产车间。招收的这批工人只有六个，都是一些和她年龄差不多的女工。

到王主任那里打听了才知道，鞋厂还没有请到专业的师傅，也没有经济能力，只能请社区两位经验丰富的做鞋师傅过来，以"传、帮、带"的方法先把这几个女孩子教出来。而所谓的师傅，也就是在这个公社做鞋做得比较好的老人。两位老人一生都在做鞋，她们不仅给亲人做过，给新郎、新娘做过，给儿女做过，还给红军做过，甚至还被迫给日本兵做过。连她们自己都不知道，这一生做过多少双鞋，又给多少人做过鞋。女工们亲切地称呼两位老人为师傅。因为厂里没有多余的开支，要等这几个女工出了师后，才能招收更多的工人进厂，而这六个徒弟届时将变为师傅。所以，这批女孩子都是个顶个挑选出来的，而陈红梅能被列入其中，她也有一种发自内心的自豪感，工作起来很是积极主动。

其实在那个年代，已经有了塑料底的布鞋，但是，由于当时塑料底的布鞋成本较高，而公社办的这样的自办小鞋厂，做塑料底布鞋明显资金不足，只能做原始的手工鞋。而做出来的这些成品鞋，一般都是拿到供销社出售，出售的价格比较低。销售群体也是一些比较贫困的老百姓。即使这样，一群小女工还是信心十足、欢天喜地地投入工作。

几天之后，在师傅的带领下，心灵手巧的陈红梅就基本掌握了整个做鞋的流程。她把这些流程用绘图和简单的语言记在了日记本上。比如，做布鞋之前，要先把布弄湿，铺平，晒平后，用糨糊抹在布上，使布更硬挺，这样做出来的布鞋更方便扎针。接下来要按照鞋子的尺寸大小画出图样，再把它剪下来。然后把图样放在布上，用剪刀剪出鞋面、鞋底。再剪几条细细的布条，把每一个鞋底包上边。因为鞋底比较容易磨损，所以每一只鞋要四五层鞋底。如果能够更厚些，鞋子也会更舒适，但穿针就会比较困难。然后，每几层鞋底叠在一起，用锥子和针线开始纳鞋底。针线的密度要一致，是交错着扎每一针，形成规则的图案。鞋底做成后，把鞋面也用布条包上边，和鞋底缝在一起。鞋面的边缘与鞋底的边缘要吻合，最后才能正好把鞋面缝在鞋底上。这样，一只布鞋才算完成。最后做鞋扣或鞋襻之类的小件做装饰。那些小零件就靠心灵手巧来自由发挥了。

看笔记感觉很简单，实际操作起来却不是那么回事。比方说糨糊抹得不均匀，做出来的鞋子就会不平整，穿在脚上就会不舒服。再比如用锥子和针线纳鞋底，看上去简单，实际上手上的力气一定要掌握好，轻了穿不过去，重了，不小心锥子拿空会戳在手上，一戳就是一个血窟窿，那是十指连心的疼。再比如说，把鞋面缝在鞋底上，看上去只是缝那么简单，实际上却是个技巧活，做得不好，针脚露在外面，影响美观。

一个师傅带三个徒弟，能不能领悟，完全靠自己的悟性。好在几个小女工都是公社精挑细选出来的，各自都有特长，学得快，理解能力也强。几天之后，陈红梅就慢慢摸索出了一些经验。

陈红梅的师傅姓秦，70多岁，一头银发，看着一张慈祥的笑脸，实际上对女工要求极其严格，细节上稍有错误，就会要求全部返工。几个小女工经常被她责骂，心里对她既敬又怕。

中午吃饭的时候，大家都休息了，只有陈红梅还在继续工作。她在做一个鞋底，一层一层地把糨糊抹上，糊上去之后，又用手反复把它们抹平整。渐渐地，她发现，用指腹去感受相对要准确许多。秦师傅看在眼里。她发现，这段时间以来，陈红梅做工特别认真仔细，总是比别人付出双倍的努力，对每道程序都严格要求自己。

秦师傅拍了拍陈红梅的肩膀，鼓励她说："你的方法是正确的。"

天气热，陈红梅的鼻尖上沁出了汗，两只眼睛紧紧盯着鞋子。秦师傅接着说："鞋子是穿在脚上的东西，它比不得穿在身上的衣服，穿在身上的衣服哪怕是大一些或是小一些，不舒服一点也可以接受，可是穿在脚上就不同。若是大了，鞋子就不跟着脚走，脚在鞋子里跑；若是小了，鞋子捆着脚，没法走路，比不穿还难受。尤其是这鞋垫，哪怕是有一粒小麦在那里，都会硌得脚疼。所以，人们常说'鞋子舒不舒服，只有脚知道'，这句话的意思也就是说，鞋子不能只看漂亮好看，一定要看它适不适合，舒不舒服。只有适合的鞋子穿在脚上，人才会舒服，才会走得快。"

陈红梅被师傅的话吸引了，回过头看着师傅。师傅接着说："所以说，可千万别小看了这双鞋子，这可是门大学问。首先要穿着舒服，其次，要是再美观些就更了不得。你看看这个世界上那么多人，谁要是没有双鞋子，该怎么生活呀？所以每个人最少要有两双鞋子。我们不看世界，就看看我们这个小城市，如果每个人要你的一双鞋子，你想想，你得做多少双鞋子。那万一其中有一双做得不好，被人买走了，他以后还会不会再买你的鞋子？"

说到这里，陈红梅放下手上的活儿，目光炯炯地看着秦师傅，对秦师傅说："师傅，您说得太好了，我一定会努力，做出外观既漂亮，内里又舒服的鞋子。"

"对，这才是我喜欢听的话。"秦师傅满意地说，"对于一个做鞋人来说，这是我们对自己最基本的要求。"

"知道了。"陈红梅若有所思地回答。

雨水

五

　　艺术是相通的，一个人的审美能力往往决定了他对于艺术的感受能力和认知能力。艺术能熏陶人，同时也能感化人，在无形中传递出来的美好会荡涤一个人的灵魂。因此，好多人会在艺术中寻找到心灵的寄托和感应，像来自遥远山谷的回声。

　　时间，在这间屋子里缓慢得像一段抒情乐。而此时的张倩正靠在床头，目光看着窗外，留声机里的唱片是她钟情的一段音乐。她的父亲不仅能写一手好文章，同时，也是一名古典音乐爱好者。世界上所有的艺术都是相通的，是为有趣的灵魂准备的。因此，他们家收藏了很多唱片，还都是精品。张倩记得光是《天鹅湖》的全剧音乐就有四种不同的版本，而贝多芬的《第九交响曲》则有卡拉扬指挥的柏林爱乐交响乐团演奏的精品版、哈恰图良指挥的莫斯科国立交响乐团的版本等。这些唱片被父亲分装在书柜里，用不同的小木盒精装起来，看起来像一本本厚厚的音乐词典。张倩一有空，就会从其中挑选喜欢的拿出来播放。

　　从小，她与父亲最大的共同点就是对音乐的喜爱。每当黄昏的时候，父亲便会放上音乐，他们在各自的房间里，表面上各自在看书、写字或做作业，实际上，他们的耳朵都沐浴在那美妙的音乐声里。任那些舒缓的节奏，辽阔的音域带着他们的精神世界飞过各自内心世界的平原草地、山川湖泊、月光星辰。

　　有一次，在和父亲聊天的时候，父亲突然说："音乐和诗歌是从高尚的心灵深处自然流淌出来的，一个卑琐的灵魂，永远写不出高尚的音乐和诗歌。"张倩听到父亲说这句话的时候，内心无比的震撼，使她突然对瘦弱的父亲有一种莫名的崇拜。也因此，她记住了这句话。

　　父亲看了她好一会儿。女儿长大了，有了自己的心思和想法，但是，也不能一味地放纵。他不知道如何改变一个正在走向成年的女儿，只能小心翼翼地对她说："总不能一直这样下去吧，如果不做事情的话，精神世界岂不是更空虚？要么你就复习，准备明年重新参加高考，要么你就去参加工作。但是你又没有一技之长，能做什么呢？国家可不养闲人和懒汉，只有自给自足，自食其力。"

实际上，张倩心里明白，只是若父亲不说，她也就不提。她知道父亲迟早会沉不住气，好像早就在等着这一刻，当然不会轻易放过。借此机会，她瞪着一双无辜的大眼睛对父亲说："高考就免谈吧，早跟你说过，我不是那块料，依目前的情况，你说我还能怎样。"

她好像终于逮到了这个机会，不容错过。张倩变得乖巧温顺起来，她凑到父亲面前，试探着把一张笑脸贴过去。她第一次用商量的口吻对父亲说："要不我去工作吧。我听说钢铁厂招人，我觉得能到那里也不错。"

父亲冷笑了一声，将手里的报纸扔在桌子上，过了一会儿才说："就凭你这样，人家工厂招的是翻砂工，每天用铁铲子把铁渣送上车，你以为就凭你这体力，也能干那活？"

这下轮到张倩傻眼了。那可不行。她有些犹豫，知道自己干不了那体力活儿。可她实在需要一份工作。她心里浮现余家兴的笑容，仿佛一份沉甸甸的牵挂。

再说，这样混下去，她也确实厌烦了。陈红梅已经投入新工作，而且，看上去做得那么努力和认真，一个人一旦有了目标，生活就会变得充实起来。她渴望在生活中塑造一个新的自我，却又不知道从何入手。

"那我能做什么工作呢？"她一脸茫然地看向父亲。

"这几天先在家看看书，再说吧。"父亲一脸无奈，边回答边退出了屋子。

父亲在文化馆做报刊主编，认识社会上的三教九流，每隔一段时间，就会有作者到家里来玩，带着自己的稿子向他请教。他们喝酒聊天谈文学，声情并茂地朗诵自己创作的诗歌，有时候酒喝高了也会指桑骂槐，往朋友身上倒一肚子的苦水。在话题上几乎没有选择，既要操心自己的小家，还要关心国家，所以，一聊开就没完。

那天，他们又喝多了，父亲便叫女儿给大家上茶。张倩拎着陶瓷茶壶给大家续水。一个朋友的目光落在她身上，他问张倩父亲："孩子毕业了吗？整天在家里不闲得慌？"

父亲有些不好意思，说："本来今年恢复高考，可惜她没能考上，如今在家里待着，正想给她找条出路。"

"我听说，这几天轧钢厂不是在招工吗？招了好长时间，没有合适的，听说是要招一个能写会画的人。宣传科最缺的就是这方面的人才。我觉得张倩就比较合适。她平日里不是喜欢写作文吗？画又画得好，做宣传工作是最适合了，可以去试一试呀。"

听朋友说完，父亲转头看了看张倩，用目光征询她的意见。张倩这些天正闲得发慌。但是，她听说轧钢厂是一个比较大的工厂，她没有信心，心里却跃跃欲试。那时候，张倩刚刚毕业，正是天不怕、地不怕的初生牛犊，再说，在那个时代，高中毕业生在城里少之又少，社会上的一般规律是高中毕业可以到初中学校当老师，初中毕业可以到小学当老师。更何况张倩有天赋，平日里喜欢写写画画，确实是不成问题。本以为只是自己的一项爱好，没想到还派上了用场。

本来以为朋友只是这么一说，父亲也没放在心上。可过了几天，在父亲这位朋友的引荐下，张倩去了轧钢厂进行了面试。轧钢厂的书记看了看张倩，一看是个小黄毛丫头，有些扫兴。当着大家的面不好说，他便把她叫到办公室，让在办公室写一个参加工作的申请。原以为她抓破头皮也写不出半页纸，没想到张倩不到十分钟就写了一页纸，把迫切希望参加工作的理由，写成了要积极参加社会主义建设的伟大理想，要做伟大社会主义的接班人。那文采，有条有理，且钢笔字端正有力，张弛有度。书记顿时来了兴致，又问她平日里喜欢做些什么。张倩回答，平日里喜欢听听音乐，也喜欢在笔记本上画点花草人物。在文化大院里长大，这些东西司空见惯，倒也没什么稀罕。

书记饶有兴致地说："那你就画一个给我看看呗。"

张倩把笔记本翻过来，直接用钢笔在笔记本后面随手画了一些花草、云朵。虽然图案简单，却组合得别有一番意境。书记看后，说："太好了，我们需要的就是你这样的人才，以后你就在宣传科工作了。"

那个年代，正是社会主义建设的初级阶段，各个大型企业都需要配备相应的专业宣传工作人员，主要职责就是负责厂区的黑板报，还有就是到了饭点或是休息时间，放放大广播，把国家的方针政策以不同的方式宣传给普通群众。张倩没想到得到一份工作会这么容易。只不过，她本身就有这方面的特长，而且，会这个特长的人在这个城市并不多，能得到这份工作，是偶然，也是必然。

六

之前，听父亲说母亲是个大美女的时候，张倩还不以为意。那时候，她的审美能力有限，可以说是处于启蒙阶段，觉得个子矮，不惹眼，长雀斑才可爱，觉得丹凤眼真好看，觉得穿打补丁的衣服是朴素大方。直到参加工作以后，穿上了蓝色的工作服，从镜子里看到英姿飒爽的自己时，张倩才知道什么是一个女孩子真正的美，才开始想到母亲，也才真正开始想让自己美起来。

趁着父亲出门，她把收藏的那些旧相片找出来，全部摊开在床上，又从镜子里把自己的模样拆开来和母亲做比较。不得不承认，她的很多地方和母亲真是相似，从眉毛到嘴角，笑起来时嘴角上弯的样子，简直就是母亲的翻版。这样的发现让她自信起来。她开始注重自己的穿着打扮。作为一名知名舞蹈演员的女儿，她要求自己走路挺直身子，迈步子的时候，也开始注意两只脚之间藏着婀娜端庄。

当她换上一套帅气的工作服，走出家门的时候，迎面看到肖飞正好从西边的楼走出来。肖飞穿着一件白棉布衬衫，衬衫上染了些涂料，可能是刚刚画完画，还没来得及洗，外面披了件黑棉袄，没有扣纽扣，敞开的棉袄，可以看到那白衬衫上的五颜六色，看上去是狼狈，实际上又有些张狂。看见是张倩，他怔了一下，一下子没认出来。

张倩一脸无所谓的样子，大摇大摆地从他身边走过。在这个大院里，清高过头的人早就见得多了，张倩和谁都不较真，更何况自己欠了他的钱，难道嬉皮笑脸地追过去，说："嗨，你没看见我吗？"

肖飞放慢步子，看了看她，有些困惑，好像面前站着的不是张倩。他又仔细地看了一眼，才说："你这身衣服从哪来的？"

"开玩笑，当然是我自己的啦。我告诉你，从今儿起，姐就是工人阶级老大姐了。"张倩呵呵一笑，用手拍了拍蓝色劳动布衣服下摆，得意地回答。

这下轮到肖飞大吃一惊了，他问："你高考没考上吗？干吗不补习一年？多好的机会，让你给糟蹋了。"

"什么话，什么叫糟蹋？我们班40个学生，就考上了3个，你以为那大学校门是敞开的，随便什么人都可以进去吗？姐没考上，那也是理直气壮的，你干吗看不起人呀？"张倩急了，提高音量对肖飞喊道。

肖飞却淡定得很，一脸见怪不怪的表情，冷笑一声，挤出一句话，说得轻巧，却句句锥心："倒也是，大学的校门可不是什么人都能进的，更何况那些做什么事情都理直气壮的人。"

听肖飞说完，张倩脸上红一阵白一阵的。肖飞话里的意思不是明摆着吗？大学的校门，本就不该让张倩这类人进。也就是你张倩这样的人，恬不知耻，没考上还理直气壮。

真是搬起石头砸自己的脚，张倩心里恨恨的，一肚子火没地方发，还找不出合适的话来还反击他。心里生气地想，为这种人生气不值。好吧，既然你看不起我，我张倩还更看不起你呢。这么想着，就要离开，走了几步，又回过头来，对肖飞道："你的钱，等我发了工资就还你。"

"什么钱？"

"当然是笔洗的钱了，你以为我还欠你什么钱。"

"干吗要还？我没叫你还。"

"干吗要欠你，我张倩是什么人，干吗欠你那几十元？"

"可是，事实是你已经欠了。"肖飞说这话的时候，脸上露出一个不屑的神情。张倩气不打一处来，却不知如何反驳，一向能说会道的嘴巴，从来没在别人面前吃过亏，如今在肖飞面前，却无言以对，活该她步步挖坑，却是自己往里跳。她有些羞愧，转身向大门走去。肖飞不由得抬头看了看她的背影，在心里淡笑一声。以前只知道她是张老师家的女儿，怎么突然就成了一个大姑娘，难怪人都说女大十八变。张倩和一个月前比起来，真的是判若两人。

外面的太阳火辣辣的，张倩没走几步，就听到后面有人叫她的名字，转头一看，是邮差来了。

"小姑娘，你好像就是张倩吧，张老师的闺女，我一看就知道是你。"邮差笑眯眯地说。

"对，对，就是我，是有我的信吗？"张倩有些激动。她想起余家兴去学校快一个月了，还没给自己写过信呢，她心里一直惦记着。

"那就对了。"说着，邮差把自行车脚架支好，从后架的草绿色大帆布包里翻出一封航空信，递给张倩。张倩接在手里，迫不及待地打开。正是余家兴的笔迹，顿时，她的心跳到了嗓子眼。拿着信，她一路撒欢地往家跑，跑到门口的时候，刚好遇到准备出门的肖飞。两个人都没有防备，差点撞了个满怀。

"瞎高兴啥呢，才出门就捡到金元宝了？"肖飞揶揄道。

"金元宝倒是没捡到，不小心撞了个傻瓜倒是真的。"张倩毫不示弱，伶牙俐齿地回答。

"撞了个傻瓜也值得这么高兴，弱智。"肖飞说，目光落在那信封上，又说，"男朋友寄来的信吧，那么开心。"张倩气得牙痒痒，没心情和他辩论，把头一扭，拿着信跑回家了。

张倩把房门关好后，才小心地用剪刀把信封拆开，又把里面的信纸抽出来，铺开在桌子上，认真阅读起来。余家兴在信里对张倩大致说了学校的情况。听他的语气，他还是比较适应大学的生活，就像当初他对张倩承诺的那样，细致描写了大学生活的种种乐趣，小到吃饭睡觉等各种细枝末节。他还说，他现在在学校的食堂帮忙，每天负责打扫卫生，最重要的是可以免费在食堂吃饭，这样就可以省去伙食费，让张倩不用担心他的生活，只要伙食费解决了，其他的费用再慢慢想办法。

在信的末尾，余家兴第一次对张倩倾诉了自己的思念之情。他在信中写道，其实在高一进学校大门的时候，他就很喜欢张倩了，喜欢她的眼神，喜欢她精灵古怪的样子，喜欢她那藏在骨子里的傲气。尤其是当张倩劝说他应该去读大学的时候，余家兴说，他更喜欢她的温柔以及她的善解人意。

那是一封很长的信，足足有六页，字写得很小，简直可以说是密密麻麻，但每一个字、每一句话都真情实意，令人动容。实际上，这也是张倩和余家兴认识两年以来，余家兴第一次向张倩如此坦诚地表白。张倩摸着这几张彩色的信纸，那一个个蓝色墨水的字迹，有一种久违的幸福感油然而生，令少女的心湖碧波荡漾、春情萌动。

七

随着火车汽笛的轰鸣，父母的脸庞在杨维维的视线中逐渐缩小、缩小、凝固，直至消失在茫茫的崇山峻岭之间。那是杨维维离开父母，第一次单独出远门。陌生的城市和大学曾经是她唯一的梦想，现在，她将带着这个梦想奔赴自己的未来。然而，在踏上火车的那一刻，面对完全陌生的人群和境地，面对那一张张即将远赴他乡的陌生面孔，杨维维有些不知所措。她渐渐感觉自己仿佛被投身于一个巨大的深山旷野之中，在拥挤的车厢和嘈杂的人声里，那种无边无际的孤独感突然向她侵袭而来。

原以为登上火车的那一刻，便已开始她漫长的大学历程。踏上火车，仿佛是踏入一个截然不同的世界。她的身边坐着四个中年男性，穿着笔挺的中山装。自他们上车，就一直不停地侃侃而谈，说着她听不懂的方言，也说着她从没接触过的新鲜事。杨维维有意无意地侧耳倾听着，从只言片语中，猜测他们说话的内容。

立潮人

她遵从父母的叮嘱，不和陌生人交谈。她也不愿偷听他们的谈话。可那无遮无拦的声音总是向她强压过来。她时而安静地听着，时而走神，时而不知所措，这种感觉就像是被一股巨大的浪抛起又摔下。偶尔抬起头来看一眼车窗外的风景，那些一闪即逝的山川和平原，散落在山间的房屋，就像一枚枚小小的棋子。河流蜿蜒曲折，很快又从她的视线中消失。这样的情境，让她想起了一句话，"人生的行程，不知道前面的风景是什么，会遇见什么，只能不停地往前走，迎接一个又一个的未知"。

本来在火车上遇见的已经够精彩了，到了学校才知道，这里才是真正的大世界。她完全没想到，大学的校园居然那么大。很少出过远门的杨维维到了这里，几乎是个路盲，在这里，她甚至有过一次迷路的遭遇。

那天，一个热心的学姐帮她搬着行李，将她送到宿舍后，还特意交代她，她住的楼是五栋四层十三号。她一再感谢后，学姐才放心地离开。然后，她开始收拾自己的行李，耳边是同宿舍女孩的大呼小叫，她和邻床的同学聊了几句，才想起蚊帐还没有买。同宿舍的女生告诉她，学校大门口的供销社就有卖。她摸了摸口袋里的零钱，便出门去买蚊帐，回去后才发现，她找不到自己的宿舍了。同年同款的红砖楼房，一排排地屹立着，在蓝天下几乎毫无区别。

她脑子里使劲回想学姐一再提醒她的那些号码，唯一有印象的只剩下四层这个数字。她只好一栋一栋找过去，把每幢楼的四层都看了一遍，仿佛经历了很长一段时间才找到自己的东西，最终才确认了自己的宿舍。自那之后，杨维维再不敢掉以轻心。她想出一个办法，就是把这串数字写在手背上。这样坚持了三天。当她确定能够完全凭直觉，走到自己的宿舍时，她才擦去这最原始的记忆方法。

班上的同学来自五湖四海，年龄最大的同学年届30，有儿有女，整整比她大14岁，原来是县城医院的一名医生，还领着工资。或许连她自己都没想到，自己还能走进大学的校门，因此特别珍惜这样的学习机会，几乎是争分夺秒地在看书和学习，很少和同学交流。最小的也是高中应届毕业生，年龄比杨维维还小两岁，一脸稚气的模样，听说读小学的时候连跳了两次级。在杨维维看来，这真是不简单。那位同学看见谁都是"哥哥""姐姐"地喊，声音还清脆甜美，让人喜欢。这个班上什么人都有，有一个老大哥，原来在农村做赤脚医生，班上同学生病的时候，也会找他看病。他给同学开药，甚至还教他们打针。在这样的一个班集体里，可以接触到很多新鲜的事物，也可以学到许多书本以外的知识。

在她们寝室的八个人中，杨维维算是年龄较小的。大家相处得也比较融洽。大家都很珍惜这难得的学习机会，彼此间相互照顾，嘘寒问暖。几天之后，杨维维就融入了这个大家庭中。

老师们也都是刚恢复工作，一个个人逢喜事、春风满面，对学生都特别关爱。当时的学习资料非常少，也没有像样的课本，很多书是学校自己拿油墨印的，有的是老师讲课时带的几张自刻蜡纸印出来的，还有的连书都没有，老师在上面讲，学生在下面记，一堂课上完，能记厚厚一大本知识点。但大家学习劲头很足。老师恨不得把所学的一股脑儿全塞给学生，总告诉他们，要珍惜这得来不易的机会。学生都很珍惜这来之不易的学习机会，再苦再累都愿意。

在新学年的迎新晚会上，几个以前与苏联专家一起工作过的教授、讲师还欢快地跳起了苏联舞。教室中，随着优美的旋律，他们跳起伦巴，脚步轻盈如飞，激情飞扬，一招一式令学生大开眼界。受气氛的感染，杨维维的性格比之前开朗了很多，偶尔还会和身边的同学说几句心里话，也将这些事情一字不漏地写上信纸，告诉陈红梅和张倩。

她把写给两个人的信装进一个信封，一起寄给陈红梅，或者一张信纸上直接写上两人的名字，这样陈红梅读完信后自然会转交给张倩。有时候也给父母写信，内容要简单得多，只是报个平安而已。渐渐地，她就像一滴水，融入更多的水中，成为那万千水花中的一朵。

当杨维维一个人坐在教室的角落里给陈红梅她们写信的时候，在另外一个遥远的城市，余家兴正躺在足球场的草地上。他的头顶上，冬末的天空干燥而晴朗，蓝得没有一丝云朵，而他的身子下面，是还没泛青的草地。

宽阔的天地之间，他感觉自己的身体越来越小，越来越轻，仿佛是草叶上的一滴露珠，很快就融化在阳光里。而此时，透过蓝色的天空，他仿佛看到了张倩正在向他走来。她穿着白色的棉布衬衫、蓝色的裙子，长发披散着，边走边笑。那笑脸，真诚、干净，写满了善意。余家兴沉浸在自己的思念中，安静地睡去。

大学生活，永远是那么诗意和惬意。

八

一根纯棉的线，本来是柔软的，在淡黄色的蜂蜡上轻轻拉几个来回，便有了硬度和柔韧度。纳鞋底的针也比普通的针要粗三倍左右，捏在手上很实在。半颗米粒大小的针孔，棉线从中间穿过，再一针一针地钉到鞋底。一只精美的鞋底需要千千万万针穿过。

两个礼拜之后，陈红梅的双手就有了一道道的勒痕，还有一些被针和锥子不小心刺破的伤口。那些伤口看上去虽然很小，但深度是肉眼看不到的。都说十指连心，如此千疮百孔，有的伤口因为没有得到及时处理，如今已经化脓。可想而知，短短半个月的时间，这双曾经白白嫩嫩的双手究竟经历过什么。

岁月对待每个人都是公平的。当你付出了多少努力，岁月就会回报给你多少收获。两个月之后，当鞋厂的规模日渐成熟，之前的小女工也渐渐出师了。厂里又招进来一大批女工，她们几个的工作任务就更重了，每个人必须负责带5个女徒弟，而且，还要完成自己的工作。这些女徒弟都是公社里找来的。既然是社办企业，工人就只能在公社找。范围小，因此，领悟能力和学习能力也参差不齐，年纪大的四五十岁，年纪小的也有十四五岁。

陈红梅带了5个徒弟，除了一个之前有些经验外，其他的都没怎么接触过做鞋。有一个年龄较大的，40岁左右，名叫花嫂，据说是某位领导的老婆。陈红梅刚刚步入社会，对什么头头脑脑的没多少了解，只知道这是公社交给她的任务，那她就要对自己的工作负责，更应该将自己的徒弟带会，因此她都是手把手地教，狠下了一番功夫。

偏偏这个叫花嫂的并不领情，嘴巴也从不闲着，张家长李家短的，喜欢搬弄是非，偶尔装模作样地做几针，然后就把手里的活儿丢一边，找人说话去了，还一脸的不耐烦。刚开始的时候，陈红梅以为她不会，便把她扔到一边的活儿捡回来，耐着性子追着她教。花嫂不好说什么，就随便应付几针，然后找个机会又躲开了，还说："我都这把年纪了，哪像你们年轻人，心灵手巧，学什么都快。"

陈红梅便贴近一些，用温和的声音说："慢慢来，熟能生巧，做几天就会了。"

"哪有那么容易，我天生就不是做这个的料。得了，得了，眼睛起萝卜花了。"花嫂把声线拖得长长地回答。

陈红梅无奈。而这些情况，秦师傅都看在眼里，抽空的时候便对陈红梅说："你手艺学得好，做事也认真负责，就是没心眼。你带徒弟也得看看对方是什么料，就花嫂那样的懒婆娘，你就是再教她十年，她也学不会，因为她心思根本就没放在工作上，仗着老公是当官的就欺负人，真是讨厌。"

"那可怎么办呢？"陈红梅有些为难地看着秦师傅。

"还能怎么办，人家背后有人，你怎么惹得起？只能睁只眼闭只眼，委屈自己了。"秦师傅无奈地看着陈红梅那张单纯的脸，心疼地说。

"那没关系，以后我多做点就行了，反正做多了也不会吃亏，至少我学会了一门手艺。"陈红梅眨巴着眼睛说。

"这样理解也对，人只有吃得苦中苦，方能为人上人。"

"秦师傅，你说得太好了，我觉得从你身上我不仅学到了做鞋，更重要的是还学会了做人。"陈红梅说这话的时候，脸上红扑扑的，实际上这也正是她想对秦师傅说的心里话。

这次聊天之后，陈红梅对秦师傅更增加了几分敬意。但既然花嫂是她的徒弟，她们几个人分的活计堆在那里，花嫂不做，其他人就得多做。陈红梅敢怒不敢言。那时候，规定每天每人做5双鞋子，挂成工分，也就是

立潮人

一个人一天有一块二毛钱的工分。陈红梅没有办法，只能在大家下班后，自己加班加点，把花嫂的工分做回来。

每天黄昏，所有人都收工了，陈红梅却要做到半夜，然后再披星戴月地回家。晚点回家她倒无所谓，最让陈红梅心里过意不去的，是母亲和陈红兵都舍不得先吃饭，总要等她回家一起吃。让母亲和陈红兵跟着她挨饿，陈红梅心里很是过意不去。母亲看在眼里，心疼自己的女儿，却又没办法，只能叫陈红梅忍气吞声，别把事情闹大才好。

母亲说的时候，陈红梅心里也清楚。她总是对母亲笑笑，反而安慰母亲说："没关系，反正花得完的只有钱，花不完的是身上的力气。你看，我身上有的是力气，一辈子花不完。"说着，还抬了抬胳膊，给母亲看她胳膊上的肌肉。其实，她瘦得只剩一层皮，哪有肌肉。

鞋厂的几个人都看在眼里，表面上大家不方便说，心里却恨死了花嫂，也为陈红梅暗暗打抱不平。大家趁陈红梅不在的时候，几个人出主意，说要想个办法狠狠治一治花嫂。

因为做鞋的布料都是每隔一段时间由棉布厂送过来，但是那天棉布厂一直没送货，叫人过去问，说那边的工人赶着做其他活儿，没空送货。棉布是做鞋的主材料，没有棉布，鞋厂将面临着停工，所以，秦师傅便安排陈红梅去拉棉布。

拉棉布可不是什么轻松的活儿，一般的工人都不愿意去，因为那棉布一捆足有30多斤，若是一整车棉布，那分量可想而知。可是陈红梅二话没说，叫上厂里的另外一个女孩，两个人就推着平板车出了门。

看着陈红梅和小女工走远，工人赶紧投入自己的工作中。可花嫂平日里不好好学习，这时候突然没了依靠，又怕今天任务完不成，只好赶紧动手，手忙脚乱地做了一个下午。到别人收工回家的时候，她才勉勉强强做出两双鞋子。她请旁边的人帮忙，大家都躲之不及，她只好自己动手，做出来的鞋，针脚太大，做工粗糙，无奈又加班加点地做了一个多小时，实在完不成，心里烦躁得很，便把鞋子一扔，回家去了。

第二天早上检查验收，大家都顺利地交了活儿，大家才发现花嫂不仅没做完5双鞋子，做出来的两双鞋子还歪歪扭扭、质量不过关。之前早有规定，缺一天工，扣两天工分。扣工分就算了，关键脸上挂不住。于是，借着这个机会，秦师傅和几个女工便把花嫂平日里的工作表现给说了。大家纷纷议论。有的说："要想功夫深，铁杵磨成针。平日里不劳动，这时候哪能做得出来。"

"总想赖着别人，总以为别人好欺负，做人要讲点良心。"

女工们借着这个机会，纷纷发表了自己的看法。开始的时候花嫂还嘴硬，顶回去几句，最后终于寡不敌众，败下阵来。

有了这次教训，花嫂之后收敛了很多。又做了一个月，她终于确定自己不是干这工作的料，就辞工走了。

九

现在，再转回来说说陈红梅和那个小女工。当她们拉着车，一路小跑赶到棉布厂的时候，天色已经向晚，到了快收工的时候。棉布厂的大铁门紧紧锁着。陈红梅看了看，发现大门右下方有一个小窗口。她赶紧跑过去，使劲敲了敲小窗。过了一会儿，里面好像有轻微的动静。又过了一会儿，窗子开了，一个英俊的少年从里面探出头来。

"小师傅，我们是鞋厂的女工，说好的要过来拉棉布，怎么大门就锁了呀？"陈红梅看见有人，赶紧迎过去，对那少年道。

"今天在赶工，发货的师傅全到生产车间去帮忙了，你们明天再来吧。"少年解释说。

"那可不行呀，我们提前说好的。如果今天拿不到棉布，鞋厂明天就得停工了。"陈红梅着急地解释，还用手扒住窗户，生怕那少年关了窗。

看她着急的样子，少年动了恻隐之心。他想了想，说："要不你们等一会儿，我去给你们找一找发货的师傅。如果能找到，你就赶紧去开单，应该还来得及。"没等陈红梅回话，少年就把窗户关上了。陈红梅还想说什么,对着窗子叫了两声,没人答应,估计那少年已经进厂子了。

两人只好在门口等着。小女工走了那么远的路,早就累坏了,坐在车的扶手上休息。陈红梅在大门口走来走去,不停地往里面张望,又趴在大门上听里面的动静。

时间不知不觉地过去,小女工等得不耐烦了,说:"他不会是骗我们吧,说不定他根本没去找人,要不怎么会这么长的时间?也不来回个话。"

"再等一会儿吧,或许他们正忙。我们也没有其他办法呀。"陈红梅无奈地安慰小女工。其实,她自己心里也是七上八下的,没有主张。

"也对,我们就在这里等他,他总不可能不出这道大门。只要今天他敢骗我们,等他一出这道大门,我们就拽着他不放。"小女工调皮地出主意。

陈红梅听后,哈哈笑了起来,说:"可真有你的,不过也是个好办法。"

两人话音未落,伴随着"咣当"一声响,大铁门开了。少年探出身子,笑眯眯地向两人招手,说:"赶紧,赶紧,发货的师傅已经在仓库等你们了,你先去开单吧。"

"在哪开单?仓库又在什么地方?"陈红梅一头雾水地看着少年。她是第一次来棉布厂拉货,没有经验。

"你跟我来吧,我带你去。"少年指了指远处一排红色的砖房,对陈红梅说。又指了指仓库的地方,让小女工把车子拉到仓库门口等着。

在少年的带领下,陈红梅顺利地开了单子,回来后把单子交给管仓库的师傅。等师傅做了登记后,她和小女工开始往车上搬棉布。

因为快到收工时间,仓库师傅有些不耐烦,怕她们耽误时间,影响他收工,一直不停地催促她们:"快点,快点,动作麻利点。"

陈红梅和小女工被他催得乱了分寸,更是忙成一团。只能抓紧时间,手脚不停地搬。但是,棉布这种东西和纸差不多,看上去不大一捆,搬运起来却死沉,加上是粗棉布,重量比一般的棉布要更沉一些。两个女孩子生得瘦弱,平日里也很少做重体力活,尽管已经尽力,忙得满头大汗,还是深感力不从心，忙了好一会儿，才只装了几捆布。

少年看见这情况，赶紧过来帮忙。他个子高，身体壮，动作快，一次可以扛两捆布。在少年的帮助下，大家同心协力，不一会儿就把一车货装好了。

等货全部装完，他们把车子推到大门外。陈红梅摘下袖套，擦了擦汗，又把另外一只袖套递给少年。少年也不客气，接过去也擦了擦脸上的汗水。两人对着笑了笑。少年问陈红梅："你叫什么名字？"陈红梅就说了自己的名字，又问少年的名字。少年说："我叫张学海，大家都管我叫大海。"

"大海好听啊。"陈红梅开玩笑道，"我从没见过大海呢，这次总算是见到了。"

张学海听她这么说，哈哈大笑起来，风趣地说："我父母给我起这个名字，是希望我学海无涯苦作舟，可惜我学海没学成，学成了棉布厂的一个小工人。"

"做工人多好啊，咱们工人有力量，多少人羡慕呢。"陈红梅应着，看天色不早了，便向少年告辞，和小女工推着车出了棉布厂大门。

棉布厂建在半山坡处，来的时候是下坡，她们不得不拉着车子，以防车子往前滑；回去的时候就成了上坡。现在陈红梅和小女工推着一整车棉布，要上这个坡就很吃力。只能陈红梅在前面拉着，身子努力地弓着使力，小女工在后面推着，还得掌握车子的平衡。

两人走了没多远，大海追了上来。他说："反正我也刚好收工，顺路送你们一程吧，看你们两个女孩子挺不容易的。"

陈红梅有些不好意思，正想拒绝，大海已经把她推开，自己拉上车开始往前走。陈红梅赶紧跑到车后面，和小女工一起用力往前推。

大海一直把两个人送到了鞋厂，停好车，看了看鞋厂的厂房，好奇地问陈红梅："你们就在这里工作啊？我之前就听说过鞋厂，但还是第一次来。"

"是啊，要不我带你参观参观？"

"不了。只是我以后可以到这里来找你吗？"

立潮人

"当然可以。"陈红梅爽快地回答,声音清脆响亮。她本来很想对他说几句"谢谢"之类的话,这一天多亏了他的帮忙,心里很是感激。听到陈红梅的回答,大海高兴得边跑边笑,跑远了,转头对她说:"一言为定!有时间的话,我就过来找你。如果你到棉布厂拉货,就去找我,我包送货哦。记得我叫大海呀!"

"记住啦,你就是大海,学海无涯的海。"陈红梅笑着大声回答,目光看着大海渐渐消失的方向,一丝甜蜜涌上心头,脸上露出一个会心的笑容。

十

《B小调第六交响曲》,又名《悲怆交响曲》,是彼得·伊里奇·柴可夫斯基创作的最后一部生前演出过的音乐作品。此时,屋子里放的正是这段音乐。那种令人陷入无限低沉、忧伤、哀愁而美丽的曲调,仿佛将人带入一款纯蓝色的金丝绒布里。那是一个纯蓝色的没有边际的柔软梦境,仿佛是人生中一次次毫无尽头的胶着和碰撞,梦想的破灭、心灵的失落、人生的得意和失意,在一个个音符中没有理由地被放空或揉碎。

张倩正在给余家兴写信。这封信她写了很多次,每次写了一页纸后却被揉碎扔进脚前的垃圾桶里。此刻,她杰出的文采仿佛没有发挥的余地,找不到任何恰当的词语表达她内心的真实想法。

对于一个女孩子来说,这样的谨慎并不多余。她不能在信中表现得过分亲热,那会显得一个女孩子不够矜持,也不能在信中表现得过于冷漠,因为她担心那样他会误解她。她确实喜欢余家兴,这种矛盾纠结反复纠缠着她。初恋美好而又羞涩的感觉,煎熬着少女懵懂的心。

她没法在余家兴的来信中感受他所描绘的大学生活,那个圈子离她实在太遥远了,远到她完全无法想象。他所说的绿草如茵的足球场、足球场上奔跑的身影、食堂里的北方菜肴，还有他第一次尝到的羊肉泡馍在舌尖上的味道，他每天忙忙碌碌工作的六个小时，然后再把另外十个小时的时间用来学习和生活。这些都是语言描绘。她恍恍惚惚地读着来信，无法为他的生活环境勾画出具体的形状，甚至连想象都显得吃力。

最终，她还是决定向余家兴说一说自己的生活情况。于是，她在信中告诉他，自己在轧钢厂做宣传工作，她在墙上用粉笔画祖国的山水，她对着厂区的广播激情昂扬地朗诵《大宴河，我的保姆》。当她好不容易将两页信纸写完，合上笔盖的那一刻，心里突然生出了一种绝望。她想象不出余家兴在读这封信的时候，会不会也像她一样，无法体会对方的生活环境。她甚至怀疑他们是不是已经开始变得陌生。她把信折叠成整齐的四方形，然后把30元钱夹在信里，这才穿上外套，往邮电局的方向走去。

街道人来人往，张倩走在人群中，想到余家兴的时候，心里突然跳出肖飞的名字。对了，还欠他那个笔洗的钱。她摸了摸口袋，又算了一下积蓄，加起来大概能够凑够还他。只是这60元钱还了他，她这个月的生活费就会比较吃紧。但是，她不想再欠着他。她想起这件事的时候，心里暗暗好笑，对自己说："张倩，你可真够意思啊，为一个男人莫名其妙欠了另一个男人，这债该如何计算？"

打定主意后，张倩来到后院的小书屋看了看。门锁着，说明肖飞没在。张倩有些失落，回到自家屋子门前，站在走廊上看了一会儿。肖飞那边的门紧紧关着，大概是出门了。

观察了几天，还是没能看见肖飞的影子，一个星期就这样无声无息地过去了，肖飞仿佛从人间蒸发了一样。张倩每天上班前都要看一看那边的门，黄昏的时候也特意到书屋去看看，总期盼着那扇门会突然打开，肖飞像往日一样从里面走出来。但是，等待她的总是一个又一个的失望，那道门仿佛永远关闭了。

她以为欠了他钱，是一个想见他的最好的理由和借口，可是，当她向父亲打听后，父亲说："你说的是文化馆那个小伙子吧，听说是生病了。"

听到肖飞生病，张倩一下子紧张起来，但又装作心不在焉地问父亲：

立潮人

"什么病?"

父亲正在赶稿子,没在意张倩的问题,随口说:"我也不太清楚,只是听说而已,好像好长时间没看见这个人了。"

听到这个消息,张倩心里有些七上八下。有时候她失魂落魄地盯着那边的门,嘲笑自己无能,不就是欠了他60块钱嘛,至于吗?她突然有了一种很奇妙的感觉,就像一团柔软的云落在心上,她惊讶地发现,如果不是他消失,或许连她自己都不会注意到,那个肖飞,在她心里会这么重要,把自己弄得跟丢了魂一样。

就这样,又过了几天,在某个不声不响的午后,对面的门突然打开了。张倩看到那门打开的一瞬间,心咯噔一下,脸不由自主地红了。她看见他拿着毛巾和牙刷,到水龙头那边洗漱,穿着一件白色的汗褂衫,露出小麦色的手臂。张倩站在窗前,看他洗好后,进了屋子,门关上,她怦怦乱跳的心才渐渐平静下来。

终于见到肖飞回来,张倩似乎比几天前精神多了。又过了两天,当张倩看见他往后院去的时候,连忙把准备好的60元钱装进口袋,然后跟了进去。走到书屋前她才发现,这次,他居然把门敞开着。

"咦,你怎么不把门关上?"她进门就问。

"这间书屋很快会重新开放。知道什么叫浴火重生吗?就是这间书屋的故事。"肖飞看见张倩就像看见老熟人,就把这好消息告诉了她。

听说书屋要重新开放,张倩也高兴得很,说:"那以后我就可以随时到这里看书了,是吗?"

"当然了。以后这些书就不再是违禁书籍了,你可以拿到公园里去看,到阳光下去看,到市中心去看,哈哈……"肖飞夸张地说出一长串排比句。张倩被感染了,一张脸红扑扑的,衬得一双眼睛水灵灵的。

"听说你前段时间生病了,现在怎么样了?"她关心他的身体,没等他话音落下,赶紧追问。

"没事,就是割了个阑尾,小手术,不值一提。"肖飞干脆地回答,看张倩一脸吃惊的表情,又说:"我也没想到那么厉害,开始只是疼,一下子就倒下去了。"

"肠子都被割了还说没事，太可怕了，怎么不多休息几天啊？"张倩说的时候，看了看他的脸色，毕竟是做了大手术，看上去还很虚弱，人也瘦了不少。

"不用那么麻烦。你们这些小女生就是这样，一点小病就紧张兮兮的。"肖飞呵呵笑着，还伸手拍了拍张倩的脑袋，就像一个长辈在安慰一个不懂事的小孩子。她从包里取出笔洗递给他，一时间不知道该说什么。他接在手里看了又看，似乎这才放心，随手放进抽屉里，脸上露出了笑容。张倩的心莫名其妙地跟着跳了一下。

十一

肖飞却是一脸无所谓的样子，目光落在桌子上，一边和张倩说话，一边收拾东西。过了一会儿，他又说："本来医生让休息两天，因为听到书屋可以重新开放的消息，我哪还有心思躺在床上，赶紧回来整理一下。"

看着肖飞神采飞扬的样子，不知道为什么，那笑容也像会传染一样，张倩的心情也好了起来。见肖飞一个人忙出忙进的，张倩也不闲着。她找来一块抹布，把书柜上面的灰尘清理干净。实际上，当她第一次走进这间书屋的时候，对于她这个视书如命的人来说，早就想把这些灰尘清理干净。但是，那时候怕被人发现，她才迟迟不敢动手。现在，终于等来了机会，因此，她认真地打扫，细致地清扫每一个角落，每一个动作都那么真诚，甚至是虔诚。

不知不觉，屋子里已经收拾得差不多了，两人又合力把书架和书桌重新摆放了位置。经过一番调整，整个书屋焕发出一种前所未有的光芒，而那些静静的书籍，也仿佛孕育出另外一种安详和神秘。张倩想起小时候第一次走进这间书屋时的情景。她沿着书架奔跑，笑声荡漾在油墨的馨香里，那份记忆在多年后突然清晰起来，恍若眼前。

立潮人

眼看打扫得差不多了，张倩看到肖飞又从抽屉里慎重地把那个笔洗拿出来，重新放在了桌子上，心里顿时有些惭愧。她把钱掏出来，放在桌子上，说："这钱还给你。"

"不用。你把笔洗赎回来，也花费了不少钱，这钱你应该拿。"肖飞重新把目光落在笔洗上，笑了笑，接着说，"实际上，这个笔洗，出多少钱我都愿意把它赎回来。"

"它对你很重要吗？"张倩问。她说话的时候，把钱放在了桌子上。

"这世界上有很多东西本身没有多少价值，但是如果它对一个人有特殊的意义，那它的价值便无法衡量。"肖飞说话的时候，张倩的目光一直落在他的脸上，有一种小女孩的痴傻和愚笨。但是，这并不妨碍她本身的美丽，甚至还有那么一点点的可爱。她觉得肖飞说的话太深奥了，她只是一门心思想把他的话听完整。

她的表情让肖飞有了继续说下去的信心。仿佛要追溯一个古老的故事，他想把这个故事讲得更完整。于是，思索片刻后，他接着说："这个笔洗本身只是一个紫陶制品，虽然在工艺上有一些独到之处，但是也不是什么无价之宝。"他说这话的时候，张倩仔细看了看那个笔洗。比起其他紫陶制品，这个笔洗，除了小巧精致，外面镂空雕刻了一条精美的龙，其他地方也确实没什么特别的地方。

她听肖飞继续往下说。很多年前，一位军人因为要去参加战斗，无奈只能将妻子和刚刚出生的儿子留在一个村子里，请当地一位老乡代为照管。这位军人出身书香门第，自小喜爱绘画，所以走到哪里身上都会带着这个笔洗。

他离开前，想到儿子还小，若是有朝一日他回来，认不出儿子怎么办。可身上也没什么值钱的东西，只有这个跟随了他很多年的笔洗，便把它留在孩子身边，作为证物。

因为孩子刚刚出生，需要奶水喂养。清晨，老乡把孩子背在身上，到河里抓鱼，想熬些鱼汤给孩子喝。等他回到家的时候，发现笔洗里已经装满了奶水，他便赶紧把这些奶水喂给孩子。就这样持续了半个多月。后来才知道，原来，是村子里几个刚生完孩子的女人，听说了军人的孩子没有奶水喝，就趁老乡出门的时候，自发地将奶水挤进这个笔洗里，存着给孩子吃。

"那这位军人现在在什么地方？"张倩听得几乎入迷了。她没想到一个小小的笔洗，竟然有一个神奇而美好的故事，仿佛可以透过它，看到一个军人的传奇经历，也可以看到那些伟大的母亲，以及一个小山村里，人与人之间亲切善良的情感。

"他病逝了。临终前，他把这个笔洗放在文化馆的书桌上，告诉他的同事，这不是笔洗，而是人与人之间深深的爱。之后文化馆虽然经历了几次变革，但大家始终齐心协力，默默保护着这个笔洗，实际上也是对自己情感的一种承诺和守护。"肖飞回答道。

"怪不得我爸爸不许我碰这个笔洗。但是他又说，万一被别人拿走就更可惜了，要好好收藏着，原来还有这样一个故事。"张倩恍然大悟。她重新将这个笔洗接过来，捧在手心，轻轻地抚摸着，内心对那位军人前辈生出了无限的敬意。

PART 3   **惊蛰**

惊蛰

一

在露天看电影，有时清风拂面，有时寒风刺骨，但绝对不会影响看电影的好心情。一群人兴致勃勃地聚在一起，跟着电影情节，不，有时候不一定看得懂情节，只是跟着大家的节奏，别人笑，就跟着乐；别人哭，就跟着掉眼泪，所有人都跌入同一种情绪里，欲罢不能，简直是太神奇了。

这个时代，正是露天电影兴起的时候，也是人们对一切怀揣着好奇和想象的时代。陈红梅和张倩挽着手来到灯光篮球场，露天电影正准备开场。整个篮球场人山人海，热闹非凡，一张张笑脸喜气洋洋。好不容易黑边白幕上出现了《红色娘子军》中吴琼花那英姿飒爽的笑脸，现场起了一阵不小的声浪。

白底黑边的银幕就挂在篮球场正前方，观众到处都是，有的席地而坐，有的坐着随身带来的小板凳，后排的干脆站在长条形桌子上，高矮错落有致。除此之外，围墙上，土堆上，窗台上，到处都是密密麻麻的人头。就连人们看电影的状态也都是形态各异，有抽着水烟筒的，有嗑着瓜子的，有说笑聊天的，还有东张西望的，他们不是来看电影的，而是来看人、凑热闹的。

张倩和陈红梅到处看了看。正在播放的电影引起了全场一阵哄堂大笑。两人好奇地转到荧幕后方，发现银幕上居然是同样的视觉效果。只是从后方看，人是反着的，用左手吃饭，用左手写字，用左手扛枪。两人看得也是一阵哈哈大笑。

看了一会儿，她们觉得不过瘾，还是决定到前面去。好不容易挤出人堆，走了没几步，陈红梅突然停住脚步。张倩正在兴头上，着急着往前，见她不动，只好停下来问她："怎么啦？"

陈红梅不说话，目光像是被什么吸引。张倩奇怪，只好停下来。陈

立潮人

红梅指着前面，说："你快看。"张倩说："谁掉钱了吗？"陈红梅推了她一把，丝毫没有要离开的意思，说："不是，不是，你看呀，那个女孩子。"

"那女孩子怎么啦？"张倩还是没看明白，睁着一双黑白分明的大眼睛盯着陈红梅。陈红梅指着的女孩子，穿着一件花色的棉布衬衫和一条蓝色工装裤，看不出有什么特别的。她没好气地责问陈红梅："还不是两只眼睛一张嘴巴？我以为外星人呢，也不比我们好看到哪去。"陈红梅赶紧说："你看，她脚上穿的鞋。"

顺着陈红梅手指的方向，张倩这才注意到那女孩脚上的布鞋，天蓝色的碎花鞋面，尖尖的鞋头只包住脚趾的部分，脚面是露着的，有一个鞋扣，鞋扣上钉了一颗绿色的小纽扣。令人惊讶的是，这双鞋居然有一个半高的塑料底鞋跟，大概有两厘米。因为有了这个塑料鞋跟，就显出了和其他布鞋的与众不同，把少女的脚踝衬托得极为好看。最重要的是，视觉上，她的小腿部分被拉长了，十分漂亮。

在当时，人们的着装多以蓝色为主，在这样单一的服饰颜色上，性别差异都被淡化，大街小巷都是蓝蓝的一片。而塑料底布鞋已经不是什么稀奇的东西，但多数是平底鞋，而且是黑布鞋面，设计上也是那种比较简单的套鞋。另外比较多的就是解放鞋，鞋子呈草绿色，胶底很牢靠，比较耐穿。像这样新鲜的花口，还带着跟的布鞋，两人还是第一次见，都喜欢得不行。她们赶紧走过去，对那个女孩子笑了笑，问她："你脚上的鞋是在什么地方买的？真漂亮。"

女孩听到了赞美，一脸开心的模样，说："这鞋是我一个亲戚从上海带回来的。"

张倩和陈红梅赶紧附和道："难怪我们是第一次见到，只是这样的鞋子穿在脚上好走路吗？那么高的鞋跟，稳不稳啊？"

女孩听了哈哈笑起来，抬起脚扬了扬，才回答："可方便了，一点儿都不妨碍走路，就和平时穿的平底鞋一样。"

"哦，太神奇了。"她们围着女孩走了一圈，羡慕得不得了。

正说着，陈红梅的肩膀上被人拍了一下，把她吓了一跳。她回过头来看，原来是大海笑眯眯地出现在她们面前。陈红梅没好气地说："你有没有正经的时候？把我们吓掉了魂怎么办？"

大海嬉皮笑脸地笑着说："吓掉了魂，我给你们买鸡蛋。"

陈红梅懒得和他拌嘴，她还沉浸在那双鞋子上，便指着那双鞋子说："你快看，这鞋子真漂亮。"

大海瞄了一眼，然后不以为意地说："有啥稀罕的，你要是喜欢，等下次我也给你买一双。"

"我才不要呢，肯定很贵吧。"陈红梅的眼睛都舍不得离开那双鞋子，猜测道。

"贵我也给你买，只要你喜欢。"大海一脸认真地道。

女孩听了两人的对话，接口说："实际上这鞋子不贵，比普通布鞋也就贵了一块钱，我觉得值。"

这回轮到陈红梅和张倩大吃一惊了。陈红梅说："这么好看的鞋子，和普通的布鞋比，怎么还贵不了多少呢？"

女孩子说："你想啊，它也是棉布面料，只是这个花口新鲜些，而且这个塑料底是一次成型的，不像我们原来的手工鞋，鞋底需要人工一针一针缝上去，费时又费力。使用这种塑料鞋底，成本自然降低了，鞋子也就不会很贵。只是这鞋子新上市，所以才比一般的布鞋贵了那么点钱。我想过段时间，这鞋肯定还没手工鞋贵呢。"

张倩觉得她说的话有道理，连连点头，说："你说得对，我也觉得是这个道理。"

陈红梅低头思索了一会儿，觉得张倩和那个女孩说得都对，不仅皱起了眉头，心里不由得担心，她们鞋厂做的那种又笨又重的手工鞋，是否还会有人买，是否会被淘汰。这个晚上，她的眼睛虽然盯着荧幕上的吴琼花，心里却在想那双鞋。

立潮人

二

看完电影，大海陪着张倩和陈红梅一路往回走。她俩意犹未尽地聊着鞋子。露天篮球场离家还有一段距离。月亮挂在沿路的树枝上，送了他们一程又一程。雪白的月光将这条水泥路照成了灰白色，也照在两个女孩的身上，有种梦幻般的不真实。

大海把两人送到街口，陈红梅停下脚步，说："你回去吧，我们两个女生要说悄悄话了。"大海不想离开，眼巴巴地看着陈红梅。陈红梅再催，他便说："天晚了，还是我送你们吧。"

两个女孩对视了一眼。张倩看得出陈红梅眼里荡漾着甜蜜的幸福，刚想离开，陈红梅抓住她的手不放，对大海说："我和张倩工作以后，很少有时间在一起，好几天没见面了，今天难得见一次，我们俩还得说一会儿话，你先回吧。"大海没话说了，不情愿地往回走。走了一段路，他又停下步子回头看，发现两个女孩居然还站在原地看着他，他不好意思地笑了笑，这才转身离开。

"看吧，我就猜到，他顶多走十步就要回头。真心爱一个人的时候，能多看一眼都是幸福的。"张倩调皮地说，黑眼睛闪了闪，和天上的星星一样明亮。

"人还不错，也不讨厌，就是有时候油腔滑调，不过，做起正事来又蛮正经，还可以吧。"陈红梅大大方方地回答。

"不讨厌的话，那就是喜欢了。喜欢才会不讨厌。"张倩肯定地说。陈红梅没有承认，也没有否认，只是笑了笑。算是默认了吧。

她又问张倩："你现在还在和余家兴通信吗？你们现在是什么情况？你真打算等他到大学毕业？"

张倩抬头看了看苍青色的天空，目光中流露出一丝淡淡的忧伤。她不知道该如何回答这个问题，便向好朋友低声倾诉道："我不能确定是否要等他回来，那对于我来说太遥远了。虽然只是4年，但谁也说不知道其中会有什么变化。我曾经在一本书上看到过，没有经历过刻骨铭心的爱或恨的爱情，都不叫爱情，因为他不会疼你到骨子里，只有能让你心痛的爱情，才会真正牵动你，也才会让你心甘情愿地用一生去等待或守护。"

张倩停下来，目光落在洒满月光的地面，轻轻叹了口气，说："我知道他喜欢我，我也对他有感觉，但那种感情很微妙，不是爱得死去活来的那种，好像可以紧紧把握，也可以轻易割断，可以存在，也可以化整为零，你能感觉到它的存在，但又摸不到它，就是不能给你带来踏实感，你觉得那叫爱情吗？"

"也许是因为你们在一起的时间太短。虽然是同学，可毕竟你们相恋没多长时间，他就去读大学了，剩下的只有空间和距离，彼此间还是缺乏真正的了解。"陈红梅耐心地给张倩分析着原因。

"那你有没有什么打算？"陈红梅接着说。

"目前为止，我还没想过。我答应过每月给他寄钱，再说他现在是学生，没有钱就读不了书，毕竟上大学是他人生的一次转折，无论是朋友还是恋人，我觉得我和他走到这一步都是一种缘分，无论如何，我都会珍惜这份感情的。"

"我理解。"陈红梅如此一说，张倩心里便得到了一种鼓励。此时，张倩心里有些感激陈红梅，是她的善解人意让她恍惚间如释重负。

两人一直走到街头才分开，各自向家走去。

张倩刚踏进大门，就看见一个黑影从后院出来，她的心瞬间扑通乱跳起来。是肖飞。肖飞看见她，放慢了脚步。两人走到楼梯转角处。那里有一盏灯，在黑夜的楼道里，散发着微弱的光。两人站在灯光下。电压不稳，那灯光忽明忽暗，两人的脸在光影里若隐若现，随着灯光跳动，目光也变得闪闪烁烁。肖飞看了看腕上的手表，说："你经常这么晚才回来吗？"

张倩没好气地回答："这叫晚吗？趁年轻，赶紧消费青春，再过几年，想玩都玩不动了。"

立潮人

肖飞没说什么,但看上去脸色很不好。他阴沉着声音说:"你们这些女孩子,玩这么晚才回家,迟早要吃亏。"

"我这个人,是天生的吃货,天上飞的,地上长的,都想吃,亏是什么东西,麻烦给我一个尝尝。"张倩一脸没正经的坏笑。

肖飞的脸又隐入了暗中。看他生气的样子,张倩心里暗暗好笑。看着他转身进了屋子,张倩一扭头也回了家,然后把房门重重关上,心里却是恨恨的,一肚子的委屈。她恨自己为什么那么在乎他的话,在乎这个人,为什么见到他的时候,心会跳到嗓子眼,真是有些莫名其妙。

正在她百思不得其解的时候,父亲探头进来,对她说:"中午的时候,有你一封信,我给你签收了。"说着,把一个信封扔在书桌上。张倩拿起看了看,正是余家兴的来信。刚才还气急败坏的心情,瞬间好了很多。

父亲又问:"谁给你写的信?"

张倩回答说:"是我同学,考上大学了,写信来聊聊大学生活。"父亲听后,没说什么,关上门走了。

张倩迫不及待地打开信,跃入眼帘的第一句话便是:亲爱的倩。张倩吓了一跳,就像毫无防备地被人亲了一口。当她渐渐平静下来,又有一种说不出的甜蜜。经过一段时间的书信往来,余家兴的来信内容越来越丰富,事无巨细地向她诉说着大学生活。而且,他在信中反复向张倩诉说自己的思念,语言变得越来越热烈和亲切,还会向她诉说自己内心的孤独和苦闷。薄薄的信纸,字里行间,都是他缠绵的爱意和思念。

余家兴在信里说,他近段时间可能要回家一趟,因为政审的表格需要公社盖章。虽然时间可能很仓促,但还是希望能见张倩一面。读完信后,张倩拿起笔给余家兴回信。前几次的称呼写的都是余家兴的名字,这次,张倩想了想,把姓省去了,直接称呼为"家兴"。

不管喜不喜欢,不管算不算是爱情,每个人的内心都是渴望爱或是被爱的,尤其是对一个怀春的少女来说,当她第一次听到一个男孩对自己说"亲爱的"时,内心总会不可抗拒地生出些幻想来。张倩仿佛真的喜欢余家兴了,也盼望着他早一天回来,能够和他见面。

惊蛰

三

因库存积压，鞋厂面临停产是迟早的事。当初，翠嫂和工友在议论鞋厂迟早要停产的时候，陈红梅并没有把这些话放在心上。她觉得这是抱怨，或者是因为翠嫂不喜欢这份工作，背地里发发牢骚而已。对于完全没有社会经验的陈红梅来说，她所经历的遭遇，不足以让她对刚刚开始的新工作抱有任何悲观情绪，因为她已经将自己所有的热情都倾注在鞋厂里了，这是她生活的全部希望，怎么可能说停就停呢？

然而，库存积压是有目共睹的事实。开始的时候，几个小女工觉得是她们做的鞋子质量不够好，款式不够新，于是大家拼命干活，互相鼓励，想要挽回这种局面。然而，实际情况是，鞋厂每多坚持一天，局面更惨，这种情况像一股势不可挡的洪流，无论如何也挡不住。

开工还不满三个月，鞋厂便面临停产关闭。听到这个消息，几个小女工搂在一起抱头痛哭。她们都来自贫困家庭，刚刚建起来的鞋厂几乎是她们的全部希望。谁知道，这个梦刚开始，就面临破灭的境地。而且一段时间相处下来，彼此间的感情积累、即将面临失业的痛楚，以及对今后人生的茫然，统统让她们措手不及。生产的最后一批鞋子还堆在仓库里，码得整整齐齐，散发着棉质布匹的醇厚味道，而这一切，却要在这一刻停止了。

陈红梅做好最后一双鞋子。这是一双男式布鞋，也是她做过的最认真、最仔细的一双鞋子，花费了她整整半天的工夫。她以为，这或许是她人生中所做的最后一双鞋子。她把它捧在手心，仔细地看了一会儿，才对秦师傅轻声说："秦师傅，我想把这双鞋子带走，可以吗？"

听她这么说，秦师傅把这双鞋子接过去，看了看，满意地说："你瞧这针脚，做得真好，紧密又结实，比我做的好多了，你就留着作个纪念吧。"

"他们都说是因为我们鞋子做得不够好，所以才没人愿意买，才导致鞋厂关闭。但是，我不这么想。我有另一个想法。如果我们做的鞋子不仅仅是结实，而且还好看大方，那或许我们的鞋厂就不会是这样的结局了。"陈红梅说。

"实际上并不是我们鞋子做得好不好的问题，你看，社会稳定了，人们自然追求高质量的生活。这几年社会发展很快，好多人更倾向于穿解放鞋和塑料底鞋。因为塑料底鞋穿起来不仅轻巧，而且还耐磨，而解放鞋不仅穿的时间长，不容易损坏，而且还防水、防潮、保暖，所以，更多人愿意选择塑料底鞋和解放鞋。而我们的棉布鞋，鞋底不仅容易坏，而且一到下雨天，鞋子就浸水，穿在脚上潮湿又笨重，谁还会愿意买。"秦师傅饶有兴致地向陈红梅分析着原因。

陈红梅听懂了，点了点头，接着说："这是社会发展的必然规律，也就是说，我们鞋厂关闭，并不是因为我们鞋子做得不够好，而是因为我们的生产条件和生产方式太落后。毛主席不是说过吗？落后就要挨打。"

"对，就是这个道理。你还年轻，一定要记住了，今后，无论做什么事情，一定要有自己的创新，要走在别人的前面。你走在别人的后面，看到的往往是别人的鞋跟。而如果你走在前面，就可以看到别人整双鞋子的鞋面。我们师徒一场，就要分开了，师傅也没什么好送你的，就送你这几句话吧。"秦师傅微笑着说。

听到这里，陈红梅觉得眼角一热，眼泪涌了上来。她上前两步，扑进秦师傅的怀里，紧紧地抱着师傅。周围的女工看见了，也纷纷围上来，大家紧紧抱作一团。

刚刚走出鞋厂，脸上的泪还没有擦干净，陈红梅一眼就看到了大海。他站在阳光下，个子很高，穿着白色的衬衫和草绿色的裤子，看上去就像是刚刚从部队回来。

"你可真像个解放军啊。"陈红梅赶紧擦干净脸上的眼泪，换上了一张笑脸，对大海说道。当时的社会，大家最喜欢的就是解放军。有句话说，"喝水要喝家乡水，嫁人要嫁解放军。"说的便是解放军在群众心目中的地位，所以陈红梅才会用这句话来表扬大海，足以说明大海在她心里的形象是足够完美的。

"当真？"得到表扬，大海得意地往前跨了几大步，一下子走到了陈红梅面前。因为个子高的缘故，陈红梅站在他面前，只到他的肩膀。他看她，又觉得她脸上有什么地方不对，低下头来，仔细看了看她的脸，有些疑惑地说："怎么了？眼睛红红的，谁欺负你了？老子一枪崩了他。"

"你瞎说什么呀，光天化日的，谁会欺负我。"陈红梅生气地说。话没说完，就看到大海呵呵笑了起来，这才知道是大海和她开玩笑，她生气地伸出拳头，在大海胸口上打了几拳。

"从今天开始，我就没有工作了，鞋厂解散了。"陈红梅有些沮丧，还没想好如何向母亲说呢，就先把情况告诉了大海。

"就这事也哭？"大海有些意外。但他也知道这份工作对于陈红梅那贫苦的家庭来说有多么重要，他想安慰几句，却不知道该如何开口。他有些心疼，便故意逗她开心，说："解散就解散呗，大不了我养你。"

"谁要你养，我还不至于要你养。"陈红梅狠狠地瞪他一眼。她一向好胜心强，哪怕是斗嘴，也从不吃亏。

知道陈红梅不会拿他的话当真，他的目光里有了几分幸福。陈红梅边说边转身离开，大海赶紧跟了上去。

两人一路往回走。走了几步，大海看到她手上拿着包，便伸手去接。陈红梅往后让了让，把包藏在背后，过了一会儿，又把东西递到大海手里。大海打开看了看，正是陈红梅做的那双鞋子。

两个人就这样面对面站着，这样的高度和贴近使两人之间生出一种依恋，像小孩子依恋大人。他能看到她头顶那又黑又密的柔软头发，散发出少女的味道。那味道很好闻，他身体深处冒出一股冲动。他和她那么近，他希望她能够抬头看他一眼，这样他就有机会把她搂进怀里。但是，陈红梅并没发觉，她正想着自己的心事，转身往家走了。

立潮人

四

许多年后,余家兴还能清楚地回忆起那天的情景。初夏的风潮热而湿润,吹得人心都舒展开来。太阳很温暖,一圈圈的光晕使张倩的脸看起来有些虚幻,却透出一种异样的美来。

她刚刚从四合院出来,脖子上挂着用红毛线串着的钥匙。走路的时候,钥匙就会随着她走路的节奏轻轻晃动,散发出亮晶晶的光芒。余家兴偷偷跟在她身后,跟了一段路后,才喊她的名字。张倩被惊了一下,眼睛四处寻找,最终落在余家兴身上,一脸的意外,还有惊喜。

余家兴便向她走过来。才分开没多长时间,却仿佛已有多年。原来,思念这种东西,也会像面团一样发酵,需要焐一焐,才会达到更好的状态。她叫了一声他的名字,那声音轻得没出喉咙就消失了,是不敢确认。虽然他在信中说要回来,可没想到会这么快,就像突然从时间里钻出来似的。有疑惑,有欣喜,还有战战兢兢的不确定,如今他却真真切切地出现在她的眼前。

她向他小跑过来,像一只飞向三月晴天的燕子。一些散落下来的头发在她脸侧随风跳动。她的步子是那么欢快,笑脸也很清晰。余家兴看着她一步步向自己走近,就像被眼前的美景震撼,那一刻的幸福,任何语言都无法完美表达。

后来,他再回忆的时候才想起,那天其实并没有出太阳,天阴得像一汪水。真不知道是什么样的幻觉,才让他始终感到一束阳光跳跃在她黑色的如森林般的头发上。他就那样猝不及防地走到他面前。如果不是在街上,如果不是在她家门口,有所顾忌,他真想抱住她,或者在她的额头吻下去。在大学里,谈恋爱的学生有很多,大家偶尔在背后议论,比如说拉手、亲吻,还有更过分的。处于热恋中的少男少女,没有是非对错,发生内心的冲动完全正常。

即使不是为了内心那份若隐若现的爱情，仅仅只是因为发自内心的喜欢，也足够成为理由了。

这种时候，他们都没有准备台词，因此有那么几秒钟的沉默。她仔细看他。可能是换了城市，他长高了，变结实了，皮肤也白了。她看他的时候，他也看着她，目光放纵得似乎要把她整个吃到眼睛里去。她现在穿着一套蓝色的工装，不再是学生模样，比以前成熟很多，像是完全变了一个人，准确地说是更耐看了。但不管怎么变，他都认得她，那是属于他心里的记忆。

"你什么时候回学校？"张倩问。才说出来这句话，张倩就在心里骂自己蠢，怎么第一句话竟然是问他离开的时间？可是她现在最关心的，是他们可以在一起多久。

"明天清早的火车。"他回答，很简洁。见面的时间也就是一个下午，仓促而短暂，每一分、每一秒都应该掐指计算才够用，像一个穷人手里握着仅有的几张钞票，稍不小心就会花光了。

于是，两人商量着该到哪里去度过这个美好的黄昏。余家兴提议到后山的公园，那里有一个凉亭，清幽宁静，可以说说话。张倩却说，离这里不远有一座黑哨山，有十多里，可以坐客车去。余家兴同意了，两人并肩来到汽车站。

站台上已经等了很多人，那么多人站在那里，不同装束，不同打扮，但神情一致——齐刷刷地朝着一个方向看。不知什么时候，余家兴紧紧地牵着张倩的手。张倩便由他牵着。她需要通过他手心传递的温度来确定此刻内心所能接收的真实的幸福感，那或许正是她所想要验证的刻骨铭心的爱吧。

此时，他们就像一对出逃的小情侣，要乘车去往遥远而陌生的地方，那种新鲜和刺激，让这对年轻人的心里充满了兴奋和好奇。尽管他们和周围的人等的车次不同，但是他们仿佛是和其他人一样，共同奔赴一个遥远的地方。他们等得那么焦急，那么认真，那么迫不及待，又那么惶恐。

黑哨山仿佛处在一个被人遗忘的角落，平日里很少有人来，偶尔遇见一两个砍柴的农民，都是急匆匆地挑着柴赶路。

立潮人

  层层叠叠的树木，一条用圆石子铺成的盘山小路，蜿蜒曲折，通往山顶。走了没一会儿，张倩脸上就有了细微的汗水。她微微喘着气，想停下来休息会儿，这才发现手一直被余家兴牵着。她舍不得抽出，任由他牵着。他的手掌宽厚而温暖，给了她一种无形的力量，仿佛是一种信任。她依附于这种信任，放心而踏实。两人很快就到了山顶。

  这里是一片密密的松树林，地上有厚厚的经年积累的松针，在薄暖的阳光下，泛着金黄的颜色。他们走累了，在一棵巨大的松树下休息。这棵松树应该有上百年的历史了，粗大健壮的树干，华美的树冠，遮出了一小片阴凉。他们坐在松树下，对面群山层层叠叠，延伸向远方。天空纯净而明澈，那种真空般的蓝就像一个不真实的梦。

  他们聊着天，大都是余家兴在说，张倩在听。说得差不多了，余家兴又让张倩说一说她工作的事。张倩觉得她的工作没什么可说的。她最近在出一期新的黑板报，便说了大致的设想。靠上的版面是五星红旗和国徽，她打算在中间留出块圆形的地方，用于宣传党的章程；左边是国家的方针政策，右下方写生活小常识，这样，枯燥的黑板报才接地气。为了吸引职工过来观看，她还会在周边画上一些云朵和小鸟作为点缀，偶尔也会画些动漫人物。关于这些动漫人物，是她从《中国喜剧报》上精挑细选，一定要简单好玩，还要有深刻的意义。

  张倩滔滔不绝地说着，余家兴听得入迷。他没想到，这项工作被张倩做得这么有滋有味。只有懂得生活、热爱生活、对生活充满想象和诗情画意的女孩，才会把这项工作做得如此出色。

五

  山上的风有些大，余家兴微微挪了挪身子，坐得离张倩近一些，给她挡风。他们离得很近，近得可以感受到对方身上的体温。当对方开口说话的时候，口中散发出的温热也会轻轻扑向对方的脸。余家兴用手搂着张倩的腰。她的腰又细又软。

他从侧边看过去，小心描摹着那圆圆的面颊，还有那俏皮的下巴，说话的时候微微翘向天空。她还沉浸在黑板报的设计中，仿佛不是在说工作，而是在说一个即将实现的梦想。她的眼睛是那么明净，脸蛋是那么无疵，还有那一帘刘海儿，两穗鬓发，以及那双灵巧至极的小手，随着她说话的语气上下挥动着，脸上漾动着两个小酒窝。在这一刻，她身上的每一个部位都在笑，都在向他露出甜蜜且神秘的微笑。甜蜜蜜的笑，憨厚的笑，可爱的笑，甚至是女孩子藏也藏不住的傻傻的笑，余家兴觉得她所有的笑，都可爱到了罪过的程度。

就在这个时候，余家兴用双手轻轻捉住张倩的双手，然后，把他的嘴唇贴了上去。张倩愣住了。她停止了讲话，一双水灵灵的眼睛看向余家兴。她看见他微微眯着眼睛，脸上是似笑非笑的表情。她就那么傻傻地愣着。她看着他，看着他的唇从她的手指往上，然后是她的手、手臂、肩膀、脖子、耳垂，最后落在她的双唇上，温柔、甜蜜、紧张，不可抗拒。

张倩没有拒绝，甚至稍稍迎合上去。在这之前，这个女孩从来没有过恋爱的经历，这是她第一次和男子如此亲近。她有些冲动，以为这就是爱情。

过路的山风呼呼地吹着，像是从山谷那边送来的一支曲子，温婉缠绵。千里连绵的山峰，仿佛整个世界只剩下他们两个人。爱情的力量，多么伟大，可以让人忘记整个世界，只剩下眼里的彼此。

那一刻，张倩沉醉于这突如其来的幸福之中。她感受到他的喘息渐渐变得粗野和放肆，手插入她的衣服之下。带着体温的肌肤的触感酥酥麻麻，她的心开始狂跳起来，开始抑制不住地兴奋和激动。余家兴轻轻倒向她，很自然地压在了她的身上，像浪花漫上堤岸，一寸寸地消除她的防备。他的双唇柔软而有力，温柔又霸道。他的手指在她肌肤上滑动，仿佛一滴温暖的水在爬行。

可就在这个时候，她仿佛被提醒。许多年后，她依旧会责怪自己，为什么会在那个时候，脑海里跳出肖飞的影子。肖飞的笑脸和余家兴的笑脸

立潮人

重叠在一起,两个人的样子重合在一起,看不清楚。

思及此,她突然就推开了他,猛地坐起。她并不责怪余家兴对她这样,可也没办法在心里装着另外一个人的时候来接受他。

余家兴脸有些红,他以为是她太单纯,太容易害羞,因此后悔自己的鲁莽。两个人都有几分尴尬。

许多年后,当张倩从一本书上读到这样一段话的时候,内心才幡然醒悟。这段话是:爱情有时候会像阳光,在任何日子里,都能感受到温暖;有时候,爱情会像一阵风,突然出现,让人措手不及,却没有能力去解决它;有时候,爱情又会像一场雨,淅淅沥沥,缠缠绵绵,总是不肯见晴;有时候,爱情就像一场小雪,看上去美丽、洁白、浪漫,实际上,心里却仍然一阵阵地觉得冷;还有的时候,爱情就像一阵风,来得快,去得也快。

在回去的路上,余家兴依旧牵着张倩。但这次牵手和来时已然不同,各自想着心事,浓稠的心事绞得人心绪不宁。余家兴一直把张倩送到家门口,看着她走进四合院,纤细的背影消失在乌红色的门框里,他才怅然地转身离去。

按照约定,第二天清晨,张倩没有去火车站送余家兴。她站在窗口,看着阳光一点点爬上山岗,想象着余家兴坐上火车,随着火车的鸣笛慢慢驶离家乡。

等她到达单位的时候,接到领导通知,让她把计划好的黑板报重新设计一下,要用彩色粉笔画一幅"欢迎"或"慰问"之类的图,说是下午要迎接一批来参观的领导。张倩不敢有丝毫怠慢,很快,她进行了一些简单的构思,又端来一个高板凳,把之前的黑板报用湿抹布擦干净,找来一盒彩色粉笔边写边画。

院子里有几只麻雀在墙头蹦跶,花台里的花开得正艳,大团的花朵惹得这个夏天异常热闹。五月仙的花在春雨里落完了,树上已结了桃子。其实这种树只是花好看,因为没有嫁接过,所以果子不怎么好吃。厂区栽了好几棵,多少也算是绿化吧。

中午休息时间,有一部分人在篮球场上打发时间,还有一部分人在图书室。

  这次的黑板报，张倩算是使出了浑身解数，几乎一刻都不敢耽搁，甚至都没提前在白纸上打个草稿，做个简单的草图，完全是凭着自己的想象，就把两个黑板报出齐了。她眯着眼，从远处看看，又走近看看，然后做了些简单的修改。黑板报上颜色搭配鲜艳大方，几个大字也写得端庄气派。再也找不出毛病了，张倩才满意地点点头，算是对自己工作的认可。

  厂长刚好从篮球场边路过。张倩过去拉住他，让厂长过来挑毛病。厂长拗不过她，过来仔细一看，然后就夸张倩厉害，竖着大拇指说："不错，不错，有创意，有特色。"

  到了下午，参观的领导来了，由厂里的领导班子陪着。他们先是在厂区走了一圈，工厂、食堂、活动室都看了一遍，最后才进了工勤部。张倩第一次参加这种活动，没有经验，有些紧张，又因为负责宣传工作，低着头跟在队伍后面。走了一圈，他偶然抬头，发现是肖飞站在自己面前。她以为是自己看花了眼，再仔细一看，还真的是肖飞，正一脸坏笑地看着自己。

  一群人站在黑板报前看了一会儿，都说办得不错。张倩原本悬着的心这才落了地。只是没想到肖飞会来这里。张倩对着他笑了笑。等一群人参观完毕，进了厂办会议室，几个领导在谈工作，张倩给他们倒茶水。走到肖飞面前时，她对他轻轻吐了吐舌头，小声问："你怎么也来了？"

  肖飞回答："这次主要是检查各厂区的宣传工作，文化部门必须参加。"

  倒完茶水，张倩正想离开，肖飞又追加了一句："没想到，你的画和字都写得那么好，真出乎我的意料。"张倩一直觉得肖飞很看不起自己，在他眼里，她就是一个小孩子，一个经常晚归的坏女孩，一个偷笔洗卖钱的傻子。所以，她冲他扮了个鬼脸，没有说话。只不过得到了表扬，她心里还是蛮高兴的。

立潮人

六

时间，就像指尖的风一样，轻轻流过。开学两个月后，杨维维在学习方面的能力很快就表现出来。虽然她的年龄在班上偏小，一张稚气未脱的洋娃娃似的脸，两只眼睛又黑又亮，加上一个黑边框大眼镜，看上去真是一副懵懂天真的小学生样子。但是，由于这一届学生是恢复高考后的第一届大学生，生源参差不齐，年龄悬殊较大，而且有来自各行各业的学生，像杨维维这样年龄小，领悟力极强的学生，很快就得到了周围老师和同学的认可。这更助长了她学习的动力和信心，是一个很好的开始。

虽说大学生活五彩缤纷，是人一生中最美好的经历，但是，对于第一次远离家乡，离开父母，到外地求学的杨维维来说，大学生活也是孤独和茫然的。就像再宽广的天空，也有孤独的飞鸟一样。在这个空旷的大学校园里，杨维维同样是一只孤独的小鸟。

人和其他动物不同，最大的区别在于人是有感情的，并且一生都受感情左右。人需要倾诉，需要情感上的交流，需要语言上的沟通。性格内向的杨维维成了一个孤独的人。孤独，就是当你身处热闹的人群中，却没有一只耳朵愿意倾听你的心声。

出身于知识分子家庭的杨维维，在父母的教育下，让她学会适当与身边的人保持距离。她没有什么特别的爱好，在安静的环境中长大，这造就了她与生俱来的孤傲气质和孤僻性格，有时候她甚至感觉在一个密闭的空间，她反而更自在，更有安全感。

进入大学以后，她常常一个人独来独往，把时间都用在了学习上。周围的同学知道她来自知识分子家庭，父母都是工人阶级，对她更是敬而远之。于是，杨维维只能用清高和傲慢来掩饰内心深处无法摆脱的自卑。

每天黄昏后，杨维维都会到学校图书馆。她总是找一个僻静的角落，无人注意的位置，一个人静静地看书或是查阅资料。最近，她正沉迷于《本草纲目》。这是老师要求的每位学生必须熟读的书目之一。杨维维沉迷在这本书里。她惊讶地发现，人不是单独的个体发展，而是依赖于自然，进行生命的自我拯救和还原，所有神奇的植物和人的身体都会产生微妙的关联。这是一个多么神奇的发现！

她看书的时候，眼睛不自觉地看向另一边，好像看见对面那个人，心里就会有一种踏实感。其实，他们两个从来没有说过话，她也不知道对方的名字，但就是有一种约好的默契，每当这个时候，他们就会在这个时间相遇。他坐在离她不远的地方。当他们的目光越过其他同学不期而遇时，有时会心一笑，有时迅速移开，那种距离感便如皮筋一样充满了足够的弹性，眼中的温暖，似乎他们已经认识了很长时间。

那天晚上，他一直没有出现。杨维维便觉得整个图书馆仿佛缺少了什么，书看得心不在焉，翻来翻去还是那几页。后来，她干脆不翻了，心里怪自己太容易被环境所左右。他算什么呀，充其量不过是一个见了几次面的陌生人。可想归想，却管不住眼睛总往那个地方看——那把椅子空着。到了闭馆的时间，他还是没来，杨维维心里有些失落，又生出难以理解的担心，担心他会不会有事。

同学都纷纷收拾书本离开了，她才匆匆收拾了桌上的书，走出图书馆。走了没多远，路过阶梯教室的时候，她看见他站在一盏路灯下，远远地看着她。两人的目光在空中撞见。他似乎有所顾虑，上前两步，又站住，最终还是迎着她走过来。杨维维只好停下脚步，看着他。

他走近了，停下。这是两个人第一次离得这么近。杨维维看着他，他瘦长脸，眼窝有些深，显得两边的颧骨有些尖。他看着她笑了笑，抿了抿薄薄的唇，再仔细看，那笑分明是苦笑，拖着忧伤。

"特意赶过来送送你。以前就一直想送的，但没有勇气说，怕你拒绝。今天若是再不鼓起勇气，就不知道以后还有没有机会了。"他说的时候，语气里有着沉沉的悲伤和无助。

杨维维吃了一惊，问："怎么回事？"

"家里托人来信，说是我父亲出了工伤，铁路局不认，因为他是临时工。可能情况有些严重，让我赶紧回去。我已经买了明天的火车票，宿舍的东西都收拾好了，就是过来看你一眼，算是告别。"他接着说。风吹过的时候，吹起他额前的头发，那头发便使劲往后扬着，露出他饱满的额头。

"怎么会这样？"好半天，杨维维才从嗓子眼里吐出几个字。听他这么说，心里慌张得很，不知道是不是要安慰他，但这个时候，安慰好像又没有实际意义，因为她对他还是陌生，没有过任何交流和接触，对他家的情形也一无所知。她一时间愣在那里，找不到合适的词汇。她没想到他们第一次走得这么近，第一次说话，竟然是为了分别。她有些措手不及，也很是无奈和悲伤。

"我父亲在铁路上做养护工，母亲是农民，听捎信的人说，父亲的情况可能有些严重，我是长子，不回家不行。"他对着天空叹了口气。

两个人就这样沿着校园走了一圈，时间差不多了，再不回去，女生宿舍该关门了。他好像明白了她的担心，在距离宿舍不远的地方停下了脚步，说："赶紧回去吧，我回去看看是什么情况再告诉你，你要照顾好自己，晚上看书别太晚，一个人回去不安全。"

好像还有什么没说完，嘴动了动，停住了。

杨维维咬着嘴唇转身往回走，走了几步，突然停下来，大声问："你叫什么名字？"

"苏玉春，记住了，我叫苏玉春。"

"记住了。"杨维维答应着，眼里酸涩，心却满满的。

七

有人说，一个女孩一生会有三次爱情，第一次是懵懵懂懂，第二次是刻骨铭心，第三次的那个人就是要陪伴你一生的人了。

正午的阳光暖暖的,张倩在院子里擦洗着自行车。她把水浇在自行车上,又拧干抹布,把水擦干净,边擦边哼着歌。其实也不是什么歌,不过是一串没名目的啦啦啦小调,每一个尾音都拖得老长。

头顶的阳光被一个人影挡住了。她捋了捋额上的头发,抬起头才发现,不知什么时候,肖飞站在了她身后。他个子高大,把她整个罩在了他的阴影中。

"洗得这么认真,也帮我洗洗呗。"他伸手指了指院子角落里自己的自行车。那自行车上落满了灰尘,估计有段时间没有清洗了。

"做梦。"张倩没好气地回答。

"送你一样东西作为交换,你再考虑一下。"肖飞说的时候,脸上又恢复了一脸坏笑的表情。

"从不接受贿赂。"张倩干脆地回答,丝毫没有让步的意思。

"可别后悔,过几天想看就没机会了。"肖飞有意卖弄,装作说漏了嘴。张倩听见"看"字便猜到是书,禁不住诱惑,口气软了好多,说:"有啥稀罕,你留着自己看吧,吃独食的人不会香。"

"当真不看?好,到时候求我都没用。"肖飞说着,假装要走。张倩急了,顾不了那么多,赶紧凑上前问道:"什么好书?先说个名嘛。"话音未落,看见肖飞一只手背在身后,立马趁他不注意,伸手一扯,把书抢在手里。

肖飞没想到她会来这一招,等他想抢回来的时候为时已晚,书已经在张倩手上了。张倩拿着书跑了一段路,才拿起书看,原来是一本《黑板报图集》,里面收集了各种黑板报图案。最近她正在为黑板报烦恼,之前,听人说过这种书,她去附近书店问过,都说没有,如今,真是得来全不费功夫。

她抱着这本书,欢喜得不得了,对着肖飞大声说:"算是送我的吧。"

肖飞无可奈何地笑了笑,说:"前几天去省里出差,刚好看见书店有,就给你买了。"

"当真送我?"张倩不敢相信地又问了一遍,一双眼睛瞪大,把书抱在怀里，扔下自行车和肖飞，匆匆回了家。

　　到家后，她把书狠狠地翻了一遍。等翻看完，天色已晚，她这才想起来，居然连"谢谢"都没有说。

　　于是，她又走出家门，特意看了一眼西边的屋子。虽然两家屋子隔得不远，出门就能看到对方的房门，但是张倩小时候经常在这幢楼里摇来晃去，东家出，西家进，自从懂事后就很少这样了。更何况，肖飞搬来还没两年，接触不多。她打定主意，便径直走过去，敲了敲门。肖飞很快就开了门。可能刚刚在睡觉，他的头发乱成个鸟窝。

　　看见是张倩，他有些意外，问："怎么啦？"

　　"没怎么就不能过来？就是过来说声'谢谢'，刚才忘记了。"张倩说着，脚已经迈进了屋子。他这间屋子的结构分里外两间，看得出，外间是他的卧室，应该有段时间没有打扫了，蓝色的印花方格被子堆在床上，还保留着他钻出来的形状。鞋子凌乱地堆在地上，衣服堆在床脚。好像所有单身汉都是这样的毛病，张倩无所谓。肖飞有些不好意思，赶紧跑到床前整理了一下被子，给张倩让座。

　　一般这种格局的屋子，多数是把卧室摆在里间，外间做厨房。肖飞把卧室安排在外间，整个屋子的格局就显得与众不同。张倩坐下来就有些后悔，太冲动了，这是一个单身男孩的房间。她不由得有些后悔，觉得自己太突兀，一时间不知道说什么好。

　　肖飞似乎看出她的顾虑，便提议说："要不，我带你参观参观我的画室？"

　　"好啊，你还有画室？在什么地方？"张倩爽快地回答。他们之前的几次见面，不是在路上就是在书屋，她也从来没见过他的绘画作品，更没听说他还有一间画室。

　　肖飞指了指里间，张倩站起来跟在他身后。没想到里外两个房间虽然只隔了一堵墙，却是截然不同的两个世界。画室清理得干净整齐，整个墙面都被他的绘画作品占满，有的装裱过，有的直接贴上。张倩停在这些画前，一张张仔细看过去。肖飞的作品多以油画为主，用色彩表现画面的实、虚、浓、淡，通过颜料堆厚，形成肌理效果。灯光下，冷暖色彩自然呈现，亮部呈暖色，暗部冷色，冷暖对比产生空间感。每幅画栩栩如生，各有特色，令人震撼。

  画室一角，有张书桌，上面笔、墨、纸、砚整整齐齐地排放着，一排狼毫毛笔，按大小依次悬挂着，那种最原始的书香气息自然而然地散发出来。张倩从小就生活在这样一个大宅院里，对于这种味道非常熟悉，所以自然而然产生一种亲切感。这些由美术作品组成的墙一刹那间似乎构成了一组音律，令这个莽撞闯入的少女成了误入深海的一条鱼，只想在其中慢慢游弋。

  她的脚步停在一幅画前。这是一张年轻女子的画像，两条长长的辫子垂在肩膀上，身上穿着一套绿色军装。不过不能光凭这装束就判断是名军人，因为那时候全国上下都以这身打扮为时尚。那女子五官清秀，目光炯炯有神，看得出，画的时候很是花了一番心思。

  看见她停在这幅画前，肖飞跟上来，指着那幅画说："你猜是谁？"

  张倩摇了摇头。她不敢瞎猜，怕说错话。肖飞呵呵一笑，说："她是我的母亲。"他说的时候，目光一直落在那幅油画上，看得出有特别的感情。沉默了一会儿，他干脆直接说："我出生的时候部队刚好转移到一个小山村，母亲难产，没有医院，保住了我，她却没了。她比我父亲小20多岁，听人说，很好强，也很漂亮。这幅画是照着她年轻时的一张相片画出来的，不太像。但我喜欢这种通过想象填补空缺的感觉。"

  张倩又看了看这幅画，难怪有些眼熟，原来她的五官和肖飞很像，仔细看时，还有几分神似。她问："你母亲年轻时是军人吗？"

  肖飞没有回答。张倩知道，肖飞不愿意再提那段历史。

  "我给你也画一张吧。"肖飞说。

立潮人

八

　　那么大一个图书馆，仿佛突然安静了下来，虽然说还有很多学生在看书，但他们仿佛在另一个世界，而杨维维则沉浸在自己的世界里。她看了一会儿书，漫无目的地看着身边来来去去的同学，看了看窗外渐渐变成青灰色的天空，最终，目光落回对面的椅子上。那里空着，偶尔会有学生过来，坐在那里看书，看了一会儿，合上书走了，又有人来，再走。此时，椅子空着，仿佛在等一个人，就像她的心一样，无缘无故缺了一个角，怎么都填不满。

　　她只知道他的名字，不知道他是哪个系的、哪个班的，也无从打听关于他的任何消息。这样也好，就像做了一场梦，最后落下的，只是一个名字，握在手心，像一片小小的纸屑，说不定松开手，风一吹，那纸屑就飞走了，就当他从来没有出现过。

　　那天下午，是一堂人体解剖课，老教授60多岁，门牙刚掉了没几天，说话走风。大学停课多年，连老教授自己都没想过，还会有机会站在讲台上。他巴不得把一肚子学问全部倒出来，一口气灌到学生的肚子里。他讲话语速慢，几乎是一个字一个字在嘴里含软了再吐出来。他责任心极强，也有几分卖弄之嫌，每一个问题都要重复两三遍，生怕学生听不明白。

　　之前，杨维维最喜欢上人体解剖课，对于老教授的认真负责也是极为敬重，但那天不知道怎么了，整个心思都在窗子外面，像风中的纸蝴蝶一样，没有重心，恍恍惚惚地悬着。她不停地看着窗外，已经下课很长时间了，老教授却根本没有要停下来的意思。一个很奇怪的想法在杨维维脑海里徘徊——万一他今天回来了，到图书馆找她怎么办？万一两个人恰好错过了呢？仿佛冥冥之中的预感，这种感觉越来越强烈，她甚至能感觉到自己手心起了一层细细的汗水。

惊蛰

终于，好不容易等到下课，她抓起课本就匆匆出了教室，一路小跑狂奔到图书馆，来到平时坐的位置。她向四周看了看，没有看到那个熟悉的身影。那一刻，她突然有种想要流泪的冲动。她怎么也没想到，怎么可以这么愚蠢，又这么自信，相信他会回来，相信他会坐在图书馆等他。她不仅仅是对他的失望，更多是对自己的失望。而她更清楚这种莫名其妙的失望，是被一种更强大的孤独感逼出来的。

她不想再等下去了，不想再一个人面对那种徒然的无可奈何。她转身走出图书馆，下了台阶。这时，苏玉春仿佛是从夕阳的最后一线光芒中直直地向她走来。开始的时候，杨维维还以为是自己产生了错觉，或是做了一场梦，以至于当苏玉春站在她面前的时候，她都不敢确认。

还是苏玉春先开口说话，他说："我刚刚到，特意过来找你，还怕遇不到你呢。"他说话的语气永远是平平淡淡，那么随意，像是已经很熟悉的人。杨维维突然明白了，她之所以会对苏玉春产生特别的感觉，是因为他说话的语气有一种自来熟，几乎是开门见山、直截了当，根本没把她当外人。正是因为这样，让拘谨的她有所放松，甚至产生一种被迫的依赖感。

"家里的事情处理好没有？"杨维维关心地问，也是她想要知道的。

苏玉春微微仰起头，对着天空发出冷冷的一声笑。他说："我过来办理退学。我父亲工伤，但是养护段没有做工伤处理，反而说是因为失职造成的，但允许家中有一个子女接班。我有一个姐姐已经出嫁了，有个妹妹还小，只有我是合适的人选。"

"做什么工作？"

"道班，一个人管理20多公里的铁路，那种日子，想想都觉得寂寞，只不过，有工作总比没工作强。对于我这样家庭出身的人来说，如果不是因为父亲工伤，也没有接班的机会。"

"这么说，你放弃学业了？"

"医学院四年才能毕业，还有两年临床实践，我等不了那么长的时间，反正做什么工作都一样，好歹是公家人。今天来，就是和你告个别，以后可能都没机会了。"他说的时候，脸上无惊无喜，虽然失去了这份学业，但也有了新工作，因此，对他来说，影响不大。而杨维维却知道分别在即，心里有几分伤感，只是不便言说。

既然是他要走，总该送送。杨维维一路陪他走到男生宿舍。他邀请杨维维："上去坐会儿吧，反正时间还早，我收拾下东西，晚上的火车。"

"这么快？"杨维维又是一惊，一切来得措手不及。这时候正是大家上晚自习的时间，宿舍里没有人，杨维维便陪他上去了。

两个人坐了一会儿，又无话可说，明明是陌生，却偏偏又掺杂着一份亲近。杨维维干脆帮他收拾行李，苏玉春没有拒绝。他乐意看杨维维帮他做事。她做事轻巧，有一种温柔和体贴，即使只是看着，心里也有一种宁静的欢喜。只是这份欢喜更多被离别的悲伤所浸透，湿湿的。

东西看着不多，收拾起来却不少，书要带走、碗、洗漱用品、棉衣棉被。床位一收空，离别就正式开始了。等收拾好后，告别也接近尾声。任何话头都不敢去扯，扯开了会无法收拢。

一切都打点妥了，杨维维起身告辞，说："晚上是一夜火车，先休息一会儿吧。"

他没法再挽留，说什么都是徒劳，虽然十分不愿意让她走，但又没有办法，说："给我个地址，我给你写信。"她站在门口犹豫了一会儿，苦涩地一笑，转身走了。

她知道，他们不会有以后了。走出门的那一刻，她对眼前的世界充满了失望。

九

鞋厂解散，陈红梅只能在家继续和母亲糊纸盒子。虽然两人从早做到晚，得到的收入依旧是杯水车薪，解决不了生活困难。但是，有陈红梅在家帮忙，陈红兵就可以安下心来念书，成绩进步较大。这对于这个家来说，也是一种希望和安慰。

　　枯燥单调的日子，陈红梅变得郁郁寡欢。由于整天坐在家里，很少出门，原本红润的小脸渐渐变得蜡黄，无精打采的样子。

　　中午的时候，她正低着头打纸痕，小锤在纸板上敲得"叮叮"作响，忽然听到窗口有响声，她还以为是野猫，便低头继续做活儿。过一会儿，又响，陈红梅才抬起头，看见窗框里是大海一张笑眯眯的脸。

　　"你怎么来了？也不招呼一声，万一我母亲在家怎么办？"陈红梅被吓了一跳，边给大海开门边说，口气里虽然有所责怨，但听得出心里乐滋滋的。

　　"姑娘都18岁了，有男朋友来找才正常。怎么，你妈不允许你谈恋爱？是准备把你养到80岁不成？"大海得意洋洋地走进屋子，一点儿也不拘束，身子一跳，坐在床沿上，看着陈红梅。

　　"别瞎说，什么男朋友、女朋友的。你还是快走吧，万一我母亲回来撞见怎么办？"陈红梅一着急，脸就微微发红。

　　"我又没做什么亏心事，怕什么？"看陈红梅一脸紧张的表情，大海真是好气又好笑，接着说，"放心吧，我早就观察好了，我一路看见她进了公社大门，站在那里排队，我才过来找你的，估计还得一会儿才会回来。"

　　"你可真聪明。"陈红梅听完，心里顿时就明白了，原来他早已潜伏在自家门口观察了好久，便说，"你要来，事先说一声，我可以到巷口等你啊。"

　　"要说想来，我是天天想来，可看都看不到你，在门口等了好几天都不见你的影子，我是实在没有办法了，才出此下策的。"大海着急地解释。陈红梅听完，大声笑了起来。这几天她在家糊纸盒子，从早忙到晚，都把外面的世界快忘干净了，身上都快长霉点了。但她还是怕母亲突然回来，便匆匆换了一双鞋子，对大海说："走吧，我们出去走走，我也好几天没出门了。"

　　大海在前，陈红梅锁了门跟上，两人一前一后，沿着屋子背后的小山路走。这条小路平时来的人少，是一片荒山，路两边长满了各种矮灌木和

立潮人

杂草，进入秋天以后，树木叶子都落了，小路显得很是萧条，映入眼帘的是一片淡淡的枯黄色。

"怎么闷闷不乐的？看见我还不高兴吗？"大海关心地问。和大海在一起，就是有这么个好处，他说什么都没个正经，却能让人很放松。自从认识以来，在陈红梅的印象里，他总是笑眯眯的，一脸无忧无虑的模样。

"没有了工作，父亲走的时候还欠下了亲戚家钱，不知道什么时候能还上。"陈红梅说。

"今天冒着被你母亲发现的危险来找你，知道是为什么吗？"大海故意停下，本来想卖个关子，可那急性子又等不及，自顾自往下说，"告诉你一个好消息，你原来不是喜欢在鞋厂工作吗？我给你找了一份工作，是市里正儿八经的布鞋厂。只不过现在去只能做临时工，能不能转正，就要看以后有没有机会了。"大海一口气说完。陈红梅一时间愣住了来。她才无所谓什么正式工、临时工，只想赶紧找到工作就好，更何况是她梦寐以求的布鞋厂。

大海说完，伸手到肩上挎着的绿色书包里，接着说："今天我是专程来给你送件礼物的。"他在军绿色帆布书包里翻找。陈红梅的心思却不在这里，她还没从布鞋厂的话题里回过神。听到能进真正的布鞋厂工作，对她来说，不亚于考上大学，哪怕是做临时工，也比在家糊纸盒子好得多。她赶紧按住大海的手，说："工作的事，你说的是真的吗？"

"当然是真的，我骗谁也不能骗你呀！"大海严肃地回答。

"我可不太相信你。"陈红梅嘴上这么说，心里其实是相信大海的。虽然他平时油腔滑调的，老没个正经，可做起事情来，还是比较踏实稳妥的。陈红梅往后退了两步，站定脚，上上下下打量了大海一番。他也不过是十八九岁，一脸嘴上无毛，办事不牢的样子，怎么看也不像有关系能给自己找工作的人。

"还不肯相信，你这人，真是门缝里看人，把人看扁了，你也不看看我大海是什么人，在市里找个工作，那是最容易不过的事情了。"见陈红梅一脸崇拜的样子，大海更是得意，有意夸张地拉长了音调，接着说，"本来你在那个小鞋厂，我早就不想让你做了，只是看你做得那么开心，其实，以前就想给帮换个工作，盯了好长时间，终于找到机会，还不赶紧感谢我？"

"那我得先去工作，如果是真的，再谢你也不迟。"陈红梅清脆响亮地回答。她高兴得也顾不了那么多了，伸手抓着大海的双手。大海趁机紧紧握住她的手。陈红梅有些不好意思，又赶紧松开，问："那我什么时候可以去工作？"

"既然都已经说好了，就看你什么时候有时间，我带你过去就行。"

"那我现在就有时间，你现在带我去。"

"今天不行，今天是一个重要的日子。"大海回答。

"什么重要的日子？"

"我已经好几天没和你在一起了，好不容易看见你，总要和你多待些时间吧。你今天的时间应该留给我，算是对我的感谢。明天吧，明天带你去。"大海回答，话没说完，他就从挎包里拿出一个纸袋子塞到陈红梅手里，"快看看，送你的礼物。"

陈红梅打开纸袋子一看，原来是一双布鞋，和那天张倩她们看见的那个女孩穿的一模一样。这是一双蓝底白条纹的布鞋，有一个黑色的塑料跟。陈红梅把鞋子放在手心仔细看着的时候，大海说："这双鞋子，就是明天你要去的那个布鞋厂生产的，怎么样，喜不喜欢？"

"当然喜欢，可工作是怎么找到的？"陈红梅还是不放心。大海这才说："我爸是供销社主任，要不要鞋厂的布鞋，我爸说了算，所以，他和那边打招呼，人家总会给面子。"

直到这个时候，陈红梅才知道大海家里的情况。她有些慌张。大海似乎看穿了她的心事，补充说："我把我们的事和家里人说了。"

"他们怎么说？"陈红梅急了。

"我妈去你们公社打听，你们公社的人说，你是社区里最聪明、最能干的姑娘，我妈高兴得不得了，笑得跟捡了宝似的合不拢嘴。"大海话还没说完，就被自己得意的笑声把后部分省略了。

立潮人

十

　　第二天清晨，按照约好的时间，陈红梅随着大海坐上了一辆班车。汽车行驶了十多公里后，到达市区的布鞋厂。

　　刚刚坐下，一个40多岁的领导干部模样的人过来接待了他们。他热情地过来拉着大海的手说："你要过来也不提前说一声，你父亲身体现在怎么样？还好吧？"

　　"托你的福，父亲身体挺好的，经常提起你。"大海答应着，没忘记把陈红梅推上前，介绍说，"汪叔叔，我可把红梅交给你了，她布鞋做得好，到布鞋厂工作，算是学以致用，只能麻烦你多教教她了。"

　　"一定，一定，你放心吧。你父亲和我说起过，我肯定会做好的。我们那么多年的交情了，只是我能力有限，在厂里也就是一个小供销科长，最多只能搭上一两句话，其他的还得靠她自己去学习。"汪叔叔客气地答应着。瞅准机会，陈红梅赶紧上前，清脆响亮地叫了一声："汪叔叔好。"

　　汪叔叔爽快地答应着，看了看陈红梅，满意地说："看上去精明乖巧，不错，不错，以后就在厂里跟着好好学吧。"

　　大家又聊了一会儿，有工人过来找汪叔叔，汪叔叔就叫过来一个叫小翠的女工，让她先带陈红梅熟悉环境。在她的带领下，陈红梅去食堂买了饭票，又看了宿舍，刚好和小翠住一个房间。一个房间有四个床位，两人面对面。

　　准备得差不多了，小翠要去工作，对陈红梅说："鞋厂的活儿还是挺辛苦的，你今天刚来，先休息一会儿吧，等我处理一下手上的事情，就带你去车间。"陈红梅忙答应着，小翠就离开了。

　　陈红梅把自己的床铺收拾好，出来时，大海已经等在了院子里。大海从口袋里掏出十块钱,塞到陈红梅的手里,说:"汪叔叔和我爸爸是老战友,他会帮你的。这地方离家远,平时不能回去,需要什么,就自己买一些,我过几天才能来看你。"

"不用,我不需要钱。"陈红梅赶紧把钱推了回去。大海不肯,说:"拿着吧,总有需要的地方。"陈红梅便不好再推辞了。她知道是大海的心意,感激地看了大海一眼。大海帮她的实在太多了,两个人走得太近,连谢谢这样的话都没机会说,生怕一说出来,彼此就生分了。

她看了看时间,说:"时间差不多了,你赶紧回去吧,等下没有班车了。"

大海答应着,看得出不想离开。陈红梅一直把他送到汽车站。大海拉着陈红梅的手,看见她在鞋厂做工时留下的伤口,心疼地说:"可别太苦了自己,能干多少就干多少,厂里有做不完的活儿。记得一定要吃饱,下次来看你的时候要长胖点,知道吗?"

陈红梅呵呵笑着答应,心里却被大海的话弄得暖暖的。她微笑着看着班车摇摇晃晃地远去,新的生活在她面前拉开了帷幕。

当陈红梅目送大海离开的时候,张倩正坐在肖飞的画室里,手里捧着一本书,目光静静地凝视着远方,头上的刘海如水墨般泼下来,目光明亮而澄净。当她的轮廓在肖飞的画笔下呈现出来时,她空灵而闪亮的眼睛仿佛星辰般在画纸上更加明亮动人。

与其说肖飞是在描摹她的轮廓,不如说是在一次又一次地注视下重新审视她。这个古灵精怪的女孩,安静地坐下来的时候,呈现出的那种静态美,仿佛清晨树林里的一片叶子,在阳光下熠熠生辉,安静而夺目。肖飞画过很多人和物,男女老少,各种静物。然而此时此刻,他感觉自己握笔是那么吃力,因为他总觉得眼前的一切很不真实,而且对面坐着的那个梦一样的女孩,和纸上逐渐灵动起来的女孩,明明是一个人,却又那么不同。

PART 4　　　谷雨

谷雨

一

这里对大家来说再熟悉不过了，半山坡上的树影里，曾经留下多少关于陈红梅那几个女孩子青春的记忆。如今，槐树落了叶，露出壮硕的枝杈，在空中交错伸展。日光从上面照下来，投在地上，成了疏阔的影。

陈红兵自行车轮子飞快地旋转，那唰唰的声音，仿佛一个人内心的波涛汹涌，仿佛一辆青春的列车，滑过宽阔的地平线，驶向远方，更像一个人，无法用语言来表达内心的排山倒海和波浪汹涌。

挂在额头上的汗珠亮晶晶的，眼角含着温热的泪水，紧紧咬着的唇有着万语千言，修长的双腿疾速蹬着踏板，竞技似的想与时间赛跑，用尽所有力量，往家的方向疾驰。

仅仅只有两年时间，大家都看得出，当年瘦弱的陈红兵长高了，宽阔的额头，浓黑的眉毛，一双燃烧着青春焰火的眼睛，绽放着咄咄逼人的光芒。

好不容易驶过窄长的巷道，他草草把自行车往墙上一靠，笨重的红色油漆木门极为配合地发出一声沉闷的响声，透过被泪水模糊的双眼，他看到坐在床上糊纸盒的姐姐和母亲受惊的目光。

"姐！"他大声喊道。原本是想欢喜地见她们，此时却如鲠在喉，这一刻，他的泪水夺眶而出，如孩子般大哭起来。

最先反应过来的是陈红梅。她本能地一怔，手微微有些颤抖。她向陈红兵走过来，小腿一直在打战。只要面对疼爱的弟弟，无论他成功还是失败，她都答应过，会永远陪在他身边。她好不容易走到他面前，拉住比自己高出一个头的弟弟。

陈红兵的泪水哗哗地流着。他流的何止是泪水，而是两年来母亲和姐姐辛苦劳累的每一个不眠之夜，是姐姐为了成全他而放弃的人生。他清

立潮人

楚记得每个深夜，躺在床上，耳边传来的小铁锤敲打时发出的清脆声音，仿佛敲打着他脆弱的心脏。父亲早逝，母亲瘦弱，姐姐为了承担生活的重担，那一双总是开裂的双手。

"姐，我被大学录取了，考上了。"他对着一头雾水的母亲和姐姐说道。每一个字从他的嘴里说出来，就像滚烫的石头，落在潮湿的地面。

"考上了？"陈红梅眼睛一亮，轻声追问，似是不敢相信自己的耳朵，直到看见陈红兵坚定地点了点头，她才放下心来，脸上僵硬的线条瞬间变得柔和起来，换成了一脸的喜悦。

"那你还哭什么呀？"陈红梅挥起拳头，在弟弟心口狠狠捶了一下。

"你吓死我了，你知道吗？"这次轮到陈红梅流出眼泪了。她知道今天是陈红兵领取大学通知书的日子，从清晨起来她就开始提心吊胆。这时，母亲走了过来，和姐弟两人紧紧地拥抱在一起。他们相互搀扶着，走到父亲的遗像前，点燃了三炷香，把这个好消息告诉了九泉之下的父亲，相信他也会欣慰的。

大海来接陈红梅，看见陈红梅和母亲站在门口说话，大海不便打扰，便坐在自行车上，一只脚蹬在地上，看上去似乎百无聊赖地看着前方，实际上却在暗暗观察母女的对话。

"妈，你就别管了，上学的学费，我会想办法的。"陈红梅说。

"你还能有什么办法，给你父亲办后事的钱刚刚还完，我知道你身上没什么钱，还是由我来筹吧。"母亲说。

"今年在工厂上班，我攒下了不少，再向朋友借一些，应该没问题。我们别再说这个事了，万一被红兵听见，他心里会很难过的。"

陈红梅话音未落，陈红兵刚好从家里走出来，两人赶紧停止了交谈。陈红梅向母亲和弟弟告别，坐上了大海的自行车，准备回工厂上班。

时间是消除彼此陌生感的最好办法，经过两年的交往，陈红梅和大海已经相当熟悉。无论风雨还是晴天，大海都会骑车接陈红梅到工厂，来往十几里路，从未停止。

有时大海也在陈红梅家里吃饭。陈红梅母亲似乎也默认了他们之间的关系。再说，大海聪明机灵，家庭出身也不错，父亲是供销社的主任。在计划经济时代，供销社是有实权的行业。对于这个未来的姑爷，母亲真是越看越喜欢。

路上，大海问陈红梅，刚才和母亲在说什么，神神秘秘的。陈红梅开始还不说，大海再三追问，陈红梅才说出了实情。陈红兵要去上大学了，得给他准备车旅费和学费，往后家里的负担就更重了。

大海沉默了一会儿。他清楚陈红梅家里的情况。陈红梅一向是个勤俭节约的女孩子，认识两年来，从未见她穿过一件新衣服，身上的衬衫补了又补。听小翠说，平日在工厂里，她也是一个馒头就当午餐；虽然她自己就在鞋厂工作，却从没见她穿过一双新鞋子。有几次，大海有意给她些帮衬，可她性格要强，从来都不接受。

走了一段路，大海停下自行车，一只脚撑在地上，转头对陈红梅说："红兵的学费你不用着急，我工作了几年，自然会有办法。"

"我怎么能要你的钱呢？"陈红梅赶紧说。

大海知道陈红梅的性格，虽然家里贫困，却是极为要强，从来不肯接受他的帮助。他沉默了一会儿，郑重地对陈红梅说："红梅，要不咱们结婚吧，结了婚，我们就是一家人了，你用我的钱或是我用你的钱就是应该的。再说，我家里都催我好几次了。"

陈红梅一愣，没想到大海会突然提起这个话题。她想了想，赶紧摇头，说："如果为了这个原因结婚，那我宁愿不结。再说，虽然结了婚就是一家人，但我也不能拖累你呀。"

"你干吗总要和我分得那么清楚？"大海故意装作生气地说。

"好了，咱们不说这个话题，我上班快迟到了，赶紧走。"陈红梅推了推大海的后背。大海只好重新蹬上自行车，却接着说："不管怎么说，红兵上学的钱交给我，就当是我借给你的，以后你再慢慢还我不就行了吗？"

陈红梅没有说话了。不管怎么说，大海的这份情意深深地感动着她。她把头轻轻地靠在大海的后背上，用手环住他的腰。那是一种从内心深处升起的甜蜜的信任，只有在彼此相爱的人身上才能体会到。

明媚的阳光沐浴在这一对年轻人的身上，陈红梅抬眼看着高远辽阔的天空，一股暖流随着阳光的温度涌上心头。

立潮人

二

  风筝是被风吹着走,还是被线牵着飞,究竟是风的力量大,还是线的力量平衡了它的飞翔,实际上,我们无法解答。宇宙蕴含星宿,地球深藏海洋,许多事情没有一个完整的解答。就像张倩怎么也想不明白,这一天的事情究竟是因何发生。开始是父亲喝醉了酒,每次举起酒杯的时候,都会呼唤母亲的名字。那样的一种呼唤,一声声像暗夜中的帆影,孤寂而无助,又像暗夜中的闪电,让张倩触目惊心。

  在张倩有限的人生中,从不曾看见父亲如此颓废。开始她只是沉默地看着父亲,想不明白他为何会这样。她试图抢过父亲手中的酒瓶和杯子,几次尝试无果之后,张倩终于放弃了。当她看着父亲的形象在她心里破裂时,内心的愤恨就像决堤的洪水般波翻浪涌。

  因此,当父亲像一摊烂泥似的趴在桌子上,在浓重的酒味中,张倩突然冲过去,将父亲心爱的陶瓷酒壶狠狠地摔在地上,然后转身回了房间,将门关上。可她心中的恨意没有停止,便从墙上取下相框,摔在了地上,母亲的相片在破碎的玻璃中静静躺着。

  父亲听到了声音,赶紧起身,跑进屋子,企图制止张倩的行为,但已来不及了。张倩从地上捡起母亲的相片,用力把它们撕碎,随手撒向空中,似乎只有这样,母亲才会从他们的生活中彻底消失。

  看到这样的情形,父亲突然抬起手,"啪"的一声,所有的凌乱和破碎都在这清脆响亮的一声中结束了。时间瞬间静止。这一巴掌,让父亲和女儿站在了从未有过的对立面。张倩的脸由红转青,5个红红的指印出现在她的脸上,像抹不去的罪证。她的瞳孔瞬间放大,眼神由愤怒到惊讶,由悲伤到仇恨,最终变成了绝望。

  这对可怜的父女,在这静止中,寻找和指认着陌生的对方。而父亲和女儿，这两个世界上最温馨的词语，因为母亲角色的缺失，悄然发生着微妙的变化。他们不能原谅对方，也不能原谅自己，表面看就好像他们占了对方的上风，实际上又败给了自己。

或许只有三秒钟，但对他们来说，仿佛经历了一个世纪那么漫长。父亲才慢慢蹲下身子，把地上那些被撕碎的相片轻轻捡起来。他的动作很慢，还有些小心翼翼，这种似是痛彻心扉的缓慢的动作，进一步刺痛了张倩的眼睛。

她绝望了。她恨父亲，更恨那个从未谋面的母亲。但她对现实无能为力，只能任由疯狂的泪水洒了一地。

黄昏，夕阳似血，红色的云霞挂在窗棂上，窄小的窗子像一条四角手帕。风是沉静的，且有了几分寒意。从窗口看出去，可以看到远处的街道。偶然有人走过，像是偶然出现的幻影。

"卖冰棍嘞，卖冰棍嘞！"吆喝声随着自行车的铃铛声一起出现，摇摇晃晃地消失在街道尽头。

张倩听到了父亲出门的声音，门被轻轻带上。她走出屋子。房间里的狼藉已被父亲打扫干净。张倩心里有深深的自责，她也知道父亲最终会原谅她。因为熟悉对方的软弱，因为没有选择，所以可以永远无故地伤害，也可以选择无止境的原谅。

出去散散心吧。她对自己说。用湿毛巾擦了擦眼睛，张倩才拉开门走了出去，刚好遇到肖飞从外面回来，手里拿着一封信。看见张倩，他笑眯眯地对她说："这是你的信吧。"

心情不好的张倩无心说话。她看了看信封，猜到是余家兴的来信，便伸手接过来，却觉得不对，再看，发现信封口是开着的。

或许是本能反应，张倩几乎不假思索地就将怒火对准肖飞，将淤积的坏情绪彻底地发挥出来，说："你凭什么拆我的信件？"

"我一看就猜到，那是你男朋友写的信吧。原来你男朋友在读大学啊，还是个大学生。"肖飞冷笑一声。此时，如果张倩仔细听的话，应该不难听出他话里藏着的酸味和醋意，可心情不好的张倩没心情去想这些，她只是气愤秘密被别人发现，那是余家兴对她一个人说的心里话。她

立潮人

硬着声音说:"当然是大学生了,难道在你肖飞眼里,我张倩连找个大学生都不行吗?你很好奇是吧,里面的内容是不是很诱人啊?"。

张倩边说边把信塞进口袋。她看到肖飞的脸色由苍白转为青色,他一定是生气了,眉头紧紧锁着,好半天才一字一句地道:"你别把人想得那么龌龊,即使是你男朋友写给你的,那和我有什么关系?我可以告诉你,我肖飞确实是喜欢你,但我还不至于去拆你的信件,去窥探你的隐私。我相信,爱情应该光明磊落,是我的就是我的,不是我的,也强求不来。他是大学生也好,教授也罢,对我都不构成威胁。我可以堂堂正正地向你表白,可以毫无顾虑地你站在一起,任你选择,但绝不会如你想的那样,需要各种手段和心机。"

说完,他几乎是头也不回地走了,把张倩一个人孤零零地扔在路口。张倩欲哭无泪,看着他远去的背影,想要喊住他,想向他解释,但一切都来不及了。肖飞走得义无反顾,毫无留恋。张倩刚刚止住的眼泪再次喷涌而出。

第二天中午,张倩刚出门,就碰到了邮差。邮差笑眯眯地喊她,对她解释道:"昨天有你的一封信,我取报纸的时候不小心把信封口给扯开了,真是对不起。本来要和你亲自解释,刚好看到你们文化馆的肖飞,就把信交给了他,请他转交给你,你收到了吧?"

原来如此。张倩这才恍然大悟。她心里有一千个后悔,真是错怪肖飞了。

三

教授的名字叫王正国,但学生记不住这个名字,他们喜欢叫他王教授或直接叫教授。所以,其他教授都有姓,只有他的姓常常被省略。教授50岁左右,但看上去要比实际年龄年轻,瘦高的身材,精神饱满,肤色红润，是医学院中医系的教授，发表过很多论文，也写了很多专著，知识渊博，著作等身，讲课出神入化，同学们很尊重他，也很敬仰他。

抛开教授这个身份不说，50岁的男人，成熟得像秋天的果实，成熟而璀璨，宽阔的额头上有几根白发，那是智慧的象征；额角上淡淡的几缕皱纹，那是岁月的沉淀。教授说话做事，都很有分寸，说话温文尔雅，又有良好的学识，处处透着文化人的气息。他偶尔批评学生几句，也是不温不火，客气得很，却能让人牢记在心。

这是一堂医学实践课，几个学生围在他身边，入神地听他讲解。杨维维便在其中。两年时间，那一脸脱不干净的稚气一点都没改变，人小，个子小，声音也小，扁扁的鼻梁上架着黑边眼镜，不时咬一下嘴唇，又因为这几天皮肤过敏，下巴处起了一个红疙瘩，不仅发红，还时不时地发痒。痒得受不了了，就歪着头，用抱在胸前的讲义夹蹭一蹭，神情却是听得入了迷。

教授刚好讲到重点："精神病既无细菌，又无病毒，心脑电图正常，血常规正常。好端端的一个人，治不好是没道理的。中药治病是我们祖先的智慧，自原始时期，不会种地，不会穿衣，春夏吃草菜树叶，秋吃野果草种，冬吃草根树皮，有时禽兽鱼虾，不光填饱肚子，也从其中得出经验。有时病倒了，吃某物病好了，有时吃某物毒死了，也属于自然反应。"

说到这里，他停下来，目光落在杨维维身上，插进来一个题外话："你怎么能用夹子蹭脸？夹子在医院里，多多少少会产生细菌，你这样会把细菌带到脸上，导致感染。虽然是小问题，但医学院的学生不能犯这样愚蠢的错误。"

众人的目光扫视过来。杨维维脸一红，赶紧点头，然后低下头，生怕那要命的红疙瘩被大家看见。教授的目光在她脸上停了一下。两束目光相遇，都怔了一下，好像对方的目光烫人。教授接着讲课："就像现在森林里的猴子，在它们长期的生存过程中，通过猴语，代代传承，能识别两百多种食物，能辨别生熟，是否有毒，包括甜、辣、酸、苦等。"

可是现在，杨维维再也无法集中注意力，她的目光看着脚尖，在心里

立潮人

一遍遍地责备自己，那么不雅的动作怎么会让教授发现了呢？

课程结束后，杨维维回到教室。没多一会儿，教授又走了回来，对杨维维说："你下午到我那里来一下。"

杨维维不假思索地答应了。教授的家就在校园里，四层楼的房子，里面住着很多老师。校园恢复教学时间还不长，各种硬件设施还没有跟上，因此，这栋楼每一层都住满了人，中间一条通道，房间都是门对门，屋里空间狭小，放不下的东西就放在过道上，一部分过道被木板隔成了厨房。人从中间行走，偶尔还要侧着身子才能通过。只是住在里面的人都是有文化、有修养的人，即使吵架也是斯斯文文、客客气气，于是，这个巨大的蜂巢，见证着这些高级知识分子最普遍的混乱和狼狈。

以前常和同学到教授家吃火锅，杨维维夹在一群同学里，没什么存在感。在大家的印象里，教授永远是一个人。有同学说他老婆在乡下，也有同学说在其他单位，夫妻感情不好，所以分居多年，还有同学说，他还没结婚。各种流言，没有可考性，教授的家庭生活是个谜。

这次，她突然一个人前往，有些不适应。还没到放学时间，她就开始如坐针毡，后悔自己怎么就一口答应了。那既然答应了，硬着头皮也得去。

好不容易熬到放学，杨维维先到食堂吃了个馒头，又在校园花园里磨蹭了一段时间，看时间差不多了，这才往那栋楼走去。

她轻轻敲了敲门，只听教授道："快进来呀，门没锁。"

杨维维推门进去，见桌子上放了三四个菜，还冒着热气。"来，一起吃吧。"教授大声道。

杨维维赶紧答应，说在学校食堂已经吃过了。

"再吃一点，再吃一点。天天吃食堂，肠子会生锈的。"没等杨维维答应，教授已经摆好了两双筷子，又问，"你喝酒吗？"杨维维又摇头。可这样一来，酒可以不喝，饭不得不吃了。杨维维只好赶紧上前帮着盛饭。教授转身进了厨房，过了一会儿，又端出一盘菜，一餐饭才正式开始。

杨维维还从未单独和一个男人吃饭，虽然是教授，但也没有过密切的来往，所以她每一口都含着小心，浑身每一根神经都不自在，多数时候都是教授在说，她答是或点头，菜，他夹多少，她吃多少，一小碗饭，几乎是一粒一粒数着吃完的。

她每次偷瞄他的时候，都看到他正微笑着看着她。他几乎不吃菜，偶尔才拈起一粒花生米送到嘴里，还要嚼好长时间，其余时间都是坐在那里，一口烟，一口酒，就像就着香烟在喝酒。在家的时候，杨维维见过有人就着咸菜喝酒，还有人就着一根辣椒喝酒，还有就着瓜子喝酒，就着香烟喝酒她还是第一次见。

好不容易把一餐饭吃完了，教授探头看她的下巴，又伸手摸了摸那颗小红疙瘩，动作极为自然，就像医生给病人诊断。他说："别以为是荨麻疹，这是皮肤上的炎症，没那么简单，时间拖长了会长成牛皮癣，以后会越长越大，影响容貌。女孩子家，可不能大意。"说着，他进了屋，拿着一小盒绿色药膏出来，递给杨维维。

她再次谢过，然后又是扫地，又是拖地，把屋子打扫完才赶紧告辞，说是还要去上晚自习。教授也不留她，只说随时欢迎她再来。她又瞄了他一眼，而他已经准备读沙发上的报纸，好像没有太在意她，她便轻松了很多，有种莫名其妙的喜悦，也有种说不出的紧张。没等他再说话，杨维维便迅速从他屋里逃了出来。

多年后她还记得，那天晚上的月光特别好，远处校园的湖水晃得像一面镜子。她并没有什么急事，却还是沿着花园一路狂奔。

四

六月的阳光，热烈得不近人情，无论在什么地方，总有股热烘烘的味道。工厂的胶皮味和煤灰味，人的汗臭味和香水味完全掺杂在一起。在这样的环境下，人也变得烦躁起来。别的不说，就连一张嘴似乎也变得难

立潮人

以伺候了，想吃冰的，想吃酸的，想吃苦的，想吃辣的，浑身都透着不自在。在外面，想找块阴凉的地方；在屋子里，又想泡进水里。知了的叫声、蝉的叫声、人的叹息声交错着，原本简单的世界变得热闹起来。

刚过晌午，张倩在屋子里烦躁地走来走去，不时走到窗前看看对面的房门，两眼无神，失魂落魄。短短几天时间，她便如抽去了魂魄般，一颗心被对面的屋子牵动着。那一道绿色的小木门，开启或是关闭，也让她的心七上八下。有风吹来，楼道里发出一声响，这响动在她心里则是一种惊天般的哗然。她像一只停在狗尾巴草上的蜻蜓，薄薄的翅羽藏不住任何心事，却又总想挥开来保护自己。

可恨的肖飞，讨厌的肖飞，爱生气的肖飞，让人无所适从、失魂落魄的肖飞。你滚，永远不要看见你。没有你，世界多清静啊。没有你，就没有那么多烦恼——张倩在心里狠狠地诅咒着、骂着，怎么也解不开心头的恨意，而这些恨交织在一起，就像蜘蛛的网一样，她被困在了网中央。

有句话说，恨有多深，爱就有多刻骨。或许这个情怀初开的少女自己也没想到，她已经中了爱情的蛊。

为了不错失任何一点风吹草动，她把家里所有的门窗都密封，在家里和父亲说话也轻言细语的。她甚至取下之前一直悬挂在门廊上的那串紫色玻璃风铃，以免它的响动影响了她。窗台下摆放着一把帆布躺椅，那是她雷打不动的座位。她侧耳倾听着，感觉风从左耳灌进右耳，耳朵仿佛过道，传来楼道里他轻轻路过的脚步声。

她看到他推开木门走了进去。那扇曾经一直向她敞开着的木门，很快就被合上，就好像是怕身后有影子跟上。他会不会是发现了自己追踪的目光？

她很想亲口对他说声"对不起"。整整一个月，这种念头一直疯狂地折磨着她。她越是想说，越是没有勇气开口。更何况，他的门总是很快就关上。这种无意识的动作，就好像正是为了不给她任何机会。

有时候，她会怀念和他在一起的日子。如果说余家兴给她的，是那种日以继夜、无休无止的思念的话，那么肖飞给她的，则是那种有棱有角、鸡毛蒜皮的生活散发出的感觉温热而美好的味道。都说距离产生美，可对那些陷于爱情的人来说，则是无时无刻不想厮守在一起，正所谓一日不见，如隔三秋。和余家兴分离三年，就连他说话的声音都越来越远，越来越模糊。

"我爱上他了。"她惊愕得脱口而出。当张倩意识到的时候，连她自己都被吓了一跳，可是，已经没有办法挽救。

黄昏的时候，张倩看到肖飞出门去了，她等了很久也没见他回来。夜幕渐渐降临，张倩开始有些莫名其妙的慌张。她等得不耐烦了，走到大门外，看着街上渐渐减少的行人，着急地走来走去。

夜深了，月亮明晃晃地挂在苍蓝色的天空。远远地，在空落落的街头，张倩总算是看见了肖飞。他的身影曾夜夜在她梦中出现，再熟悉不过。他应该是喝多了酒，走路跌跌撞撞，一脚深，一脚浅地踩着灯光走来，然后，差点被自己绊倒。他看见了她，却当作没看见，冷着脸从她身边擦肩而过。等他快走远了，张倩紧追几步，大声喊道："你没看见我吗？"

他冷着脸，继续往前走，脸上线条僵硬，好像根本不认识她。张倩对着他继续喊道："别以为你装作不认识我，一切就可以过去。我告诉你，你骗得了别人，骗不了自己。"

"我骗谁了？你不是已经有男朋友了吗？还是大学生，我算什么呀，一个穷画家，什么都没有，我还有什么豹子胆敢骗你！"肖飞突然止住脚步，回过头来，一字一句从牙缝中挤出。他的声音冰冷，目光更是冷如刀锋。

"好吧。"经过一段时间的冷战，张倩已经没了抵抗力，她很快败下阵来，或者说她愿意投降。如果是为了内心的感情输给他，她心甘情愿。她走近他，轻声细语地道："我承认，他是我的男朋友。我们是高中同学，他去大学三年了，但是，和你相处的这段日子，才是我这一生中最幸福、最快乐的日子。我还没有和他结婚，我还有选择的权利和自由。如果我还有一次机会，你能接受我吗？"

肖飞站在那里，他似乎在犹豫，好一会儿抬起脚步，走到张倩面前。他们离得很近，张倩的额头刚好到他的下巴，在他粗重的呼吸声中，能闻到他口中的酒气，那是浓重的带着烟火气息的男人的味道。

"你确定能选择我，而放弃他？我只是一个穷画家，而他有美好的前途、灿烂的前程。一个大学生，在现代的社会有多稀罕，你要想好了，否则以后你会后悔，会恨我、责备我，会把我和他放在一起比较，那时候，一切就晚了。"肖飞每说一句话，他口中那浓重的酒气便热浪一般喷向张倩。

"我当然想好了，我选择——爱情。"张倩义无反顾地回答，目光勇敢地迎着肖飞。

她的话音刚落，肖飞就突然伸出双臂，将她紧紧搂入怀中。他们的嘴唇在暗夜中迫切地摸索着对方，他们疯狂地寻找着对方身上自己所熟悉的那一部分味道，凭着感觉企图将对方融入自己的身体。

月亮悄悄躲入云层之后，暗示着这是一个无比浪漫又美丽的仲夏夜晚。

五

有了第一次就会有第二次，一来二去，慢慢就熟悉了，彼此没有生分感，聊天的话题越来越多，有时候聊得差不多了，似乎还有好多话没有说，意犹未尽。更何况教授本身就是医学系的一本活词典，杨维维不懂的地方只要请教，教授总是耐心地解答。杨维维的问题变得多了起来，话题也多起来，有时候聊医学知识，渐渐地也聊生活、社会，甚至是心事。只要在一起，话题就永远不会枯竭，就有笑声，就有欢乐，就有彼此间的心意相通。

杨维维领悟能力强，学得快，教授所说的都能牢牢记在心上，渐渐地，去教授家就成了常事。偶尔她会留下来吃饭。有时候，教授会特意为她准备一两个精心准备的小菜，番茄炒鸡蛋，黄瓜鸡蛋汤。这些清淡的小菜都是杨维维喜欢吃的。好像这些细枝末节也被教授记住了，杨维维心存感激，总是力所能及地帮着做一些家务事，扫地、洗衣服、擦窗、收拾房间。教授在她心里的形象介于长辈和兄长之间，这种微妙的亲切感，极为值得信赖和依靠。

这天，杨维维从教授家里出来，走了没多远，就听到有人喊自己。她转头一看，是同宿舍的女生，手里拿着一封信，说有她的信，帮她带过来了。

杨维维接过信，看了看，是陈红梅写来的。她放慢脚步，沿着花园小路走，边走边把信封撕开。

维维，知道你不能回家，但此时此刻，我还是想把这个消息最先告诉你。我和大海准备结婚了，日子就定在本月16号。我知道，这个时候谈婚论嫁可能太早了，毕竟我们年龄还小，还有许多梦想没有实现，实际上也还没有建立一个家庭的准备和能力。但是，经过两年多的相处，我和大海已经有了很深的感情，相互理解和关心，有着共同的理想，我和他是不会再分开了，我们希望排开万难，共同分担彼此的生活，一起建立属于自己的家庭，为我们共同的理想和事业而奋斗。大海所给予我的关怀和温暖，没有人可以代替，结婚便也成了迟早的事情。结婚的日子如果你能回来的话，我会特别高兴。我理解你学习任务很重，如果你不能回来，那也没什么，我和大海在遥远的家乡能收到你的祝福，便十分开心了。维维，你一个人在外面，一定要照顾好自己，上次你在来信中提到了教授这个人，因为我对教授不了解，也不清楚他的为人，看得出你对他的感情很特别。但是，毕竟你们年龄差距较大，而且，目前你对他之前的情感经历和婚姻状况一无所知，因此，我希望你在作出决定前，还是先了解清楚这些细节。虽然爱上一个人的时候，是没有任何东西可以成为情感障碍的，但是这些感情之外的细节，有时候也会成为阻碍双方感情的绊脚石。多的不再说了，唯一的心愿依旧是祝福你，一定要幸福。

随信一起邮寄来的，还有一对新人的结婚照。大海穿着西装，系着领带，陈红梅穿着衬衫，两人并排坐着，头微微向对方靠拢，胸前佩戴着大红花，满脸笑容，看起来非常幸福。

立潮人

　　杨维维看着相片，不知不觉走到一棵大树下。她斜靠着树，目光穿过层层叠叠的枝叶，阳光细碎的光影落在她的脸上。青春是一段多么美好的日子，它可以让一个人的梦做得如此干净和纯粹，就像教授，在她心里是温柔而宁静的存在，而莫名的情愫如种子一样在心里生根发芽。

　　这个时候已经是20世纪80年代，随着改革开放的进程，人们的物质生活不断丰富，婚礼也悄然发生了许多变化，婚纱礼服、结婚照、越来越丰盛的婚宴、越来越喜庆的婚礼，让80年代的这批年轻人有着冲越樊笼的快感。

　　70年代末到80年代初，社会上出现了婚礼要有"三大件"的流行趋势。最初的"三大件"是指手表、自行车和缝纫机。虽然都是生活的必需品，却也不是能够随便买的，因为就当时的经济水平来说，买这三样东西，得花掉好几年的积蓄。

　　按理说，大海家的经济条件还算不错的，但由于陈红兵还在上大学，每月生活费就是一笔不小的开销，所以大海和陈红梅的婚礼办得十分简单。陈红梅怕增加大海的经济压力，为了节约开支，一切礼仪能省的就省，她坚决拒绝大海再给彩礼和聘礼。随车的有一床红色百子被、一床绿色龙凤图被子和一双婚鞋，家里除了买了一台缝纫机，其他什么都没准备。缝纫机是陈红梅想要的家用物品，有了缝纫机，她就可以给自己和亲人缝制衣服，这样就可以减少开支，也是对未来生活有所准备。

　　到了大喜的日子，请了双方的长辈、亲戚、工厂的领导和关系较好的同事，大家欢聚在一起，说了一些祝福的话，发一些糖果和花生，然后在家里准备了几桌家常饭菜。大家一起喝喝酒、聊聊天，说一些祝福的话，夸小夫妻是天生一对。大家聊得尽兴，一屋子的欢声笑语和祝福话。

　　大海家腾出了一间屋子作为他们的新房。房子有些年代了，光线不太好，陈红梅和大海便找来一些旧报纸，自己动手糊了一层。到了结婚这一天，家里来的人多，几个小孩子就站在墙壁前读报纸上的字，比谁认的字多，也是一种热闹。平平常常的百姓生活，幸福也不过如此，到了这一步，两人都很知足。

　　一眼看去，新房里都是喜庆的大红色，玻璃窗上贴了大红的喜字，又用彩色拉花纸拉了一道，喜庆的气氛十分浓烈，一屋子的欢天喜地满得都要溢出来，再铺上一床新缎面的花被子、红铺盖，一对新人的新日子就从这里开始了。

六

20世纪80年代的中国经济是从计划经济向市场经济过渡的转型期，社会生活发生了很大的改变，最初是市场上出现了越来越多的小商品，包括学校周边的文具店，电影院门口卖太阳镜的小摊，百货公司门口也出现了层出不穷的流动摊点。农民们挑着自己栽种的瓜果蔬菜沿街出售。流动商贩手中出现的电子表和太阳伞，听说在小商品市场里价格很便宜，好多人特意去买，买来后又相互比较，都觉得自己占了便宜。人们觉得一脚迈入了物质的天堂，那可真是一个万花筒般多姿多彩的新世界。

吃、穿、住、行永远是人一生中最基本的生活需求。这时候，有的年轻人穿上了上海过来的锃亮的皮鞋，手腕的衣袖里露出坦克链的手表，头发梳得整整齐齐，就像旧时洋行里的职员。女生成熟得更早，在照相馆里模仿梦露拍明星照。有些人还穿上喇叭裤，骑上载重自行车，车后架子上还绑个录音机，放着迪斯科的流行乐。人们的日子好了，自然讲求生活质量，对于脚上的鞋子也有了更高的要求。因此，陈红梅所在的布鞋厂效益不错。厂里生产的花布鞋由于价格实惠，自然受到了市场的欢迎。工人们几乎不敢奢望休息，即使这样加班加点，所生产的布鞋依旧不能满足市场的需求。

陈红梅由原来的合同工转为布鞋厂的正式职工，由于工作上的努力和勤奋，深得厂领导的信任，已经成为流水线上的一名管理者。陈红梅自己很喜欢这份工作。对于市场上出现的新款布鞋，她都会亲自去寻找和摸索，渐渐地对于布鞋的款式、制作方式，甚至是经营销售，也有了自己的

立潮人

见识和理解。而人一旦寻找到适合自己的路子，便会对未来充满信心，也会有所奢望。陈红梅全身心投入这份工作，生活更是多姿多彩起来。

由于陈红兵还在读大学，陈红梅的负担依旧很重。为了能让弟弟安心学习，陈红梅每天下班后，就批发一些布鞋厂生产的布鞋到城郊公园附近出售。她所出售的这批布鞋，由于价格便宜，质量好，每次总是一抢而空，甚至还有一些群众提前预订。有时候她背上的包还没放稳，就会被等在这里的群众抢先一步抓住，要找她买鞋。

虽然是薄利，但多销啊，陈红梅还是捞到了人生中的第一桶金。渐渐地，她发现这是一笔不可忽视的可观收入，如果再多一些时间的话，甚至比她正常的工资收入还要高。有了这笔收入，陈红梅就不用再担心弟弟的学费了，甚至偶尔还可以给母亲买一些生活用品。

尽管如此，陈红梅还是很小心，没把自己卖鞋子的事情告诉大海，也没让家里人知道。她担心自己的这种行为会带来麻烦。所以，下班后，她总是先换上衣服，戴上围边的帽子，才到比较远的郊区公园附近去卖。

最先知道这件事情的，还是大海的父亲。大海父亲是供销社主任。在这个小城市里，供销社主任还是一个很有实权的职务。但是有一天，一名职工向他举报，说有个女的经常到郊区公园卖布鞋，而且生意特别好，甚至冲击了供销社的生意。大海父亲一听，要求严查这个女人的来历。第二天，按照供销社主任的安排，几名职工事先等在了郊区公园，陈红梅出现的时候，几人几乎没费吹灰之力，就把她扭送到了派出所。

等大海父亲赶到派出所的时候，发现是自己的儿媳妇，顿时气得火冒三丈。他不顾众人在场，拍着桌子对陈红梅吼道："新中国成立还没多久，就出现了你这种投机倒把搞小买卖的人，你不仅丢了我的脸，也丢了我们社会主义国家的脸。以后若是有人问起，你别再说是我的儿媳妇，我和你势不两立！"

陈红梅知道公公是个极要面子的人，现在她给公公丢了脸，只能低垂着头，委屈的泪水哗哗淌下来。众人以为陈红梅知道自己犯了错，纷纷安慰她。反而是陈红梅，表面看是知道错了，实际上她并不觉得自己错，着急的是，万一今后不再让她卖鞋子了，那可怎么办？

又过了一会儿，满头大汗的大海赶到了派出所。他一边代妻子向父亲认错，一边安慰陈红梅，说了很多好话，才把事态平息下来。大海父亲看差不多了，这才带着供销社几名职工离开。大海赶紧在询问笔录上签字，又作了一番解释，才牵着陈红梅的手走出派出所。

先前在派出所，由于人多，大海不好责怪陈红梅，现在两人走在回家的路上，大海这才发起牢骚。他说："这事全怨你，你明知道爸是供销社主任，还去做这种投机倒把的营生，你不是给咱爸丢脸吗？你让他往后如何面对他的职工？怎么跟他的职工交代？"

本来陈红梅心里的委屈刚刚平息了一些，大海这样一说，她的气就不打一处来，扯着嗓子喊道："我怎么了？我一没偷，二没抢，满大街的人都可以做买卖，为什么我就不可以？什么投机倒把，那都是你和你爸说的，我做的是正当生意，凭自己的劳动力挣钱，有什么可丢脸的？安于现状、不思进取才是真正的丢脸。"

"家里又不缺你这几个钱，红兵的学费我早就凑够了，你做了丢人现眼的事情，居然还理直气壮！"大海也火了，没想到她非但没有认识到自己的错误，反而还理直气壮。

"我怎么丢人现眼了？我知道，红兵的学费是你给的，用了你的钱，你以为我心里踏实吗？不是说劳动最光荣吗？凭我的劳动挣钱怎么了？"

"我们都已经是一家人了，你怎么还分你和我？难怪你要背着我去做这种事，原来你从来没有把我当成自家人！"大海气得脸色涨红，声音也沙哑起来，眼睛直直地瞪着陈红梅。

陈红梅眼看话题越扯越远，急得眼泪就出来了。她想不明白，大海父亲不能原谅自己，她可以接受，可为什么一向温柔体贴的大海也不能体谅自己？大海见陈红梅的眼泪又出来了，便没再继续说下去，气得一跺脚，转身回去了。

立潮人

七

按照往常，张倩掏出钥匙打开房门，会将钥匙往储物柜上的小竹篮里一扔，接着就是换拖鞋，然后往沙发上一倒，躺上三分钟，这一天的日子就算是圆满收官了。

可是今天不同，当张倩推开房门后，发现屋里不太正常。一屋子的烟雾弥漫中，父亲正坐在沙发上抽烟，而坐在父亲对面的那个女人，不用任何人向她解释，张倩凭仅有的记忆和直觉，立刻意识到，正是自己失散多年的母亲。

她愣了愣，第一反应是想退出房间。但是，当她往后退的时候，又很快意识到，作为女儿这个角色，在这个剧本里不能缺席，也完全不可能缺席。无论这个故事的结局如何，她都别无选择，必须面对。当她还在犹豫的时候，父亲和母亲也发现了她，他们同时转过头来，惶然地看着她。

"倩倩。"母亲先开口喊她。她的声音惴惴的，打破了沉默而凝重的气氛。张倩再次一愣。在没有任何心理准备的情况下，她本能地再次把门关上，往门外跑去。身后，传来母亲一声声惊天动地的呼喊："倩倩，你回来，你回来啊。"

张倩有几秒钟的犹豫，但在这喊声中，她加快了自己的脚步，想把眼前发生的事情，远远抛在那间陈旧的屋子里。

在她的成长过程中，从父亲或是别人的只言片语中，可以拼凑出母亲的故事。母亲曾经是歌舞团一位能歌善舞的演员，曾以一支百唱不厌的《白毛女》选段赢得了难以计数的掌声。至今提到当年那位在红星剧院唱主角的"喜儿"，许多老一辈的人都还会感叹不已。"瞧瞧吧，人家那才叫艺术，哪像现在电视剧里的小姑娘，要什么没什么，只会装腔作势，摆摆样子。"他们说，他们不是跟不上形势，而是看不惯现在那些歌手的做派。

有一次，父亲喝醉了酒，曾经对张倩说过一段往事："你两岁那年，组织上派我去乡下做一段时间的文化建设工作，但你母亲不同意我去。为此，我们曾吵过几次嘴。你母亲的理由是，她一个人带个孩子在家，孤儿寡母的，生活很不方便。后来我才知道，是军区部队的一个师长看上了她，一直在为难她。其实她很害怕，但没有办法向我明说，只能自己忍气吞声。我当时没有领会，等我从乡下回来的时候，她已经被调到了省里。她心里一直不肯原谅我，这些年一直没和我联系，实际上是在责怪我。"

因此，张倩猜测，母亲应该是跟了那个师长。但这仅仅只是猜测。她并不太想了解太多父母过去的事情，对她来说，母爱的缺失是她成长过程中无法弥补的遗憾，也给她的心灵带来了创伤。没有母亲的呵护，她从小就学会了独立自强。当其他孩子躲在母亲怀里撒娇的时候，她只能默默吞咽着孤独的泪水。每天放学回来，看到父亲独自坐在窗前，闷闷地瞅着街边的树枝，她心里就会有一种恨意。

那时候，这座城市好像是没有春天，灰蒙蒙的天空中，飘荡着红旗，而潜伏在枝丫间的高音喇叭总是不失时机地喊出一串令人肉麻的形容词，让萎靡的行人不由得加快脚步。她没有更多的机会去体验世间的美好，也不懂得爱这个世间和亲人。只有晚上，父女俩面对面坐在一盏15瓦的白炽灯下，父亲看书，女儿温习课程，她才会觉得日子有所依靠。

多年来，她曾经无数次幻想过母亲突然出现。她觉得，母亲可能随时就会出现在她的身边。这种想法一直在她心中埋藏着，这是一种甜蜜的负担，时时令她惶恐。她为这一天准备了很多年，但是，当这一天真的到来时，她依旧毫无防备。

张倩失魂落魄地穿过一条条街道，走了很长时间。当她停下脚步，才发现，她又回到了文化大院。是的，在这座城市里，只有这里才是她的家，才是唯一可以落脚的地方。但是，她不想回去，不想面对那个糟糕的局面。在经历了多年的等待之后，"母亲"这个词只是用来思念和幻想的，当真的出现在她的生活中时，她有一种本能的抗拒。

几乎是毫不犹豫，她敲开了肖飞的房门。她眼睛红肿，泪痕未干。当

立潮人

看到这样失魂落魄的张倩时,肖飞吓了一跳。

"你怎么了?发生了什么事?"肖飞话音未落,张倩整个扑到他的怀里,"哇"的一声哭了起来。

肖飞一再追问,张倩始终没有回答。她不知道该从何说起。那个支离破碎的家庭,那个藏在心里太久的故事,突然的团聚,竟是她不敢面对的局面。在追问了多遍,依然得不到答案后,肖飞就明白了,张倩需要的是一个安静的空间。她一定受到了很深的伤害,只有时间方能为她治愈。他拧了一个热毛巾过来,帮她擦去脸上的泪水,又倒了一杯温开水,看着她小口喝下。张倩的情绪这才慢慢恢复。

肖飞看了看桌上的小闹钟,对张倩说:"你该回去了,时间很晚了,你父亲会担心你的。"

"我不回去。"还没等肖飞的话音落下,张倩便断然拒绝。肖飞无奈,只好说:"要不你在这里,我过去跟你父亲解释一下。你在这里睡吧。"

"不要告诉他,我讨厌他们。"张倩说着,起身把门从里面插上,然后回身,扑进了肖飞的怀里。内心的痛苦和无助,使她迫切需要一个怀抱和温暖,需要一个人在这暗夜里长久地陪伴着她。肖飞很快迎了上来,用他温暖的双臂环住了张倩,使她渐渐安静下来。

这个世界,恋人的怀抱永远是最安全的港湾,可以让一颗无助的心在黑夜中找到依靠,可以让两个孤独的灵魂沿着黑夜的路一起流浪。那一夜,张倩在肖飞的床上沉沉睡去,而肖飞则趴在床前的桌子上,注视着她像婴儿般的睡眠,生出一种想要保护她一生的冲动。只是现在还不是时候,他要等到她清醒理智的时候,亲口告诉她:"我愿意娶你,我愿意保护你一辈子。"

谷雨

八

  太阳刚刚落山，已是下班时间，成百的工人从工厂里齐刷刷地走出来。他们一个个穿着蓝色的工作服，脸上带着笑，走出了雄赳赳、气昂昂的工人阶级的步伐。他们说笑着，谈论着工作中遇到的新鲜事。自行车的铃铛声潮水般此起彼落，铅灰色的大路上多了一种喜洋洋的气氛。工人阶级在这个时代是一个比较优异的群体，刚刚经历了那十年，好多人尚未从温饱问题中解脱出来，而工人阶级每月固定的工资收入为他们提供了至少衣食无忧的生活。所以，能在国营大中型企业工作的工人，是众人羡慕的。

  随着人流的缓缓移动，张倩从人群中分离出来。她愁眉不展地走着，突然停下脚步，往陈红梅工作的鞋厂走去。她不想回家，因为不想知道家中的任何情况，更不想听父母的解释。她想去找陈红梅聊聊天，散散心。

  张倩在鞋厂门口等了一会儿，鞋厂刚好下班，陈红梅出来了。看见张倩，她加快脚步跑了过来，对张倩说："我本来就想去找你的，没想到你先来找我了，真是心有灵犀的姐妹呀。"

  "你怎么会想到找我？前段时间你不是忙得很吗？想约你看场电影你都没有时间，说是要去卖鞋子，怎么现在突然有空了？"张倩好奇地问道。

  "别说了，我正为这事烦恼呢。"陈红梅边说边把手插到张倩的臂弯里，两人搂在一起，向街对面走去。

  "发生什么事了？"张倩关心地问。看得出陈红梅气色不对，估计是没有睡好，连眼袋都是肿的。陈红梅摇了摇头，把那天的事情说给张倩听。最让她着急的是大海父亲和大海对她的态度。张倩理解陈红梅。陈红梅自从和大海结婚后，一直很在意大海家人对她的看法，这次没想到惹出

立潮人

了那么大的麻烦，她心里过意不去。但她又不想停止出去摆摊，不仅仅是因为那是一份可观的收入，最重要的是通过自己的劳动创造了价值，解决了弟弟的学费问题，何乐而不为呢？

但是，张倩也能理解大海父亲的想法。计划经济时代刚刚结束没几年，那种根深蒂固的思想在老一辈人的心里很难改变。虽然现在国家开始鼓励个体小私营经济的发展，但是好多人还是不能接受这样的做法。目前，最被尊敬的还是工人阶级老大哥，不仅仅是因为他们手里端着铁饭碗，最重要的是他们的工作是为社会主义建设作贡献。而做小买卖这种，是资本主义的迂腐思想，说不定哪天就被取缔了。

"我还是不觉得我做错了什么。"陈红梅坚定地说道，停了一会儿，接着说，"实在不行，以后我下班就回家，周末再拿鞋子到乡镇上去卖，那样他们总不至于会发现吧？"

"那你岂不是很辛苦？这样一来，你就没有休息的时间了。"

"辛苦怕什么，人活着，最怕的是生活没有追求，没有理想。虽然大海现在不能理解我，那是因为他的思想观念还没转变过来，但是我相信，等社会经济发展到一定程度时，他就会明白，我所做的事情符合时代需求，并没有给他丢脸，而是社会发展的必然规律。"

"我支持你。既然决定了，就不要半途而废。实际上，虽然现在大家的生活条件上去了，但乡镇上好多农民都还买不到布鞋穿。你拿到乡镇上去卖，实际上也是帮农民解决困难，这么做也算是为人民服务。"张倩说。

得到了张倩的支持，陈红梅脸上渐渐有了笑容。总算有一个人是站在自己这一边，更何况张倩所说的话入情入理，这更坚定了陈红梅的信心。两人在街边的小吃摊上吃了点东西，这才高高兴兴地各自回家去。

张倩回到家，发现家门开着。她推门进去，屋子里静悄悄的，父亲坐在椅子上看报纸，母亲好像已经走了。张倩关了门，往自己的房间走去。父亲看见了张倩，放下手中的报纸，问道："你昨天去哪儿了？"

"满世界转悠，就是不想回家。"张倩有意抵抗父亲，冷冰冰地回答。

"你母亲特意来看你，你就这个样子？"

"那我应该什么样子？对，因为她是我母亲，所以无论她做了什么，她出现的时候，我都必须不计前嫌，用做女儿的热情去拥抱她，去问候她吗？"

"你怎么能这样说？骨血亲情是永远不可能消失的，更何况她是因为念着这个家才回来，你又何必不肯原谅她呢？"

"对不起，我没有你那么大度。真是可笑，她念着这个家？你是不是太天真了？她要真念着这个家，为什么那么多年不回来？我们的家门不是一直向她敞开的吗？"张倩提高了嗓音质问父亲。

"她现在的日子也不好过。"父亲欲言又止。

"她不好过，所以想起我们，那她好过的时候呢？她想起过我们吗？她想到过她还有一个尚不懂事的孩子，需要她照顾吗？还有一个丈夫痴心地等着她回来吗？想起这里还有个家吗？"张倩大声地反驳道。

停了一会儿，她看到父亲痛苦地垂下头，几根花白的头发从前额垂落下来。原来，不知不觉中，父亲也老了。她突然有些心疼父亲，接着说："爸，你可以原谅她，但是我做不到。我尊重你，但你不要试图来改变我。我没有你那么仁慈，那么大度。从小到大，我对她，心里装着的，永远只有恨和不可原谅。"

父亲站起身子，一步一颤地走进屋子。他看上去是那么疲惫。张倩有些后悔。她心疼父亲，虽然她和父亲经常争吵，但是这样伤父亲的心，还是第一回。她永远记得，在她小的时候，趴在父亲背上睡着的情景；父女俩一起庆祝生日；父亲牵着她的手送她到学校。而正是因为母爱的缺失，使她觉得父亲对她的爱在这个世间弥足珍贵。

立潮人

九

　　秋去冬来，阳光变薄了，天气渐渐转寒，医学院几栋灰色的大楼，静卧在苍茫的薄雾中，沉默而庄严。校园的林荫小道上，几棵银杏树落了叶子，变成了光秃秃的枝干，可冬青树长势正好，蓬松着郁郁葱葱的绿。清澈的湖水倒映着岸边的人，有几个学生坐在岸边看书，三三两两的同学从校园小路上穿行，说笑着。大学校园就像藏在记忆深处的一幅壁画，记录着一段青春的岁月。

　　杨维维一个人走着，不知不觉间，四年的大学生活就要结束了，接下来还有两年的临床实践。最近一段时间，同学们渐渐散去，有的回了家乡，有的到其他医院实习。杨维维暂时没有收到通知，只能继续等待着。自从学医后，杨维维真正感受到了医学的奇妙。一方面，她被医学神奇的知识所吸引，医生能够救死扶伤，他们是至高无上的，另一方面，无穷无尽的医学知识也让她一度陷入迷茫，找不到解决的办法。然而，人生就是这样的一个过程，几许坎坷，几许波折，时光匆匆，流年便也似水悄然流逝了。

　　不知不觉又来到了教授的家门口，她停下脚步，似乎迟疑了一下，最终还是抬手轻轻敲了敲门。门是开着的，教授好像早就知道她要来，为她敞开了门。"快进来。"他喊她。

　　杨维维进了屋子，径直走到窗前。那里有一把竹椅子，每次她来，这椅子就好像和那人一样，在默默地等着她。来过几次后，她对这里已经熟悉，甚至有时候会把这里当成一个家。她对教授说："同学们都走了，学校里没几个人了，我一直没有接到通知，也不知道会被分配到哪里。"

　　教授推了推鼻梁上老是往下滑的黑边眼镜，脸上露出一丝不易察觉的笑，对她说："如果要去偏远地方的话，早就被分走了。只是我做了一些调整，想让你留在省城最好的医院进行临床实践。在这里，接触的病例较多，医疗条件较好，可以学到很多知识。"

　　杨维维这才恍然大悟。她知道，教授和那个医院的关系不错，如果他提出来，那边肯定会同意。难怪同学们一个个都收到了通知，她却没有，原来是教授在暗中帮了忙。她感激地看了他一眼，又没来由地生气。他凭什么安排她的未来？甚至都没征求过她的意见，是不是有点自作主张了？她便说："你又何必如此帮我？对我来说，到哪儿都是一样。"

　　他有些难为情地笑了笑，说："我不是帮你，把你留在身边，也是我的一份私心。"

　　她一听，便目光直直地看着他，想要听他接着说，最好能给她一个合理的解释，可以让她心安理得地接受。他顿了顿，点上一支烟，狠狠地吸了一口，好像是被烟呛到了，猛烈地咳了一阵后，才说："不管以后如何，总之，我想你现在能留下来，留在我身边。"

　　他的声音很平静，就好像只是在安排一份学习任务，一件毫不相干的事。杨维维的心颤了颤。原来，他们都把对方当成了这个世界上唯一的陪伴，无论今后如何，哪怕多一分钟的陪伴，也是弥足珍贵的。教授表面上看意气风发，实际上杨维维能够感觉到，他一个人在这间屋子里住了十几年，面对糊满了旧报纸的墙壁，要吞咽下多少寂寞苦楚的时光。

　　有一次闲聊时，他无意中说过，贴在墙上的那上百条过期新闻，他基本上都能背下来了。她暗暗吃惊，那是一种怎样的寂寞和无奈，那365个日夜里，一盏孤灯下不可言说的艰难和煎熬。而杨维维呢？自从进入这个学校以来，同学们都说她清高孤傲，可又有谁知道，这种清高孤傲的外表背后，隐藏着她脆弱的内心，谁会理解她表面的坚强，是多少个默默流淌着泪水的无眠之夜所累积出来的。

　　"你恋爱过吗？"教授的问话让杨维维愣了一会儿。或许他并没有什么用意，只是这样一个安静的黄昏更适合闲聊，想要扯些无关的话题分散慌张的内心。

　　杨维维思考了一下。但真正谈到这个问题的时候，她不禁有些心酸。二十多岁的人了，居然还没有恋爱过。她想起了苏玉春，那样一种仓促的相识和仓促的离别，简直像一个玩笑。

立潮人

　　但是，没等杨维维回答，教授便接着往下说："我曾经有过一段恋爱，就在这个校园里。第一次发现你抱着讲义夹，走在我身边的时候，我甚至以为你就是她。你和她长得很像，甚至说话、表情、思考问题时的眼神，看见你，我觉得她已经回到了我的身边。"

　　"那为什么你们没有走到一起呢？"

　　"还没毕业，她生病了，其实不是什么大病，她家里人逼她回去，要她嫁人。她哪会接受，新婚之夜就自杀了。我很后悔。其实当初，我可以帮她逃走的。她曾经问过我，征求过我的意见。她很勇敢，连死都不怕的人，你说她还能怕什么？只是当时我很害怕，怕惹祸上身，怕负担不起这份责任，就拒绝了她。后来我才想明白，她的死，实际上是对我的失望和对生活的绝望。"

　　"所以，你后来一直没有再娶，就是因为对她的愧疚？"

　　"不，死了的人已经走了，活着的人还得继续生活。后来我结婚了，就是我后来的老婆。"教授说完，长长叹了一口气。杨维维很想接着问，可是，他似乎不愿意再继续这个话题了，摆了摆手。

　　两个人谁都没再开口。屋里没有开灯，可他们都没有去开灯的意思。她看不清他脸上的表情，只是感觉他的目光分外明亮，仿佛有泪光闪烁。这样也好，在黑夜掩盖下，所有的悲伤不再具体。

　　这时，窗外，天已经完全黑了。屋子里的两人都有一种错觉，似乎他们正乘着同一艘小船漂在海面上。在这个晚上，在这艘船上，他们都深深地感觉到一种孤单和疲倦。

十

　　一双由陈红梅设计制作的女鞋，很快在这个城市走红。

　　这双鞋子在原来布鞋的基础上，减少了鞋带和纽扣，做成了方便舒适的套鞋。这样的一双鞋子刚刚进入市场，很快就受到了大家的欢迎，成为一个新的流行趋势，由此带来的，不仅使鞋厂声名远扬，而且也获得了不小的收益。

很快，陈红梅就成了风口浪尖上的人物，各种风言风语层出不穷，有人说她是小摊贩，也有人说她是鞋厂最年轻的设计师。

中午吃完饭后，陈红梅从车间的一排红砖房前走过，刚好遇到了汪叔叔。陈红梅加快步子，上前和汪叔叔打招呼，汪叔叔先喊住了她，说："你到鞋厂工作这么长时间，进步大家都看得见。前段时间开职工大会，我还号召职工要向你学习，要敢于创新，敢于突破。这次布鞋的设计成功，为我们鞋厂创造了很大的效益，实际上也是为我们社会主义国家建设贡献了一份不小的力量，我真是要代表鞋厂感谢你啊。"

听完汪叔叔的话，虽然句句表扬，但陈红梅还是预感到他今天要说的事情重点不是这些。不过陈红梅已经做好了充分的思想准备，她笑眯眯地看着汪叔叔，等他说完，便说："汪叔叔，您要说什么就直接说吧，我进厂以来，一直得到您的照顾，我们之间不必绕弯子。"

既然陈红梅都这么说了，汪叔叔便觉得不必再客气，他舔了舔干涩的嘴唇，正色道："前几天我才听说，你下班后把布鞋拿到市场上去卖，而且还被派出所给抓了，有这回事吗？"

"是有这么回事，我是到销售部拿的鞋子。该给的钱也当面交给了财务，而且鞋子我拿到外面卖，每双只赚了一角钱，比起供销社来说，还便宜了两角钱。我没有做什么给大家丢脸的事。至于说派出所抓我，那纯粹是一场误会。你可以去问供销社那天在场的几名职工，或者是我丈夫大海，他从小是您看着长大的，您应该可以相信他。"

"你这话我可就不爱听了，自己做错了事，还理直气壮，如果我们鞋厂的每个职工下班后抱着一堆鞋子到外面去卖，这不是扰乱市场经济吗？现在的这些小摊小贩，为了赚几毛钱的利益，就不顾集体利益，投机倒把，唯利是图，尽做些骗人的买卖，你可是咱们厂的劳动模范，又是大家学习的三八红旗手，我可不希望你跟着他们乱来啊。"

汪叔叔说得语重心长，一脸慈祥。陈红梅可不愿意听。她冷着脸说

立潮人

道："那我究竟做错在什么地方，还请汪叔叔指出来。你这样含糊其词，什么投机倒把，唯利是图，骗人的买卖，我究竟骗了什么？图了什么？希望您能够一样一样说清楚。"

"陈红梅，我可是为你好啊，你怎么这样好坏不分？你这样的态度，是和我说话吗？"汪叔叔生气了，说话变得阴阳怪气。

陈红梅也不甘示弱。她继续说道："说话要一分为二，对，是您把我带进了工厂，教给我做人的道理，并给我创造了各种学习的机会，培养了我。我陈红梅没齿难忘，一直都记在心上。只是我们今天对事不对人，首先国家已经有政策，鼓励个体私营经济发展。我卖鞋子，并没有违反国家的任何政策和规定。其次。我家里确实有经济困难，为了获取微薄的收入，我才做这件事。但我凭的是自己的劳动力，并不觉得丢脸。最后，我还要说明一点，鞋子是从鞋厂通过正规批发价拿出去的，钱款财务当面点清，卖给群众的价格也是合理合法，是老百姓接受，甚至可以说比较喜欢的价格，所以，我实在不知道我做错了什么。"

"好，你有理，你等着，迟早你会知道自己做错了什么。"汪叔叔气得用手指着陈红梅，脸色变得铁青，转身气呼呼地走了。看着汪叔叔离去的背影，陈红梅内心百感交集。自从进入鞋厂以来，她一直把汪叔叔视为自己的恩人，同时也是鞋厂的一名老师傅。俗话说，"一日为师，终身为父。"今天发生了这样不愉快的事情，并不是陈红梅愿意的。她的泪水涌了上来，实在想不明白自己做错了什么。

下班后，陈红梅沿着街道往回走。已经是深秋了，风吹在脸上，有着微微的凉意。落叶被风卷起，沿着路面翻滚飘飞。陈红梅就这样沿着街道走着，泪水始终在眼眶中打转。

一个女人迎面走过来，看见陈红梅，停下步子，仔细辨认了一会儿，过来拉住她的手说道："你就是上次在郊区公园卖鞋子给我的那个姑娘吧，我记得你的。"

"对，是我。请问您是？"陈红梅仔细看了看对面的女人，似曾见过，在记忆里大致搜索了一番，却又实在想不起来。

得到确认，女人马上露出一脸的笑意。她说："我姓姜，你叫我姜大姐就可以了。我和你说啊，上次我在公园里向你买了两双鞋子带回老家，给两个侄女，侄女们都很喜欢，说那鞋子又好看又便宜，让我再给她们带几双，说只要有的话，有多少要多少，他们家在镇上开了个小卖铺，正缺好的商品呢。"

见陈红梅犹豫，她赶紧接着说："你尽管放心，你能拿到多少双鞋子，我现场给你付钱，保证不拖一分，怎么样？这买卖咱们成交吧。"

听完姜大姐的话，陈红梅估算了一下，如果这样，那就等于增加了一份收入，何乐而不为？但是想到早上汪叔叔说的话，陈红梅又有些犹豫了。如果这样做，大家知道了，不知道又会掀起什么样的波澜。

"这样吧，你先给我留个你的家庭住址，等我这边有货，会过来找你。"陈红梅说。在暂时没有考虑清楚的情况下，陈红梅把姜大姐的地址写在了自己的小笔记本上，然后告别了姜大姐，一路往家走去。

落叶纷飞之中，她的步伐由最初的徘徊犹豫，渐渐变得坚定起来。她看到，笔直的马路还有很长、很远，只要坚定地走下去，就能看到新的方向、新的征程。

PART 5　　**芒种**

芒种

一

有时候生活就像一塘水，表面看上去风平浪静，其实水下早已经暗藏着风险。而且更多的时候，我们明明知道风浪的存在，却无力化解它。就像现在的张倩和父亲，生活在同一屋檐下，却很少有交流，陌生得像两个房客。实际上，有过为人父母或是为人子女经历的人都知道，父亲对女儿或是女儿对父亲如此客气的时候，比起打闹或是发生争执，或许要更为可怕。

从小到大，在张倩的眼里，父亲几乎是她的一个灯塔。即使每次父亲在她面前提起母亲的各种好，那种卑微从容的态度，总是让张倩不能接受。但那时候，张倩总还能为父亲找到各种理由，因为母亲只是一个影子，不存在于现实世界，对她不构成任何威胁。

在张倩的记忆中，无论是上幼儿园还是上小学的时候，当看到身边的小朋友有母亲陪伴着时，她是多么渴望能有妈妈牵着她的手，送她上学。可那时候，父亲忙于工作，张倩从小就习惯了孤单一个人。她甚至把这种孤独作为一种陪伴，她只能强迫自己变得强大起来。

她一直以为，这个世界上，只有她和父亲两个人相依为命，父亲是她的伞，而她也被称作父亲的小棉袄，因此，当父亲每次念及母亲的名字时，张倩总觉得父亲的心里还住着一个人，而这个人却又和他们的生活毫无关系。直到那天，母亲突然出现在家里，张倩才感到了一种深深的威胁，好像她一直潜伏在家里。尤其当她和父亲发生争执以后，她才知道，这个人在父亲的心里有多重要，父亲为了她，要和她站在对立面。

尽管张倩无数次提醒自己，她是母亲，为什么不能放下思想包袱接受她呢？敌对，于情于理都是错误的。她甚至有些恨自己，恨自己的自私和狭隘，恨自己和其他孩子的不同。就像自己在和另一个自己拉橡皮筋，由于之间的弹性太大,她们谁也拉不赢对方,但又不肯停下较量。她被自己的这种想法痛苦地折磨着。对于一个从小就未得到过母爱的孩子来说,她内心有着怎样的孤独和固执,不是旁观者可以理解的。

"你这几天都去了哪里?"父亲问得小心翼翼。

本来张倩并不想在这样的情况下向父亲坦白自己的恋爱,告诉他,她已经有了男朋友,就是住在对面的肖飞。她曾经设想过,当父亲知道她恋爱时,会是怎样的吃惊。她还设想过各种方式,向父亲坦白,但是在那一刻,不知道为什么,她几乎以一种报复性的心态向父亲说了出来。

"我就住在肖飞那里,我和他要结婚了。"张倩的声音并不像是在诉说自己的恋爱,更不是她后半生的未来,甚至她的声音都带着爆发性的快感。

"肖飞?肖飞。"父亲像是咬着难以下咽的骨头,反复咀嚼着这个名字,似乎要在记忆里快速将这个人搜出来,但是又因为某种记忆障碍而不敢随便确认。

"你是说文化馆的肖飞?你们什么时候在一起的?我怎么不知道?"父亲的声音渐渐弱了下去。他好像在努力思考,把肖飞这个人在心里量体裁衣般重新打量一番。

"我们什么时候在一起不重要,重要的是,我现在要告诉你,我们马上就要结婚了,结了婚,我就可以搬出去,你就可以把那个女人带回来,你们可以一起生活,不是更好吗?"张倩话音还未落,父亲清脆的耳光就打在了她的脸上。父亲用力咬着嘴唇,唇变得发白,似乎在努力辨认着,这个从小养到大的女儿,她的自私、狭隘,为什么会变得越来越陌生。

过了好半天,他才颤抖着嘴唇发出几个字:"她可是你妈呀,我不知道你是怎么理解的。"

张倩捂着脸,那一刻,除了脸上感觉到热辣辣的痛,她的脑海里几乎是一片空白,反复出现的一句话是:他打了我,第二次,第二次,一个月里,这已经是第二次了。这就是她一直深爱的父亲,这就是她从小生活的家。

时间仿佛凝固了,很快,张倩捂着脸跑出门,而父亲则跌坐在那里。

他抬起手，对着自己的脸狠狠打了下去，泪水沿着他爬满皱纹的脸落了下来。女儿从小到大，他从未舍得动她一根手指头，现在，他既失望又后悔，陷入了深深的自责之中。

命运，仿佛一只无形的推手在暗中操纵着所有的局面。他永远记得，张倩五岁那年，从幼儿园哭着回来的时候，一直趴在他的怀里哭着要找妈妈。他觉得自己欠了女儿，应该给她一个交代。这些年，他始终用各种方式在劝慰着女儿，告诉她妈妈会回来，并且一直在寻找她。然而，到此时此刻，他才真正意识到，女儿已经不再需要母亲了。尽管她是他的女儿，但她是独立的个体，他可以参与女儿的成长过程，却不能参与她内心的成长。

可谁能想到呢？就是在这样的情况下，她的母亲回来了，好像就是命运开了一个玩笑。只是这个玩笑开得太久，开得太过火了。对，就像女儿说的，他确实很失败，那么多年，无论她多么无情，他还是不能拒绝她。他的一生，好像永远只为了等待她。

然后，他才想到，张倩说她要和肖飞结婚，这是一个令他吃惊的消息。尽管同在一个文化大院，但是他对肖飞这个年轻人并不是很了解。难道现在女儿就要把自己的后半生交到这个年轻人手里吗？

张倩父亲意识到了这件事情的严重性，但他又束手无策。他们究竟是怎么认识的，恋爱了多长时间，这么说，这段时间女儿都是在肖飞那里过的？他们究竟做了什么？他们就在他的眼皮子底下，可他什么都没发现，算不算一个父亲的失职？他再次陷入了长久的沉默。

二

夜色暗了下来，该是杨维维离开的时候了。她站起身，看了看教授。教授坐在窗子旁边的位置，从她这里看过去，教授的背后是一片昏黄的天空，而教授则成了一片暗影。他塌着肩膀，肩膀窄窄的，看上去，像两个塌下去的山谷，透着一种莫名的酸楚。

"医院给我分了宿舍，明天我就搬到那边去住，以后过来的机会就不多了。"杨维维简单的陈述算是告辞，话不多，却透着一种无法名状的离别的悲伤。

"以后你就有自己的新生活了。"教授说话的时候，抬起了眼。两人的目光在半空相遇，有一种离别的惆怅，又似有千言万语，无法道尽。

再多的话也不必一一重复了，杨维维向门口走去，准备离开。教授跟了过来。杨维维站在门口，她不知道自己究竟在等待什么，心里有种隐隐的期盼。就在这个时候，教授似乎收到了她传递出来的信息，他从后面环住了她。他温暖的手交织在她的身前。他那窄窄的瘦弱的肩膀，给了她一种从未有过的、强行的、没有任何退让余地的久违的温暖。那一刻，杨维维的整个世界仿佛坍塌了，她的眼泪在眼眶中疯狂地奔跑，并且用热烈的双唇在黑暗中摸索着教授的嘴唇，最终吻在一起。

隐忍了三年的爱，此时仿佛奔腾呼啸的河流倾泻而下。三年来所有的期待，所有不被言说的依赖和关爱，所有不能违背的教条和真理，此时都和他们无关。世界安静下来，只剩下两人疯狂的喘息声在黑夜中奔跑，身体和身体之间在追逐和较量。他们在暗夜中相互迎合着，完美地绞缠在一起，仿佛两条奔腾的河流呼啸着融合在一起，更像一座热烈燃烧的火焰山，要用生命燃尽最后的爱和激情。

"你知道吗？在这个世界上，我一直以为自己是个孤独的人，这么多年来，我像一个饿极了的人，在人群中穿梭和奔跑，总是找不到一个合适的借口停下来，甚至不知道自己要的是什么。可是当你进入我身体的时候，我被你装满的时候，我的整个世界仿佛都安静了，那条疯狂的河流在我的体内停止了奔涌，仿佛溪流进入了大海，找到了自己最终停泊的地方。"杨维维说。她靠在教授的手臂上，眼睛注视着天花板，额头上挂着晶莹的汗珠，雪白的肌肤在黑夜中闪动着银色的光芒，虽然筋疲力尽，目光中却流着甜蜜的幸福。

第二天，杨维维并没有按原定的计划搬入医院的宿舍。几天之后，她搬进了教授的屋子，两个人开始了新的生活。

每天清晨，教授会骑着他那辆老自行车，载着杨维维，一直把她送到医院；她下班的时候，同样会来接她。来接她的时候，自行车龙头上会挂着刚买的新鲜蔬菜，都是她喜欢吃的。他从不让她做饭，也不让她帮他洗衣服。杨维维平静而喜悦地站在厨房门口，看着教授忙进忙出，看着他精心准备的菜肴，那严肃而庄重的表情，就像是在准备一场大型手术，仿佛一个父亲宠爱着自己的女儿，仿佛在为妻子准备一场盛大的晚宴，一切都是那么自然。

在这样的情况下，医学院里已经有了各种各样的舆论，对于师生恋这个词，从几千年来中国传统的道德教育来说，始终是不能被人们所接受的，更何况两人的年龄差距那么大，又成了人们捕风捉影的谈资。有的人说教授是利用职务之便欺负女学生，也有人说，杨维维只不过是想借教授的高枝攀附。

对于这些议论，杨维维当然无所谓。难道爱情还得向别人去解释吗？难道爱一个人还需要理由？之前胆小懦弱的杨维维，此时反而变得自信和强大。她不在乎别人的议论，她要为自己活一回，为爱情风光一回。

有一天，下班的时候，杨维维刚跨进医学院的大门，迎面就遇见了一位老教师。这位老师之前是杨维维系里的任课老师，因此和杨维维比较熟悉。两个人遇见，客气地打招呼，边走边聊。走了一会儿，这位女老师突然客气地问她："听说你现在经常去教授那里？"

"对，经常去。"杨维维几乎是毫不迟疑地回答，一脸坦率，甚至还有几分天真，等于承认了她和教授不同寻常的关系。

"你们女孩子就是太年轻了，你对教授了解多少啊？"这位女老师是杨维维的前辈，以过来人的身份语重心长地对她说。

"那不重要啊，我要的是他的将来，而不是他的过去。"杨维维依旧倔强地回答。

"其实教授有一位妻子，应该是农村的，有一年来学院，我亲眼见过，很老实的一位农村妇女。你们年轻学生不会明白的。"这位女老师说完，也没和杨维维道别，径直推着自行车走了。

立潮人

　　杨维维往教授家走的时候，步子渐渐变得沉重起来。她很想当面问问教授，为什么他之前从来没有和她说起，他的婚姻究竟是什么样的状况。以他们现在的关系，他应该给她一个交代的。是啊，她怎么从来就没想过问问呢？但是，当她走到教授家门口的时候，突然停止了这个想法。如果教授不主动说，她是永远不会去问的。既然选择了他，又何必急于去求一个结果，既然踏上了这条路，又何必回头？

　　她对着那扇冰冷的木门笑了笑，推开门走进去。教授已经等在屋里，在温热的饭菜香里等待她的到来。

　　吃过饭后，她几乎没给他任何空闲时间，对他说，她想和他做爱。他有些惊诧。她一直是个文静矜持的姑娘，怎么会变得如此大胆？又不忍心违逆她的意愿。既然她想要，他当然应该给。只要她高兴，让他怎么样都成。他们从卧室，到客厅、厨房，尽情地欢爱，房间里充斥着爱的气息。他在这种强大的刺激下，得到了从未有过的满足，脸上挂着满意的笑容，转头寻杨维维的脸，却发现，杨维维眼角挂着一颗硕大的泪珠。

三

　　尽管之前有充分的思想准备，但肖飞怎么也没想到，结婚居然是张倩先提出来的。

　　关于求婚，肖飞不是没设想过。甚至有一次，当他和张倩爬到山顶，相互依偎着坐在一棵古老的榕树下，他看着张倩微翘的鼻子上晶莹的汗珠，可爱的笑容在阳光下绽放着奇光异彩，在树枝上的鸟儿欢快的鸣叫声中，"嫁给我吧"，这句话差点喊出来。但是他不想冒失，尽管他爱张倩，但他还是压抑着自己，最终没有喊出来。

　　后来，他打消了这个念头，因为他脑海里浮现出张倩去邮差那里取信时的样子。她取过信件，站在街道上就迫不及待地撕开信封，读信时，脸上带着甜蜜的笑意和满足，每次都要读完两遍，才满意地迈开步子往回走。肖飞站在房间窗口，看着张倩一连串的表情，心里总是生出一种无法名状的嫉妒和憎恨。他知道那个人一直如影子般存在于他和张倩之间，所以，他不敢轻举妄动。他怕他的任何举动，会令他失去张倩，而让她投入对方的怀抱。

肖飞是名画家，他在纸上描摹，一笔一画，将这个世界的事物还原到画纸上，让它们呈现出抽象的质感和诗意的浪漫。他更善于捕捉生活中的蛛丝马迹，骄傲于自己的绘画天赋，同时，这种清高孤僻的性格，也隐藏了他内心最深的自卑。除了绘画，他实在想不出还有什么优点可以和那个影子较量。

尽管他感觉得到张倩对他的依赖，但他还是不敢确定张倩对他的情意，甚至有一次，他假装开玩笑，试探过张倩。他问："你心里一定还想着那个大学生吧？"

张倩笑了笑，回答他："只不过是同学而已。"没有正面回答，只能说明她还在犹豫。那个影子，始终是张倩犹豫的重要原因。肖飞曾经为此颓废过，也想过放弃，但他太喜欢张倩。如果张倩不提出分手，他会一直等下去，等到她心甘情愿答应自己。最终，肖飞决定给她足够的时间，让她想清楚之后，再作决定。

几天前，当张倩提出结婚的时候，肖飞还以为张倩是在开玩笑。尽管她的表情严肃，没有丝毫开玩笑的样子，肖飞依旧只是轻轻笑了笑，算是回答。直到两天前，在文化大院门口，遇到张倩的父亲。张倩父亲突然停下步子，叫住了他。

"你和张倩是真的相爱？"肖飞父亲问道。

"我一直很爱张倩，也珍惜和她的这份感情。"肖飞诚实地回答。

"这么说，你们真的要结婚？"张倩父亲似乎在回答肖飞，又像是自言自语。但这句话，每一个字都清晰地飘进了肖飞的耳朵。这下该轮到肖飞吃惊了。这么说，张倩并不是开玩笑？她甚至将这件事郑重地告知了她的父亲？肖飞意识到应该严肃对待了。

"我们是有这方面的计划，只是还要先征求伯父您的意见。"尽管

立潮人

内心狂跳不止，肖飞的回答却郑重其事，因为他的女儿即将成为自己的妻子，那么，面前的长辈也将成为自己的亲人。

"我没有什么意见，我只是希望她过得好。"张倩父亲摆了摆手，不等肖飞回答，转身走了。

就是在这样的情况下，张倩和肖飞很快到工厂打了证明，又到社区民政所办理了结婚证，这段婚姻便水到渠成了。

总以为结婚应该是大红的，鞭炮声不断，祝贺声不断，满屋子的喜气洋洋，映衬着一对新人的笑脸。但是张倩大喜的日子并非如此。她只是把自己所需要的东西搬到了肖飞的屋子，然后请了工厂里几个平时要好的同事，吃了一顿简单的晚餐，甚至都没告诉她的任何同学，陈红梅和杨维维也被蒙在鼓里。工厂里的同事好多都想不明白，张倩为什么要这么做，大喜的日子总值得热闹一番，不是吗？

直到一周后，陈红梅才偶然从一个朋友那里听说了张倩结婚的消息。她根本不愿意相信自己的耳朵，以为那只是朋友胡编乱造的谣言。为了求证，她还是跑到张倩家。当她一只脚踏进张倩家的门槛，抬头便看到窗玻璃上那一对红彤彤的"喜"字，才相信朋友说的话。

她和张倩挽着手臂，沿着秋天的街道慢慢走着，不知不觉爬上了山坡，走到曾经读书的校园门口。此时学生已经放学了，学校铁门紧闭，有几个孩子正在操场上打篮球。她们俩隔着铁栏杆，远远地看着孩子们奔跑打闹，青春仿佛就是昨天的故事，还热热闹闹地挂在眼睫毛上，然后再仔细想时，短短几年时间，其实已经物是人非。

"你结婚为什么那么仓促，有什么原因吗？"陈红梅终于将话题引入正题。

"其实也没什么原因，你知道我从小没有母亲，从来没有奢望过什么母爱，小的时候，我曾经希望有，小时候有多想，长大就有多恨。前段时间，她突然回来了。我没办法接受她，更没办法接受父亲的懦弱。我不想再去面对，我想有一个自己的家庭，这是我逃避的最好方法，而且我也很喜欢肖飞，我愿意跟他过一辈子，结婚也就是迟早的事情。"张倩的每一句话都很坦白、从容，陈红梅能够理解并接受。

"可是你为什么不告诉我们呢？这么大的事情，你难道连好朋友都忘记了吗？"陈红梅不解地提出了自己的疑问。

"那是因为余家兴。"

"为什么？"

"他还有几个月就毕业了，我只想让他安安心心地把大学念完，毕竟这几年书信往来，我们还是有感情的。只是这种感情和爱情无关。至于其他的，今后再说吧。"

"你会怎样向他解释？"

"那已经不重要了。他去了那么几年，好多事情都已经改变了，我想他会理解，也会接受的。"张倩说完，目光注视着陈红梅。在这个黄昏里，她相信，这个陪伴了她多年的闺蜜，能够明白自己的心事。

四

厂里积压了一批鞋子，是布鞋厂成年累月积攒下来的。这批布鞋之所以没有被质检通过，主要是存在一些手工上的瑕疵。这些瑕疵并不影响鞋子正常穿着，也没有太多美观上的问题，甚至可以说不是专业人员，基本上看不出来。但是，考虑到长远的声誉问题，经过厂务会多次研究，还是决定停止对外销售。但是如果这批鞋子压作库存的话，对于布鞋厂来说，也是一笔不小的损失。

最终，经过几次厂务部领导开会之后决定，这批鞋子以低价向鞋厂职工内部销售，希望能够内部消化。如果有意愿购买的，可以报名。但即使这样，有的职工考虑到鞋子有质量问题，还有的职工因为经济能力有限，各种各样的原因，鞋子还是没有卖出去多少。这下把厂领导急坏了。这批鞋子销售不出去的话，一是库存积压太大，占了好几个仓库，资金没有回笼，厂里职工就领不到工资。

立潮人

　　就在大家为这件事情愁眉不展的时候，报名的最后一天，有个职工突然向场务部提交申请，声称所有积压的鞋子，她全部要了。

　　此言一出，整个厂区顿时一片哗然。大家都在议论，能买下这批鞋子的人肯定是万元户，要不也得是大领导，反正不会是寻常之辈。大家把能想到的大人物名字都说了一遍，说来说去，最后又流出风声，说这个人居然是陈红梅。大家一拍大腿，痛楚地喊道："对啊，怎么单单就是没有想到她呢？"

　　有的职工不相信，亲自跑到车间找到陈红梅，找她求证。没想到陈红梅大大方方地一笑，说："就是我要了。平日里，卖鞋子也赚了一点钱，现在刚好厂里遇到问题，算是回报厂里。而且这些鞋子拿出去，肯定会找到销路，算是我和布鞋厂双方互利共赢吧。"

　　"瞧这陈红梅，话说得多轻巧。走着瞧吧，肯定要吃亏。"又有人议论了，大家都不相信陈红梅有这个能力。但是，两天之后，陈红梅找来了两辆手扶拖拉机，那拖拉机"突突突"快活地唱着歌，当真把这些鞋子给拉走了。

　　陈红梅找了几间旧房子，把这些鞋子先堆进去，然后就开始找销路。她首先按照那天姜大姐给的地址，找到了姜大姐。姜大姐一听有这样的好事，高兴得眉开眼笑，但是又犯愁，她说："虽然那天说有多少要多少，但我也要不了那么多啊，你就先给我50双得了。"

　　陈红梅爽快地回答："没问题，等你那边卖完了再来找我就行。"就这样，两人当面清点了货款，这批库存鞋子的第一笔生意就开张了。

　　万里江山一片绿，不代表万绿丛中没有一点儿红。有了这笔可观的收入，陈红梅信心大增。第二天早上，天还没亮，她就匆忙往包里塞上几双挑拣出来的样品鞋，连早点都顾不上吃，就乘车去了附近一个较大的乡镇。

　　这天刚好是乡镇赶集的日子。陈红梅到的时候，街上已经有了来来往往的行人。陈红梅一个人在街上走来走去，东看看，西瞅瞅。看到一个在路边摆摊卖衣服的女人，她主动过去和她聊天。说了一会儿后，她就把此行的目的说明了。她从包里拿出几双样鞋给这个女人看。那女人看了后很感兴趣，只是因为她家里经济困难，没有资金垫付，问能不能先给她货，等货卖了以后再把钱付给陈红梅。

陈红梅想都没想就答应了。之后她又找了几个这样的生意人，他们多数跑集市。周边有几个小乡镇，每个乡镇的赶集日不同，他们就是哪个地方赶集就跑哪个地方，带着商品流动性经营。几人听了，都愿意做这桩买卖。一天的下来总算没有白跑，有了很大的收获，陈红梅舒了一口气。等所有的事情办完，已经到了黄昏，她才赶紧一路小跑去汽车站。

到了汽车站一看，发现车站里已经没有人了。她向看门的老头儿打听，老头儿慢悠悠地吸着烟，告诉她，乡镇上赶集日就只有两趟班车，返程的最后一趟车是中午两点，现在早就没车了。

这可把陈红梅急坏了。因为怕大海反对，她出来的时候也没和大海说一声，如果晚上不回去的话，他肯定会很着急。再说，明天早上还要上班，总不能迟到啊。陈红梅又向老头打听，还有没有其他办法。老头说，可以到路口等等看，有时候会有拖拉机出去，只是那车不安全，晚上风大，容易着凉。

陈红梅哪管得了这些，赶紧往路口走去。她看了看，路上连人影都看不到，只好咬紧牙关一个人沿着路走。走了一个多小时，过了几个村庄，当真遇到了一辆进城的拖拉机，车上已经坐了四个人。陈红梅扒着扶手和师傅说明情况，爬上车兜找了个位置坐下，才发现忙了一天，她还没吃任何东西，真是又饿又累，没一会儿就倒在车上睡着了。

这段路本来就是山口处的路，风很大，车兜里又没遮盖的东西，陈红梅睡了一会儿，就被风吹醒了。她身上冷得彻骨，只能蜷着身子保暖。

拖拉机沿着山路一直往前，在陡坡上颠簸得厉害。旁边坐了一个男人，看上去像是本地的农民，拖拉机颠簸一次，便大呼小叫的，吓得陈红梅胆战心惊。她平生第一次坐这样的拖拉机，弄得头晕目眩，一阵反胃。

好不容易爬完坡，原本以为可以舒口气了，没想到拖拉机转了一个山道，开始下坡了。这下坡更厉害，车子刹不住，直往下冲，颠簸得更厉害了。陈红梅只觉得两耳生风，一阵眼花。下坡路走了十多分钟后，拖拉机冲到了坡中间的位置，竟然撞在了路边一棵大树上。旁边的男人当场就从

立潮人

货厢里飞出去了三四米，摔在路边。还好人没事，只是闪了腰，他边撑着地爬起来边骂人。陈红梅一直紧紧抓着护栏，但是由于惯性，头撞在了拖拉机的前板上，额头上撞起了一个又青又紫的大包。

经过这么一撞，拖拉机自然不能再走了，需要修理。驾驶员骂骂咧咧地去找人。陈红梅看了看时间，又问旁边的人，说离城大概还有十公里，陈红梅想都没想，赶紧下车，踩着月光，毫不犹豫地往家一路走去。

五

陈红梅赶到城里的时候，已经是凌晨。刚进入街口，迎面便见大海骑着自行车匆匆忙忙地赶来。陈红梅又累又饿，看见大海，只喊了一声，便晕了过去。可能因为着了凉，第二天她便高烧不退，在大海的一再劝说下，住进了医院。

陈红梅躺在床上，大海一整天都在旁边照顾她。到了中午的时候，大海父亲特地过来看望，给陈红梅带来了一些水果。临走前，他语重心长地对陈红梅说："你家里负担重，你弟弟还有一年就毕业了，到时候你的担子就轻松些了，不用再这么辛苦。你做这事我理解，只是你也要注意影响，现在的人，嫉妒心强着呢，别人要是拿了一分，你拿了两分的话，别人就会有许多想法。看见别人落难，自己心安理得；看见别人发财，眼睛红得要蹦出来，这就是小市民的德行，也是普通大众的心理，所以啊，只能自己处处小心，别让人逮了小辫子。"

"我知道了，爸爸。"陈红梅感激地看着大海父亲。她知道，公公都是为了自己好，这话也说得入情入理，陈红梅记在心上。多的话不必再说，她看着大海父亲慢慢向病房门口走去，心中突然生出一种异样的感觉。她有很多想法却无法说出口，后来才知道，这种感觉是有原因的。

大海父亲走出病房，大海送他，一起出去。父亲和儿子，向来无话不说。从小，父亲就是大海心里的榜样。父亲做事雷厉风行，在群众中口碑极好，因此，大海心里有烦恼，总要向父亲说一说，以寻求帮助。

经过一天的忙碌，大海已经一肚子的委屈，此时见到父亲，便开始诉苦："你看看，她胆子越来越大了，居然一个人跑那么远的地方，还好拖拉机没有翻，如果翻了的话，那不是出人命了吗？要是再这样下去，我就把她弄回来那些鞋子全部烧了，看她还敢怎么样。"

父亲从来没见儿子这么着急过，一脸笑意地听着他说完。大海自顾自接着往下说："现在弄得发起了高烧，身上又有伤。你以为她躺在床上舒服啊，她这人，一刻都停不下来。说实话，我们夫妻俩从结婚到现在，还没有红过脸，就因为她卖布鞋这事，一直闹得不可开交，冷战了好几回，她还是不听我的劝告，真是没辙了。"

"儿子啊，你也不要一味地责怪她，任何事情都不是孤立的，特别是在咱们国家，更是如此，一些该来的东西为什么没有来，也往往是因为那些该去的东西还没有去。事物是变化的。"老人语重心长地教训道。他接着说："看任何问题都要有联系的眼光，也就是毛主席所说的战略的眼光，红梅这个女娃娃能有这样的思想，其实已经很不容易了，我还真是佩服她呢。"

"你说的是，我也想过这个问题。红梅向来聪明伶俐，有些事情，就是怕她把握不住原则，所以我才担心。"

"经过这段时间的观察，其实不得不承认，她比你更有立场，有思想和想法，以后你们夫妻有什么事情，还是要好好商量才是。至于红梅做的这件事，我们现在也没法判断。我看啊，如果国家政策放宽的话，也未必不是一件好事。"大海父亲说完，拍了拍大海的肩膀，让他赶紧回去陪陈红梅，不用再送了。大海没想到父亲的转变会这么大。但是父亲见多识广，任何事都考虑得比较周全，所以大海是比较信任父亲的，他只好告别父亲往回走。

大海听了父亲的话后，心里就像被人捅开了一扇窗户，觉得亮堂舒服多了。回到病房，他把刚才父亲的话对陈红梅说了。陈红梅心里很感谢父亲对自己的理解，也感谢丈夫对自己的支持。她对大海说："你放心吧，

立潮人

我做事会掌握好分寸，不会惹麻烦的。"

那天晚上，夫妻俩感情特别好。回到家后，两人都不肯早睡，一直在说话。陈红梅还说了这次去乡镇看到的一些事情，把自己找的销路告诉了大海。两人到了深夜才感到疲倦，沉沉地睡了过去。谁知刚睡下没一会儿，就被一阵急促的敲门声吵醒。打开门一看，原来是门卫室守总机的大爷，说有大海的电话。大海都没来得及穿好衣服，就赶紧去接电话。电话是母亲打来的，说是父亲因为心脏病突发，已经被送到医院急救，让他们俩赶紧到医院。

两人都吓坏了，急急忙忙赶到医院。父亲已经被送进急救室，母亲吓坏了，一直在哭。他们只好先安抚母亲的情绪，又不停看着抢救室的动静。半个多小时后，医生走了出来，宣布父亲已经病亡。

全家人陷入了巨大的悲伤中。大海怎么也不相信，中午还和颜悦色的父亲，怎么会突然说走就走了呢？他看着父亲的遗体，恍惚间想起了中午父亲说的话，仿佛是冥冥之中给儿子留下的遗言。想到这里，他的泪水止不住又流了下来。忍着悲伤，他办理了各种手续，到凌晨才匆匆忙忙返回家去换衣服。

原本想在家里休息一会儿，但是想到天亮后供销社就会有大批的人前来吊唁，殡仪馆的车也将在上午到达，于是大海又忙碌着抓紧时间给父亲收拾了一些东西。可是他脑子里一片混乱，生怕把什么东西忘记了，又仔细清理了一遍，这才急急忙忙赶到医院。

他给父亲换了一件全新的白色衬衫。外面是质地很好的夹克衫，淡黄色，有纽扣。他知道，这是父亲生前最喜欢穿的上衣。裤子是一条黑色的毛料西裤，崭新的，裁剪得挺阔。袜子是白色的棉袜，也是父亲生前喜欢的颜色和料子。再看父亲的遗容，面色安详，脸上甚至还有淡淡的红润，仿佛只是睡着了。儿子知道，那是父亲要让他放心。

一切收拾停当后，窗外已经现出暗淡的白色，黎明的阳光像只熟透的蛋黄，悄悄地从山那边淌了出来。

六

时间刚好进入了20世纪80年代初期。这是一个朝气蓬勃的时代，也是一个充满生机的时代。刚刚走进新时代的人们求知欲极强，对未来既憧憬又怀疑。刚刚走出旧时代，却还没能完全走进新时代，一切正在为未来作着准备，蓄势待发，万物萌动。

看得多了，听得多了，说得也多了，事情经历得多了，就具备了免疫力。就像现在，杨维维和教授已经不在乎别人的议论，他们并排走在校园里散步，说一些别人听不懂的话题，有时在别人大惊小怪的眼神里，还故意做出几个亲密的动作，无非就是想向人证明，我们就是这样，你要咋想就咋想。

这确实是一对让人羡慕的爱侣，他们看上去都是典型的知识分子模样。女的年轻貌美，身材高挑，鼻梁上架着金丝眼镜，走路时昂首挺胸，身形苗条修长，披肩的长发，白色的连衣裙，好像整个世界都是为她准备的舞台。而男的呢，一身合体的夹克衫，洗得干干净净，里面白衬衫，偶尔会搭配一条领带，似乎他天生就应该穿体面，才配得上他渊博的学识。他既有成年人的成熟，又具备文化人的儒雅，即使有几根白头发，似乎那也是他身上一种经年的知识积累和沉淀。

他们一起穿过校园，走过湖边，踩着鹅卵石铺垫的小路。花台里，紫罗兰盛开，花台旁边，有一群年轻人正在跳舞。录音机里放着轻快的音乐，歌声缠绵悱恻，令人遐思。若是在几年前，这可是靡靡之音啊。男女青年自由组合搭配，绅士的男士可以邀请自己心仪的女子轻歌曼舞一曲。教授和杨维维停下来，也不由自主地随着音乐起舞。他们如鹤般的舞蹈，引来了一阵阵热烈而羡慕的掌声，即使是旋律较快的伦巴或是快三步，都配合得无可挑剔。他们随着鼓点弹起的足尖，踩出同样的步伐。

立潮人

　　跳得累了，教授找了一个僻静的角落坐下来，而杨维维跳得正开心。一名年轻男子走过来，邀请杨维维和他共舞一曲。杨维维没有拒绝，而是大大方方地走到舞池中间，将左手搭在男人的肩膀上。他们微笑着注视对方，在音乐声中，很快融入了跳舞的人群。

　　暗淡的街灯下，教授的目光始终跟随着杨维维。她独有的气质和魅力，在灯光下毫不掩饰地绽放出来。而那名年轻男子，他的手搭在杨维维的腰上。他们就像是一对天生的爱侣，那一刻，教授的心里隐隐作痛，或者说泛起了一股酸涩。要是再年轻二十年该多好啊。他一直觉得自己是个有本事的人，可对于年龄则完全无能为力。

　　然而，岁月是最无情的雕刻家，一层层磨去了青春、岁月和年华，让光滑的肌肤长出了褶皱，飘然的青丝长出了白发，直到面目模糊，物是人非。教授已经不记得有过多少个这样的时刻，他一个人坐在屋子的角落，照着镜子，在那张脸上会突然看见多年前自己的父亲。父亲是个农民，他曾经看不起他，但是许多年后，他毫不掩饰地长成了他的样子。

　　房间里灯光朦胧，他穿着睡衣或西装，一遍遍地审视自己。她走了进来，向他展示刚缝制的新睡衣，橘瓣状的身体散发出刚刚出浴的少女清香。她美丽的身材和张扬着青春气息的五官透出情欲气息，而这气息却是以纯洁的少女身体体现出来的，令他一遍又一遍迷失。

　　那一刻，一种人到中年的困境紧紧拽住了他的肉体和灵魂。"我显然已进入了标准的中年期，而且很快会步入老年。""老年"这个词，仿佛是一个温柔的陷阱，就在前面等着他。多么可怕的名词，不，应该是动词，他怕它，却又躲闪不及。因此，平日里他尽量把自己装扮得年轻一些。他穿着运动衣，和年轻的学生参加篮球、跑步等比赛，但又经常感到力不从心。岁月何其残忍，即使做再多努力，也掩饰不了他渐渐步入暮年的状态。

　　一天清晨，他们几乎是被窗外飘来的百合花香气熏醒了。随着鸟的叫声，一阵接一阵急促的敲门声传来。杨维维去开门。当她拉开门的一瞬间，顿时傻眼了。门外站着的，是从千里之外赶来的父母。

　　他们一定是听到了消息匆匆赶来的。见到久违的父母，杨维维心里升起一股深深的内疚和自责。"爸，妈，你们怎么来了？"此时此刻，连杨维维自己都不清楚，为什么声音会无端颤抖，就像自己犯下了一件不可饶恕的罪行，欠下了父母一笔孽账，背着父母做了很长一段时间的亏心事，以至于无颜再见父母，以至于没有任何语言可以来为自己辩护。

"你怎么可以做这样的蠢事？世界上那么多年轻帅气的男人，你为什么偏偏要找一个这样的老头？"母亲的声音带着锥心的苦楚，质问道。

"妈，我已经成年了，我有选择自己生活和爱情的权利。"杨维维舔了舔干涩的嘴唇，艰难地解释道。

"这就是你所谓的爱情？你别逗了，你也不看看，他的年纪比你爸还要大，可以做你爹了。爱情是骗你们这些小女孩的，你以为他会和你讲爱情？"杨维维母亲说话的时候，教授已经走了过来。看见教授，杨维维母亲几乎失去理智，冲上去就要揪住教授的衣领，被杨维维的父亲赶紧拦住了。

"妈，我会处理好自己的事情，您不用担心。"杨维维企图劝慰母亲，想赶紧把母亲和父亲从这里带走。

"你竟然欺骗这么年轻的女孩子，你还是教授呢，我要去找你们学校领导反映，我要去公安局报警！她还是个孩子，你可真够可恶的，你还是教授，你连禽兽都不如！"杨维维母亲歇斯底里地骂着，几次被丈夫拉开。周围渐渐聚拢了看热闹的人群。他们指指点点，议论纷纷。杨维维拉起母亲就走。自始至终，教授一直低着头，似乎在向这个世界承认他的罪孽。

离开了教授的屋子，杨维维和父母一同走出了校园。父亲语重心长地对女儿说："不管怎么说，我们会想办法尽量把你的工作调回去，不会再把你一个人留在这个地方。"

杨维维没有说话。或者在父母面前，孩子永远都是孩子。母亲哭着说道："对，书不读都可以，我们宁愿要一个没有事业的女儿，也不愿意要一个感情失败的孩子。"

立潮人

七

陈年的街道积满了新的落叶,入秋之后日子变短了,空气中有了几分寒意,接连几天的小雨让这座城市染上了潮湿的气息。雨下得久了,连那些老房子都似乎被泡软了。瓦当上的水沿着房檐落下来,滴落在檐下躲雨人的目光里。电线上落着几只鸟,好像被雨淋得找不到方向,叽叽喳喳叫了一阵飞走了。事实证明,屋子和街道都不留人,来的人走了,走的人再来,城市在无限的循环中,又打开了新的局面。

余家兴走在街道上,天空飘着毛毛雨。雨不大,他没有撑伞,只是把夹克的衣领竖起来,挡住吹到脖子上的冷风。整整四年的时间了,当初那个清瘦的男孩子,如今已经长成成熟稳重的青年,经过大学生活的熏陶,又有文化知识的沉淀,使他看上去有着与众不同的气质和风度。

往日的记忆像是一场刚刚看过的电影,那些温暖的场景似乎还历历在目,可是一想起来,便打湿了眼眶。四年的时间,对于一个人来说或许并不长,然而对余家兴来说,这四年,却是他人生的一个重要转折,足以撑起他的整个人生,并改变他的命运。

他已经是一名地地道道的大学毕业生了,尽管分工还需要等待一段时间,但是已经无所谓了,国家会给他安排稳定的工作,他将有一份稳定的收入和光辉的前程。对于一个穷苦农民的儿子来说,这四年的时间,或许就是他人生辉煌的一块基石。他心里无比清楚,能够让他拥有这四年时光的,是张倩。是张倩一直以来的帮助和鼓励,还有那些长年累月积攒下来的厚重的生活费,让他有足够的信心和经济保障读完大学。

他站在文化大院对面的马路上张望,希望张倩会出现在对面。他既兴奋又紧张。在他心里,他希望张倩还是四年前的样子,是那个扎着马尾、笑起来一脸天真的女孩。但事实告诉他,四年的时间,有许多东西会改变。她一定变了，从她越来越少的书信中可以明显感觉出来。没有什么可以瞒得过情人的眼睛，更何况，余家兴对她寄来的每一封信，都会认真阅读，许多次，从字里行间他能看得出，她正在朝着一个他看不到的方向越走越远。

他不想问，也不敢问，怕知道事情的真相。他宁愿守着那个曾经做不完的梦继续走下去，即使真的要知道真相，也要等他回来，面对她的时候，听她亲口说。

功夫不负有心人，过来一会儿，张倩从大门走了出来。除了成熟一些，她看上去似乎没有多少改变。余家兴悬着的心落了下来。他看到张倩匆匆忙忙地去推自行车，便跟了上去，叫她的名字。张倩回过头来，看到了余家兴。对，那么长时间没见，她一定忘记了他的样子，所以，她眯着眼睛在记忆里努力搜索。

"余家兴，真的是你！"她终于喊出了口。

"对，是我啊。"余家兴回答。当他听到自己的名字从张倩口中喊出来的时候，心里回荡着一股久违的暖流。

"是啊，你信中说过今天回来的哦。"张倩有些不好意思地笑了笑。这么重要的事情，实在不应该忘记。

"我刚刚到家就过来了。"他诚实地回答。张倩有些不好意思地笑了笑。他那么急着见她，可她呢？居然忘记了今天是他回来的日子。

好在余家兴没有发觉，他只是急着表白："你一定很忙吧，没事，我这次回来就不走了，今后我们可以天天见面了。"

余家兴只顾表达自己的想法，或许只要他稍微仔细些，就会发现其实张倩已经变了很多。或许还会发现，那辆老自行车的后衣架上，夹了一双男人的皮手套。

"我们一起去找陈红梅吧，好长时间没见，几个同学应该好好聚一聚，为你接风。"张倩边说边把自行车推向余家兴，示意他骑上。

余家兴只好接过来。他原本只想和张倩单独在一起，并不想搞什么同学聚会。但是张倩这么说，他只能听从她的安排——他从来不会拒绝她。张倩坐上了自行车的后衣架，两人沿着下坡的方向往陈红梅家的方向而去。

立潮人

晚饭由大海请客，就在街边的一个小食馆里。点了几个小菜，大海特意要了一瓶酒，说是要为余家兴接风。四个人对饮，说一些过去的话题，自然也憧憬未来。陈红梅和张倩的话最多，说得高兴了，两人就不停地笑，笑得眼泪都出来了，又举杯喝酒。饭才吃了一半，张倩就喝醉了，抚着头昏昏沉沉地说要回家。余家兴要送她，被陈红梅制止了。陈红梅说："让大海送吧，大海对这段路比较熟悉。你今天刚刚到家，还是先休息吧。"

余家兴原本还想坚持，被陈红梅这么一说，也不好意思勉强。眼看着大海扶着张倩出了小食馆，他目光远远地跟过去，看见大海骑上了自行车，张倩坐在后面，渐渐消失在视线中，眼中满是依依不舍。

这一切，陈红梅都看在眼里。看到大海他们走远了，陈红梅才对余家兴说："你回来就好了，咱们都是同学，有什么话我就直接说吧。余家兴，就在三个月前，张倩结婚了。"

"不可能。"余家兴不敢相信。他希望陈红梅只是和他开玩笑，可心里又清楚她不会开这样的玩笑。他瞪着一双血红的眼睛盯着远处即将消失在街角的两个背影，喃喃着。

陈红梅喝了一口水，若有所思地回答："这是张倩自己的选择。她之所以作出这样的决定，肯定有她自己的理由。不管怎么说，在这件事情上我们只能尊重她。"

"那么长时间，她为什么不告诉我？"余家兴不解地问。

"你知道她的脾气，她一直希望你考大学，把大学念完，告诉了你，怕影响你的学业。现在你大学毕业了，也到了应该告诉你真相的时候了。我想，你心里也一定希望她幸福吧。"陈红梅说。

"对。我是不是很自私？已经接受了她经济上的资助，怎么还可以想着占有她一生的幸福？是我太自不量力了。"余家兴苦涩地说。那一刻，所有的语言都显得苍白无力。

"缘分这种东西，谁也说不清楚，没有原因。"陈红梅说的时候，看到了一滴泪水沿着余家兴的脸颊落了下来。

窗外的秋风吹得越来越烈，天气真的凉了。

八

不知从什么时候开始，一切都变了，从街上行人的穿着，到熟人见面时谈话的口气，都不再是从前的样子。陈红梅也不再是布鞋厂一个小女工，而是一步跨入了生产流水线上的一名管理员。她待人善良温和，做事小心谨慎，即使这样，还是被厂里一些职工的议论推到了风口浪尖。

"听说陈红梅的鞋子全部卖完了，赚了一大笔钱，腰包鼓胀得厉害。"有人说。

还有人说："听说陈红梅要自己办厂，她哪来那么多的钱？那不是走资本主义线路吗？反正咱们这些工人绝对不能让她剥削了。"

当然，也有人提出反对意见："只要她有那本事，真把布鞋厂办起来，工资给得高，我就愿意跟她走。"

"你那是拜金主义作祟。"几个女工发出一阵哈哈的乱笑声。

这样的议论肯定是有源头的。正当大家对这个话题议论得津津有味的时候，陈红梅已蹬着三轮车，车兜里放着最后一麻布口袋鞋子，送往姜大姐的住处。经过石桥的时候，由于车子太沉，陈红梅只能下车推着走。尽管这样，她依旧十分吃力，整个身子向前倾，感觉车子正在坠着她往下滑。正在这个时候，她突然感觉后面轻松了，回头一看，原来是大海在后面帮忙推着车。

陈红梅的脸上露出开心的笑，问："你怎么来了？"

大海满腹抱怨地说："看见你出门就跟过来了，你这样整天累得像头牛似的，也不知道图什么。"

听了丈夫的话，陈红梅笑着回答丈夫，说："还非得图个什么呀，人这辈子走的路，谁知道能图到什么，只能是坚持着往前走，尽量不要错过任何机会。我想，走到最后总能图到什么吧。如果那时候再图不到什么的话，就只能用梦想来圆场了。"

对于这些大道理，大海可不爱听。他不耐烦地推开陈红梅，想要自己骑三轮车，被陈红梅制止了。刚好这时候车子开始下坡，陈红梅骑上三轮车，笑眯眯地向大海挥了挥手，就走了。

所有库存的货到今天为止已经全部销售完毕，陈红梅长长地舒了一口气。感谢命运，给了她如此优待。实际上，当初接下这批货的时候，陈红梅心里还是比较忐忑的。但是转念一想，舍不得儿子套不住狼，不去经历、不去尝试，怎么会知道结果？于是，陈红梅就狠下一条心，不管怎么样，总得赌一把。即使输了，也算心服口服。这辈子，也输得心甘情愿。在经历了这一番艰难的抉择之后，事实告诉她，她成功了。而且更重要的是，她从这次的反转中，看到更多的是一双布鞋隐藏的巨大商机。

恍惚间她想起秦师傅说过的话："可千万别小看了这双鞋子，这可是门大学问。你看看这个世界上那么多人，谁要是没有双鞋子，该怎么生活呀？所以每个人最少要有两双鞋子。我们不看世界，就看看我们这个小城市，如果每个人要你一双鞋子，你想想，你得做多少双鞋子啊。"

把货送完，回到家的时候已经是黄昏了。陈红梅累得筋疲力尽，好在大海已经做好了饭菜等着她，还特意准备了一瓶酒，说是陈红梅辛苦了，这酒是特意用来慰问她的，还说要她懂得生活，不要整天折腾。

陈红梅欣慰地看着丈夫。说实话，她感谢命运给了她一个如此幸福的家庭，给了她一个如此疼爱自己的丈夫。对于一个女人来说，还有比这样的日子更幸运的吗？

两个人坐到了桌子边，陈红梅把两只酒杯斟满，端起酒杯，第一杯先敬丈夫。看大海喝下，她沉思了一会儿，喊了一声"大海"，又停下了，似乎在犹豫。大海看出了她的心事，说："都老夫老妻了，还有什么话不好说，要说就直接说吧，我看你憋着也难受。"

"大海，我辞职了。"虽然陈红梅的声音很小，可每一个字落在地上，都像是燃起了火花。她话音未落，大海反弹性地跳了起来，酒杯里的酒随之洒了一地。他仔细端详着陈红梅，好像要重新认识她一样。

"你辞职了？"他每说一个字都那么艰难，好像不是在说话，而是从嘴里吐出一个烫人的火花。

"我知道这样做，你暂时可能还不会理解，我本来想和你商量的，但我知道结果，你肯定会反对，所以我就干脆快刀斩乱麻，自己先做主了，然后再告诉你。"

陈红梅平静地举起酒杯，又给大海斟满了酒，自己先喝了一口，接着往下说："大海，你是我的丈夫，这个世界上你最了解我，其实，递交了辞职申请，我心里也很慌张，这毕竟是我人生中一个较大的选择，对于未来，我也是一片茫然，因为谁也不知道将来我们会遇见什么。但是，我对未来有信心，我希望你能理解我，并支持我，和我站在一起。"

"你是不是疯了？你明知道前途茫然，居然还要去尝试，万一失败了呢？你以为生活经得起你几次折腾。"大海挥舞着手，制止了陈红梅说话。

他咬着牙，努力在慌乱的大脑中组织语言，想要找出更好的理由说服她，半响才说："你有没有想过，这工作得来得多么不容易，当初要是没有我爸，你以为你会那么轻松进布鞋厂工作？你知道现在社会上有多少人站在工厂外面饿着肚子，有多少人羡慕上班的工人吗？多少人削尖了脑袋，想要钻进工厂里，你倒好，好端端的铁饭碗你不端，你要把它砸了。你以为全世界就你有本事啊，就你有能耐，放着大路不走，偏要往独木桥上闯。总有一天，你会落进水里，看谁还会拉你一把。"

大海越说越愤怒，干脆把酒杯狠狠摔在地上。空气仿佛凝固了一般。过了一会儿，陈红梅才起身走过去，把碎了的酒杯捡起来。她看着大海，语重心长地说："人的一生，能有几次拼搏的机会，我不想糊里糊涂就老了，到时候连遗憾的机会都没有。"

话题到此为止，再说什么也于事无补了。大海站起身，顺势把桌子上的菜推到了地上，摔门而去。陈红梅追到门口，看着大海离去的背影，心中五味杂陈。

立潮人

九

对于肖飞这样一个画家来说，生活上基本是无拘无束，更何况还有文化馆那雷打不动的俸禄养着。除了将大部分时间用在画布上，他有很多时间构思，想问题，享受悠闲的时光，偶尔也会找时间接送张倩上下班，或是陪她散步，生活简单也丰富。

那天黄昏，吃过晚饭后，两个人去看电影。电影院门口十分热闹，卖爆米花的，卖汽水的，卖冰棍儿的，排成了一排，吆喝声、说笑声、黄牛倒票的声音此起彼落。张倩和肖飞并排走着。张倩的手插在肖飞臂弯里，一看就是新婚蜜月的爱侣。走到售票口，肖飞挤进去买了票，拿着票好不容易从人群中挤出来，发现张倩正在和一个陌生男人站在街边说话。

城市里经常遇见熟人，肖飞没有多想，站在原地等着。张倩说了几句话，转头招手示意肖飞过去。肖飞热情地走过去。张倩大大方方地说："这是余家兴，我的高中同学。"然后又礼节性地对余家兴说："这是我的爱人肖飞。"

听张倩说完，肖飞便伸手去和对方握手。谁知道手停在半空，余家兴大概在迟钝了三秒之后，才将手伸给了肖飞。虽然只是握手，可因为中间停顿的这三秒，握的感觉就大打折扣。两个人都明显感觉到了对方手上的力量。就在那一刹那，莫名其妙地，肖飞有种异样的感觉，对面这个男人看他的目光不对，那目光非常直接，是要把他看得清清楚楚、明明白白的目光，巴不得要从他的身上找到个切口钻进去。

其实，余家兴根本没有发现自己的失态。他平时不是一个木讷的人，只是因为第一次见到肖飞，这个从陈红梅口中听到的传说中的画家，今天终于露出了庐山真面目。张倩出嫁的消息，对余家兴来说本身就是一个沉重的打击，是他横刀夺去了自己心爱的人，余家兴对他心存芥蒂，自然想要把他看个仔细。

在余家兴的初次印象里，肖飞清瘦高个，五官俊秀，尤其是两道剑眉十分惹眼。男人的气息往往就是从眉峰上渗出来的，他身上自然就带了一股阳刚之气。再看那一头披散的长发，简直就是艺术的化身。当时刚好是西班牙牛仔流行的时代，满大街的西部小屋、西班牙牛仔，肖飞这身打扮绝对西方化，而且不做作，不夸张，搭配在他身上恰到好处。

之前只是各种猜测，如今真人站在面前，余家兴一比较，觉得心里酸酸的。难怪张倩最终选择了他，难怪陈红梅说张倩的选择是有理由的。相比之下，自己只是一个穷学生，想到这里，他便觉得心死了很多，也不由得生出了一股嫉妒。至此，余家兴甘心情愿地退出了。

"分配工作了没有？"张倩关心地问余家兴。余家兴似乎还没有从自己的思维空间里走出来，他愣了一会儿，才回答张倩："还没呢。"

"应该快了吧，等接到通知告诉我一声，我们大家好好庆祝一下。"张倩爽快地说。

"肯定是要告诉你的。"尽管余家兴脸上有笑容，只是那笑就像含着一口苦丁茶，在苦的时候还有一味清凉浮上来。聊了几句，道别后，张倩便挽上肖飞，准备往电影院里走。肖飞故作轻松地笑着问张倩："他就是余家兴？"

张倩想都没想，回答："是啊。"

"就是你那位大学同学吧。"肖飞的笑语里有了别样的意味。张倩没在意，借着影院里微弱的灯光低着头寻找座位，随口回答："怎么了？"

"看来你们彼此很熟悉呀。以后不用再写信了，可以天天见面了。"肖飞的话说得阴阳怪气的，张倩要是再听不出来，那就实在是没心没肺了，她便反驳他："当然熟悉，那么多年的同学，熟悉些，有什么问题吗？"

"熟悉到什么程度？"肖飞得寸进尺。

"你以为我是专门观察男生气运的，还是给男生看生辰八字？到什么程度，你不全知道吗？"张倩翻脸了。

"因为你是我老婆，所以我才觉得好奇。"肖飞丝毫没有让步的意思。

立潮人

听他这么说，张倩气不打一处来，瞪着一双眼睛，狠狠注视着肖飞。夫妻一场，怎么从来没发现他如此小心眼。也不顾旁边坐着的观众，她拉长了脸吼道："原来你就是这样看你老婆的，还有什么没说完，一起说出来啊。"

她说完，哪还有兴致看秀兰·邓波儿，扭头离开了电影院。

看着张倩生气离去的样子，肖飞又气又后悔，心里一肚子的酸涩。今天，那个一直隐藏在信封背后的人，突然出现在了眼前，让他有些措手不及。从他的目光中看得出，他对张倩的感情，绝对不是简单的爱情，那种感觉，肖飞表达不完整，但是凭着夫妻之间的了解，凭着直觉，他可以肯定地说，不是那么简单。

之后的三天时间里，张倩和肖飞这对恩爱夫妻一直处于冷战状态。他们各有自己的立场，都不肯退让。直到三天后，那天是张倩父亲的生日，肖飞大清早就忙着买酒买菜，张倩脸上才露出了笑脸。下午的时候，两个人一起给父亲庆祝生日。在父亲面前，两人扮演着恩爱夫妻的角色。

晚饭做好后，肖飞去街上取蛋糕。他匆匆忙忙走出去，取了蛋糕就往回走，走到文化大院外不远的地方，突然看见一个身影。他开始还不太确定，停下步子，仔细辨认后，最终把那个人影实实在在地记在了心里。

他看到他站在十字路口的位置，目光呆滞，充满忧愁，像蓄满了水，影子长长地落在文化大院里的一扇窗口上。肖飞想上前打个招呼，又停住了脚步，就这样站在不远处的角落里注视着他，直到他踏着沉重而迟缓的脚步消失在街道另一端。

十

黄昏的时候，也是这个城市忙碌的时候，就像清晨赶着上班一样，黄昏的时候，人们拖着疲倦的身体一步一步往家赶去。杨维维好不容易挤上公交车，没有了空位，只能站着，身体随着车子摇晃。她看见车厢里的人都是一副疲倦的表情，都是为了生活疲于奔命的人，庆幸自己不必为生活发愁，而且即将有大家羡慕的职业，一切变得好了起来。

每次回到家的时候，教授总是把饭菜做好，把门开着等她。所以，今天杨维维和往常一样，习惯地没有敲门，而是推开门就走了进去，并且将包扔进竹椅的声音依旧惊天动地，像往常一样暗示"我回来了"。

然后，她突然僵住了。她发现桌子旁边坐着一个陌生的女人，正用平静的目光注视着自己。杨维维仔细打量着这个女子。女人一身浅灰色的格子呢上衣，一条黑色棉布裤子，脚上黑色的布鞋上，可能走了山路的原因，沾上了很多黄色的泥土，还没来得及清理。她的头发花白凌乱，随意地在脑后绾了个发髻。皮肤是暗黄色，层层的色斑昭示着经年累月的辛劳，看上去有一种超出她这个年龄的疲倦。

杨维维尴尬地杵在那里，进退两难。女人看见了杨维维，反而主动过来招呼她，声音怯怯的、软软的。她先是试探性地对杨维维道："你就是……你就是大学生吧？哦，回来了，先休息。"

她说话的时候，不停地用两只手搓着衣角，看上去紧张而胆怯。杨维维放下包，看了一眼厨房。正在这时，教授刚好从厨房里出来，用麻布搓着双手，目光镇静地看了杨维维一眼，像往常一样招呼她："快坐吧，吃饭，这……"

他似乎想要作个简单的介绍，话到嘴边又省略了，把后半句生生吞了下去，只招呼杨维维吃饭。杨维维魂不附体地坐下来。女人跟着坐了过来，轻手轻脚地盛饭、盛菜，并将擦手的热毛巾递给杨维维。虽然是些细小的动作，处处赔着小心谨慎，但又处处显出反客为主。这下杨维维总算是看明白了，这个女人，应该就是上次那位老师口中所说的农村女人吧。

尽管之前有过各种猜想，然而这一天到来的时候，杨维维心里还是感觉到了无所适从。这种尴尬的境地将她推向了一个不可扭转的局面，仿佛被眼前的这对夫妻逼到了悬崖边上，进退两难。

他们究竟是什么关系？为什么自己从来没有过问？她在心里暗暗笑自己，真是太年轻、太幼稚了。她一直以为她不会在乎，无论他处于什么样

立潮人

的情况,她都会毫不计较地无偿地去接受,只要他们之间有爱就足够了。可到了此时此刻,她才真正意识到事情远没有想象中那么简单。

这算什么事儿!杨维维在心里喊,勉强应付着局面吃了两口,终于支撑不下去了,站起身想要逃开,却被教授拦住了。教授和颜悦色地堵住了杨维维喉咙里往外冒的火气。

他依旧是往常的平静口气说:"先吃饭吧,不是你想的那样。吃了饭再和你说。"

女人含着一口饭,带着乞求的眼神看着杨维维,附和着说道:"先吃饭,吃了饭慢慢说,雷不打吃饭人的。"

听到她的话,杨维维不得不再次抬起眼打量她。说实话,如果对方撕破脸皮,骂她一顿或者打她一顿,大家打开天窗说亮话,可能杨维维心里会舒服很多。可是她这种没必要的客气,反而让杨维维羞愧难当。

这一餐饭,杨维维吃得食不知味,每一口吞咽都很困难。为了维护局面,只能配合着演一场苦情戏,不到结尾,大家都不能收场。好不容易一餐饭吃完,女人倒是勤快,忙着收拾桌子碗筷,轻车熟路地。杨维维想要帮忙,被她制止了。杨维维愣在那里,仿佛不小心踏进了迷魂阵。

教授趁机将杨维维拉入他们平时住的卧室,也不急于解释,而是从包里掏出一支揉得皱巴巴的烟点上,又用另一只手紧紧抓住杨维维的手,才开始说话:"你看出来了,我本来也没打算瞒你。她是小时候家里给包办的婚姻,我和她早就离婚了,原本以为没事了,就没和你解释。可她有病,到城里看病,找到了这里,我不能把她扔在大街上,于情于理我都会良心不安。"

杨维维在心里反复分析这几句话:包办婚姻;已经离婚;到城里看病。一切都是合情合理的解释,找不出任何问题,难道还有理由不让人进门吗?她不是不讲道理的人,好半天才搜肠刮肚说出一句:"那你打算怎么办?"

"先让她住两天吧,她病好了自然会走。我是绝对不能失去你的,我求你了。"教授说着,突然双膝一软,跪在了杨维维面前。

杨维维的心一下子落到了谷底。她低下头来,看到教授花白的头发颤抖着，就这样顶在自己的胸口。他垂着头，像个做错了事的孩子。她伸手把他搂进怀里，手指触摸到他脖根处硬硬的发根，戳着她的手指，有一种微妙的陌生感。还能说什么呢？两人都能感觉到对方心里生出的决绝的痛楚，又不知道如何抚平。

他的手轻轻往上摸索，没有征求她的意见便解开她的衣服，嘴巴移了过去，用舌尖顶住她的乳房，轻轻吮吸着。那一刻，她低下头仔细审视他，花白的头发，有些沧桑的皱纹，泛着油光有些粗糙的鼻头和被汗渍浸湿的领口。她无意识地伸手环住他，仿佛搂着的是一个巨型婴儿。她有个奇怪的感觉，自己从来没有生过孩子，可觉得他就像是从她身体里长出来的一部分，完整而不可分割。他们就这样在沉默的暗夜里搂抱着，倾听着彼此的呼吸和心跳。近乎痛楚的呼吸流过每一分，每一秒。很长时间后，她才推开他，站起身子，走进卫生间，把门从里面锁上。

她把热水开到最大，脱光了衣服，转动着身体，打量镜子里的女人。她已经好久没有这样仔细地端详过自己了，是那么陌生，那么可怜，又那么可恨，不，是可恶。她没有兑凉水就站到了花洒下面，使出所有力气使劲地搓洗着胸部、胯骨、小腹和大腿内侧。这些曾经让他爱慕不已的地方，此时却让她感到痛恨和可耻。她反复在这些地方打肥皂，一遍遍搓洗。她时而觉得这越来越浓的水汽堵塞了她身体的每个出口，包括每个毛孔，让她呼吸急促。她从来没有如此痛恨自己的身体，仿佛这是他罪恶的源头。滚烫的热水使她身上的每一个毛孔都张开嘴巴喊疼，皮肤渐渐被烫成了粉红色。终于，她"哇"的一声哭了出来，蹲在花洒下，任由滚烫的热水从她的身上哗哗流过。

那夜，她还是睡在他的床上。她侧转过身子，看他熟睡的样子。她清楚地看到，她的鼻息和他的鼻息在间隔不到一尺的夜幕中反复纠缠和碰撞，最终又融化在茫然而惆怅的夜里。

PART 6　　　**霜降**

霜降

一

陈红兵假期回来了，读了两年的大学，由于不想把钱投在"交通建设"上，自从进了大学校门，他就没舍得回家一趟。听到这个消息，陈红梅提前通知了母亲，大海特意准备了一桌子美味，晚上全家人在一起团聚。

"红梅呀，你工作丢了可怎么办？你把妈给吓坏了啊。你说你，这么大的事，也不跟家里人商量。"当陈红梅母亲从大海口中听到这个消息的时候，急得两条腿直打战。她苦口婆心地试图阻止女儿做蠢事。

陈红梅赶紧拍了拍母亲的手背，怕陈红兵听见。可母亲和姐姐的动作怎么逃得过陈红兵的眼睛？他一眼就看出来姐姐有事瞒着自己。

陈红兵疑惑的目光看向姐姐，温和地问："是不是出了什么事？你要和我说实话哦。"

早等着搬救兵的大海，还没等陈红梅开口，抢先打开了话匣子："你姐居然把工作给辞了，说是要自己办鞋厂。你看看她，做事情考虑得一点儿都不周到。红兵啊，你是她弟弟，你就好好劝劝她吧。"

"你当真把工作辞了？"陈红兵惊讶地看着姐姐，见她点头，又接着说，"我可真佩服你，不愧是我姐。那你下一步的计划是什么？"陈红兵从姐姐的来信中，隐约猜到她有这样的打算，只是没想到她真的这么快就付诸行动。陈红兵最了解姐姐，他想，姐姐作出的决定，肯定有自己的想法。

"我就想自己开个布鞋厂。这些年，我积累了一些做鞋经验，而且，还找到了很多销售布鞋的路子，我想开个布鞋厂试一试。"看得出，陈红梅并不打算隐瞒，干脆和盘托出，大大方方地把想法和陈红兵说了。

陈红兵听完姐姐的话，眼睛一亮。他兴奋地握住姐姐的手，说：

立潮人

"姐,我支持你!我告诉你呀,在我读大学的那座城市里,好多政府机关工作人员、厂里的工人,都有辞职经商的,大家把这种行为叫作下海。你知道为什么叫下海吗?'下'字,本来有屈就的意思,就是说,他们放弃有保障的就业环境,转而从事风险较大的商业行为,这是一种尝试,也是一种勇气和能力。人们对商人从事的行业有'商场''商海'之称,所以,才有了下海这个说法。实际上,'下海'一试,各凭本事,很多人都走出了成功的路子。"

"红兵,我是让你劝你姐的,你怎么反过来支持她呀?"大海急了,瞪着眼睛看着陈红兵,真不知道这小舅子是怎么想的。

"姐夫,你是没有好好读书、看报吧?"陈红兵放下饭碗,笑着问大海。

"我整天那么多事,都忙不过来,还管什么'下海'不'下海',我只知道我就是个不成器的大海。"大海不耐烦地反驳道,一脸的厌烦。

"你不要着急,先听我说。现在国家的政策就是加快以城市为重点的经济体制改革,而且是非常重要的时期。国家强调增强企业活力,发展社会主义商品经济。之前大家普遍认为的'捧铁饭碗、拿死工资'的观念已经老化了,现在,很多人已经不安于现状,开始把'铁饭碗'扔到一边,一头扎入'商海',这可是未来的趋势呀。我看你呀,应该赶紧加强学习,跟上时代潮流,否则会被社会淘汰的。"陈红兵说。

他在外面读书,见多识广,对于国家政策,说起来头头是道。

虽然陈红兵的解释大海似懂非懂,可陈红兵是有文化、见过世面的大学生,他的话在这家里自然有分量。

"当真这样吗?可是要办厂,我们家哪来那么多钱啊。"大海又犯愁了。看来他已经开始想现实问题了。见大海如此认真,陈红梅不禁乐了,对大海说:"钱你不用担心,前段时间我倒腾鞋子,也存下了两万块钱。我大致算了算,应该差不多,不够的话,到时候再借一些。"

"两万块?这么多?"大海手按心脏,不禁吓了一跳。在当时,厂里能出个"万元富",已经相当了不起,一万块就能叫万元富,两万块还了得?大海做梦也没想到,天天睡在自己旁边的老婆,竟然是个两万元富,这对于他来说，可真是个平地惊雷。

大海赶紧问："你哪来这么多钱？怎么不告诉我一声？原来你藏着私房钱呢。"

陈红梅呵呵笑着说："我干吗要告诉你？这钱啊，不是你的钱，也不是我的钱。"

"那是谁的钱？"大海傻了。

"告诉你吧，这是办鞋厂的钱，我们谁都不能乱花。我们要用钱再赚钱，就像种下一棵树，要让它开花结果。"陈红梅笑眯眯地解释。大海放下心来，一脸乐呵呵的表情。

虽然是夫妻，但从现在开始，大海才算真正了解陈红梅，也接受了陈红梅的想法。他想起父亲临终那天说的话。原来，父亲是有远见的，他不禁对老婆产生了敬意。几人又听陈红兵讲了一些沿海城市的开放政策，都觉得很新鲜，也很符合当前的国情。不知不觉，大海来了兴趣，听得比陈红梅还认真，更坚定了办鞋厂的决心。

这次陈红兵回家，成了这个家庭的一个转折点。

从这一天开始，陈红梅找厂房。大海工作之余，几乎承包了所有布鞋厂的采购工作。母亲则在街道上物色了几个心灵手巧的小姑娘，开始培训她们如何做好工作。陈红兵呢，趁着放假，帮着姐姐跑了一些政府部门，办理相关营业手续，尽力争取国家对于个体经营的优惠扶持政策，又向银行争取到了两万元的贷款，促成了整个鞋厂的利益最大化。每个家庭成员都忙得不亦乐乎。

这天，黄昏的时候，陈红梅回了老家。母亲出门了，她掏出钥匙，打开房门。近段时间，因为太忙，她都没顾得上回家。站在这间久违的老屋里，仿佛看到了几年前自己和弟弟的样子，时光流逝得真快啊。

站在父亲的遗像前，看着相片上的父亲，依旧慈爱可亲。她给父亲上了香，想起父亲，眼睛再次湿润了。若是父亲还健在，看到陈红兵上了大学，而自己也有了新的生活方向，母亲也不用再那么辛苦地工作，父亲一定会很欣慰吧。想起这几年来的坎坷，希望就像一只风筝，任她拽着线绳在大地上奔跑，虽然曾经跌倒过，陷进淤泥，虽然线绳已断，还好风筝仍然在飞。对,我应该继续跑下去,直到能把风筝紧紧地拽在手里。陈红梅想。

等她再次走出门,沿着宽阔的大路往前走的时候,一路上看见迎春花、野菊花和蒲公英正在开放,看见树木绿色的枝蔓和嫩绿的树叶,翩飞的蝴蝶时而落在草叶尖上,蜻蜓落在自己的阴影里。世界多么奇妙,生活就像一幅美丽的画卷,多姿多彩。

二

国家经济条件改善了,文化馆建起了职工宿舍。秋末的时候,肖飞分到了新房,夫妻两人开始收拾家里的东西,分别装进大箱子里准备搬进新家。搬家前一天晚上,张倩去看望父亲。她把之前的屋子从里到外打扫了一遍,看着这间屋子,每一个细节都装满了她成长的记忆,墙上的相片、窗台上的金凤花、整箱的连环画,还有写字台上的小楷笔,将这些东西串联起来,就组成了她整个的成长过程。

打扫完之后,她推开父亲书房的门。父亲正在低头写东西,听到是张倩的声音,抬起头来看她。

张倩走到父亲的桌子边,对父亲说:"那边收拾好了,我们明天就要搬走,以后有时间我会经常过来看你。"

父亲把笔放在桌子上,捶着腰在房间里来回走动,对张倩说:"有了新房子就好,那边的环境和交通都比这边方便。肖飞年轻,能分到房子已经很不错了,说明组织上还是比较看重他,像我这把年纪,就是让我搬,我也不愿意挪窝了,在大院里一住就住了几十年,都是有感情的。"

听完父亲的话,张倩抬起头来环顾四周,何止是父亲有这样的想法,对于张倩来说,又何尝舍得离开这间屋子呢?屋子里静悄悄的,张倩有些话一直想对父亲说,只是苦于没有机会开口,现在好像是最好的机会了,便对父亲说："有合适的机会，你还是把我妈叫回来吧。"

"你不恨她了吗？"父亲有些惊讶，没想到张倩会主动提到这个话题。

"爸，我从来没有恨过她，我只是没法接受她。你可能不会理解，对于一个成长中的孩子来说，会多么渴望母爱。当这种渴望变成绝望的时候，你不知道这个过程中间经历了多少无助和无奈，又隐藏了多少泪水。那不仅仅是陌生，而是失望的堆积，成了一道厚实的壁垒。我之所以没法原谅她，就是因为她当初绝情地离开。那么多年，她就在离我们不远的地方，按理说，怎么着也应该回来看看我们吧，可她那样，只说明她心里没有想过我。"张倩第一次开诚布公地和父亲谈这个话题。说开了，似乎想说的话也就多了。

"你现在长大了，也应该明白，尤其在我们那个时代，好多事情身不由己。照理说，她是你母亲，也是我的妻子，你不能原谅她，我更不能原谅她，但是，我们要体谅她的难处。现在想想，很多时候，我更觉得是自己对不住她。"父亲走到沙发旁坐下，点了一支烟夹在指缝中，接着说，"她跟那个师长走了，实际上日子也不好过，现在那人病逝了，你母亲一个人孤苦伶仃，生活不容易。"

"你把她叫回来吧，我不恨她了，虽然不能接受她。我只是需要一个缓冲的时间，你能替她着想，说明你们还有很深的感情。她回来你们相互照顾，也有个伴儿，我会经常回来看你们的。"说到这里，张倩想起了那天自己的所作所为，也许已经很深地伤害了母亲的心。

"倩倩，不管怎么说，她是你的亲生母亲，这世界上，只有亲人的爱，可以像不会干枯的河流一样源源不断，这样想来，又有什么恨是过不去的呢？等你到了我这个年纪，你就会明白，当你原谅这个世界，原谅了自己的过去时，你才是真正成长了。"父亲说道。

"其实你说的这些我心里也明白，只是我没办法表达出来。我们明天就要搬走了，如果她能回来的话，我们会一起回来看望你们的。"张倩说着的时候，不觉眼眶又红了。怕让父亲看见，她只能赶紧起身向父亲告别。

立潮人

　　回到家的时候，肖飞正在收拾他的画室。他把那些作品一张张卷起来。当收到他母亲那张的时候，他停了下来，仔细端详着这幅作品，目光仿佛陷入了遥远的记忆。张倩便问："你见过母亲吗？"

　　肖飞笑了笑，说："没有见过，只见过她的相片，不过，能看到相片也挺好，总比完全没有印象好。"

　　"今天，我和我爸谈了，我告诉我爸，我决定原谅我母亲了。尽管她缺席了我的成长过程，是个失职的母亲，但是没有她，我们的家就永远不可能完整。"张倩说。

　　"你早就应该这样了，永远不要去追问往事的过错，因为我们对于那段历史一无所知。我们能够做好的，就是把现在和未来过好，让它圆满。"肖飞说着，把母亲的画卷起来，用一根线捆好，又转头问她，"你还记得我和你说过的那个笔洗的故事吗？那位老军人。"

　　"当然记得，怎么了？"

　　"实话告诉你吧，我就是那位军人的儿子。只可惜这些年我一事无成，有的时候想起父母，真有种无颜见江东父老的惭愧。"肖飞说这话的时候，把那些画小心地一张一张认真捆起来。张倩看着他。其实，肖飞并没她印象里的那么高大，他的白衬衫上，沾上了一些油画原料，衬衫的领口和衣角都发黄了。他蹲在那里，灯光落在他的身上，他就那样蹲在自己的影子里。他和自己的影子重叠在一起，恍恍惚惚，在这个空间里，变成了薄薄的一个人，瘦弱得仿佛需要同情或是怜悯。

　　到了今天，张倩才知道，原来，那个笔洗装着的是肖飞的身世，而她竟然一直被蒙在鼓里。那天夜里，张倩一直在做梦，而且不止一个，而是若干个梦的碎片。她仿佛走进了一片暗夜里，看见了母亲，甚至还有肖飞的母亲，有她们年轻的时候，也有年老的时候。她像是走进了遥远的、永远也走不进去的封闭岁月，她们向她招手呼唤，她便孩子似的奔向她们。

　　梦醒的时候，夜色正浓，等她再看，就看见一些梦的碎片在黑暗深处，像光斑一样闪烁。

霜降

三

最近一个月是杨维维内心最泥泞的一段日子。当她走出医学院那所房子的时候，淅淅沥沥的小雨便落了下来。她没有打伞，或者说她根本没有意识到下雨，任雨水淋湿了她的发丝、外套，也浸透了她的五脏六腑。整个世界都被茫茫的雨水笼罩，不仅仅是雨水，她甚至觉得身体里也积满了难以排遣的积水。她躺在床上，睡梦中，似乎总能听见浪涛呼啸、水花翻涌、泡沫丛生的声音。

曾经梦想的爱情，此时被实实在在的油盐柴米所覆盖，现在，她才真正体会到了当初父母竭力反对的良苦用心。那个女人的存在，就像这个家里突然多出的一道神秘的影子，尽管教授安排她住在书房，她也顺从地按照教授的安排执行，但是杨维维无时无刻不能感受到她的存在。

有一次，杨维维在卫生间里洗澡。当她脱光衣服站到花洒下的时候，突然感觉到一双眼睛在暗中牢牢盯着自己赤裸的身体。她努力安慰自己，一定是产生了幻觉。然而，就在这时，卫生间门口似乎有轻微的声音。杨维维警觉地去寻找，这时，外面又瞬间安静下来。她再度提醒自己，是幻觉，或是自己神经过敏。但是，当她回过神来的时候，千真万确地看到一道黑色的影子从门缝里穿过。那道实实在在的幻影时常如鬼魅一样出现在这间屋子的角角落落。尽管知道是她，但每次，还是让杨维维悬着的心"扑通"跳个不停。

不仅如此，这样的事情还接二连三地发生。那个女人就像隐藏的影子，总是出现在杨维维猝不及防的时候。她甚至和教授有很长一段时间没有做爱了。虽然他们躺在同一张床上，但是，她连呼吸都要特别小心。虽然彼此没有说明，但她能深深地感觉到，教授和她有着同样的恐慌和不安。他们生活得小心翼翼，说话总是压低声音，就连走路也变得轻手轻

立潮人

脚，好像整个世界都是透明的，他们应该如空气般存在才合乎情理。

有一天深夜，教授一定是忍不住了，他趴在杨维维身上，轻手轻脚的举动就像是屏住了呼吸，甚至在他掀开被子的时候，仿佛任被子在空中停滞了三秒钟。然而，就在那千钧一发的时刻，他们同时看到了那道影子，伴随着一声轻轻的叹息。那一瞬间，杨维维几乎要崩溃了，这几乎触及了她的底线。但是，她不能叫，也不能喊，因为谁也没有防备，也没有理由，因为那个女人的小心让他们不忍心。她感到教授的手压在她的手上，他的手正在一层一层地往外渗着汗，孤立无援，就像是刚刚做了一场噩梦。

一段时间以来，杨维维开始莫名其妙地发脾气，甚至会歇斯底里地哭泣。她没法让自己从那种道德的捆绑中逃脱，这导致她的整个精神世界像一幢正在坍塌的楼房。但杨维维越是这样，那个女人对她越好，仁慈得像个老母亲一样。就像两个人在扯着同一根皮筋，背道行走，越是努力往前，那根皮筋就绷得越紧，随时都有拦腰扯断的可能。

如果在平时，来例假算不上什么大病，她之前也肚子疼过，两三天的时间就过去了，杨维维从来没有感觉到困扰，但是这次不同。例假第二天，杨维维开始手脚冰凉，腹痛难忍。她躺在床上，浑身往外冒着冷汗。女人便事无巨细地照顾她。她给她端水端饭，用新鲜黄姜煮了红糖鸡蛋端到她的床边。杨维维不想吃，有意识地对她的一切示好表示出抗拒。当她举着勺子想要喂她的时候，她本能地伸手推开。杨维维换下来的被例假弄脏的内裤，有意把它藏在一堆脏衣服里，谁知第二天，等她到卫生间上厕所的时候，发现已经被洗干净了，挂在晾衣绳上还在滴水。

在家里，她不让杨维维做任何活儿，不让她洗衣服，不让她洗碗，甚至不让她进厨房。当杨维维刚起身，她就知道杨维维需要什么，就像一位老妈妈在宠她的独生女儿。在她的身上找不出任何问题，能找出问题的，反而是杨维维自己。

即使当杨维维无端发火、摔东西的时候，她只是睁着一双惶恐的眼睛站到一边，耐心地等待着，直到她骂完、发泄完。她会安静地把摔坏的东西慢慢收起来，认真清理，收拾那些被破坏的残局，就像徒劳无功地收拾她和教授那残败破碎的婚姻，然后再倒一杯热水，端到杨维维面前，也暗示所有的错误应该由她一个人来承担。杨维维不傻，知道自己过分了，正是这种过分，像是一个自我和另一个自我的争吵，把自己逼得精疲力竭。

有一天晚上，教授值夜班。杨维维回来得比较早，不想吃东西，便早早睡下了。深夜里，她被一种奇怪的声音惊醒。她起身下床，没有开灯，沿着声音寻了过去。夜色中，她穿着雪白的睡衣穿过黑沉沉的过道，像一只飘着的没有重量的白蝴蝶。凭着直觉，她能确定，这声音是那个女人发出来的。她停在书房门口，把耳朵贴在门上听了一会儿，那声音却无端地又消失了。

杨维维不肯轻易离开，她轻轻地推开房门。屋里黑压压的一片，借着窗外照进来的月光，那张临时搭建的床上居然是空的。她被吓了一跳，转过身，想要退出书房，突然发现，女人竟然站在她的身后。因为没有心理准备，杨维维被吓得失声尖叫，不小心摔倒在地上，半天没有回过神来。

女人赶紧打开台灯，小跑几步过来扶她。借着屋里的灯光，杨维维这才看清楚，女人刚刚哭过，脸上还有未擦干的泪痕，刚才的声音就是女人的哭声。女人把杨维维扶到椅子上坐下，又找来一件衣服给她披上，胆怯地问："你没事吧？是不是我吓着你了？对不起啊，对不起啊，我不是故意的。"

她这样说，反而让杨维维觉得惭愧。她一反常态，用温柔的声音向她解释："刚才我听到声音，还以为你出了什么事，所以过来看看。"杨维维说的时候，发现女人手里拿着一件教授的衬衫，衬衫上，有她的一片泪迹。

杨维维明白了，她说："你一定很爱他吧。"

女人使劲地摇头。杨维维说："你为什么不肯说实话？你告诉我。"

女人用衬衫擦去眼角的泪水，过了好半天，才抬起头，道："你是大学生，又这么年轻，你什么都有，可我呢？我不能和你比。没有他，我这一生就什么都没有了。"

立潮人

四

虽然生活中有许多不如意，但是，没有什么可以阻挡我们大跨步地向前。

在当时的情况下，大学生在社会上属于凤毛麟角，很快，余家兴就被分到了市政府秘书科工作，被政府部门高度重视，作为后备人才培养。

市政府办公楼是一幢有着天蓝色玻璃幕墙的大楼，是这座城市的地标式建筑，同时，也是城市建设的中枢机构和指挥中心。

余家兴聪明，干劲十足，加上有良好的文化基础，很快就受到领导的重视和重用。在这里，余家兴努力适应着这份高标准、严要求的工作。他的内心对这份工作充满了热爱和激情。生活仿佛向他打开了一幅壮丽的画卷。这份特殊的工作，让他对未来充满了想象和期待。

然而，每当夜晚来临，当这个世界停止忙碌的时候，在下班后放松的时间里，他心里就会深深地思念一个人，那个曾经帮助过他，为他创造了这样一份未来的人。每当这个时候，他的世界就仿佛出现了大段的空白。他独自陷落在沙发中央，怔怔地望着窗外的万家灯火，想象着她依旧甜美的笑容就隐于眼前的万家灯火之中。他们之间的距离近得触手可及，却又远隔千山万水。

他在这座城市里是孤独的一个人，出门读了四年大学，几乎没有朋友，父母又是农民，不会理解他的生活。有时候，他很想找个人倾诉，便时常想起张倩。他知道，在这个世界上，她是真心为他好、关心他的人。他很想让张倩知道他工作的情况，不管她是否关心，他就是毫无理由地只是想让她知道，就好像她知道了，他便可以安心地去工作、去思考，可以为了未来而努力奋斗。所以，有空的时候，他会经常到文化大院那条街上闲逛。有时候，偶尔遇到张倩，他会假装是刚好碰见，两人打个招呼，微笑，说几句话，顺便把自己的近况告诉她，之后的几天心里，他便会有一份喜悦和安宁，好像她依旧陪在他的身边，从来没有离开过。

有一天，就是在这样一种有意制造的巧合里，他们又遇见了，两人便沿着街道一起走。张倩看见他，急着问他现在的情况。余家兴很高兴，向张倩说了这一段时间以来自己的工作、生活，甚至连工资收入、工作情况都毫无保留地告诉了她。

"太好了，你一定要努力呀。"张倩总是由衷地鼓励他。余家兴愉快得像个孩子。张倩说什么，他百听不厌。一小段路，话没说几句就到尽头了。张倩告诉余家兴："我们明天就要搬家了，肖飞单位分的房子，等搬过去以后，邀请你到家里来玩。"

"搬新房啊，真好，祝贺你们。"余家兴若有所思地回答。看到张倩的生活平安而幸福，一步步向好的方向发展，余家兴的心里有着淡淡的失落，但这份苦涩只能深深地隐藏在心底。他还是为张倩感到高兴和欣慰的。

世界上最深的爱情不是要得到她，而是真心希望她好。

不知不觉走到了文化大院门口的时候，刚好肖飞从外面回来。肖飞锁好自行车刚要离开，张倩看见便喊住他。肖飞听见，便停下脚步，一脸笑容地回过头来，却看见余家兴站在旁边。他愣了一下，不太乐意地说："我回来得真不是时候，你们难得遇见一趟，也不多聊一会儿吗？"

"我们已经聊了一路了，没你想得那么复杂。"张倩爽快地回答。

夫妻俩这样一斗嘴，三个人都有些尴尬。余家兴不便说什么，只能在旁边赔着笑脸。那笑容一看便很勉强，之前的好心情也瞬间消失得无影无踪。他只想赶紧打个招呼就离开。张倩后悔自己不该叫住肖飞，让余家兴跟着吃了哑巴亏，心里难免升起一阵苦涩。随着岁月的增长，肖飞从里到外仿佛变了一个人，穿着越来越随便，一件灰黑色唐装穿得领口和袖口都起了油污也不肯换下来，平日里总是一副唉声叹气、怨天尤人的样子，开口闭口都是自己怀才不遇，就像全天下欠了他似的。

张倩看在眼里，气在心里，有时候难免和他吵："天下人哪里对不起你？单位又有哪里对不起你？画了几幅作品，全天下的人都得供着你吗？

立潮人

单位不是每月旱涝保收给你发着工资吗？"

每当这时候，肖飞整个人就蔫了下去，之后几天都是一副萎靡不振的样子。这个时候，张倩面对他，有些话就说不出口，即便说了，也说不清楚。

考虑到这些，她只好对余家兴说："要不到家里坐坐吧，你都还没到过我们家呢。现在我们就要搬家了，往后都没机会了。"

话还没说完，肖飞就换上了笑脸，接着说："就是啊，经常看见你在这条街上路过，都没到家里坐一坐，今天难得的机会，走吧。"

说着，他就上前拉住余家兴往家里走。听到肖飞的话，余家兴脸上一红，原本想推辞，又担心这一走，张倩肯定要埋怨，只好勉强跟着两人进了院子。

到了家里，肖飞不再说什么，张倩这才松了一口气。肖飞倒茶递烟，好像没事似的，反而让余家兴和张倩觉得刚才是自己多心了。坐了几分钟，余家兴借口说单位上还有事，便赶紧告辞离开。

等余家兴走后，张倩便问肖飞："你刚才怎么会说他经常在这条街上路过？我可从来没看见过啊。"

等了一会儿，肖飞却没有回答，而是冷着脸进出，一副苦大仇深的样子。那一刻，张倩真是有苦难言。她知道肖飞心里有疙瘩，但是又何必这样呢？搞得大家都下不来台。

出了张倩家，余家兴一个人往单位宿舍走去。黄昏的街道上冷冷清清，偶尔有车辆呼啸而过。他心里很乱，刚才的一幕一直在心头萦绕。他不得不承认张倩已经是别人的老婆了。此时，他才蓦然发现，自己活到今天是多么孤单，四年的大学生活里，他一直想象的便是为他和张倩的未来而努力，想象着毕业的日子就是他们重聚的日子。如今，所有美好的幻想都幻灭成云烟，无力回天了。

他独自走在这条景色单调的路上，脚下的步子越来越沉重。好不容易到了家，他将窗叶拉起半截，将脑袋伸出窗外，一阵凉意袭来。楼下，隐隐约约可以看见甲壳虫一般的车辆和蝼蚁一般的人流散漫而有序地通过，他再一次感受到了身处俗世的无力。

五

所有潜伏的危机，都需要一段时间的酝酿才会发酵。由于社会上侵害女性的案件频频发生，在20世纪80年代中期，我国开展了严厉打击刑事犯罪的活动，也就是第一次严打，那时候，"老流氓"成了人们挂在嘴边的一个口头禅，也成了人们鄙视的对象。这个时候，杨维维才算真正明白，教授和那个女人只是口头协议离婚，因为女人不同意签字，所以从法律角度来说，他们依然是夫妻。

在强大的舆论攻击下，教授和杨维维很快被推到了风口浪尖。有人说他们是被人举报，也有人说是这两人树大招风，还有人说是因为杨维维母亲到学校反映了问题，总之，"师生恋"成了"诱拐行为"。上面派专人下来调查。好在杨维维写了说明，向学校声明，她和教授的关系纯属自愿，教授才没有被量刑。

经过这一番波折，表面上看风波暂时平息了，可这件事还是被上纲上线，被提升到了作风建设问题上来，而所有错误的矛头，最终则指向了杨维维。在双重压力下，经过一段时间的思考后，杨维维只能主动向学校递交了因病退学申请，希望能回到自己的家乡工作。但是学校没有任何回复。

在这样左右夹击的情况下，一切仿佛进入无法掌控的局面。杨维维已经作好了最坏的打算。只是好不容易考上的大学，难道就这样半途而废吗？但是，如果是学校开除的话，后果更是不堪设想，将会被记入档案，伴随一生。主动退学是一位老教师给她提的建议，以生病为理由，至少留了一条后路。她也不想继续留在这座城市，面对永远无法逃离的局面，永远面对别人的流言蜚语，而教授的压力会更大。反复思索后，她终于决定离开。如果她继续和他生活下去，就像是一枚硬币的正反两面，抛过去是

立潮人

悲伤，抛过来还是悲伤，但无论是悲伤还是快乐，她都处于被抛的状态中。尽管硬币划着弧线在空中旋转时，会发出短暂的悦耳的清脆回音，可当它落在地板上的时候，最后伴随的永远是一声长长的叹息和无法挽回的结果。

她作了决定之后，想和教授好好谈一次。那天黄昏后，她特意安排女人到附近的超市去买东西，等她走后，她便对教授说出了自己的想法："我决定结束这样的生活，要么回老家，要么远远地离开这座城市，我别无选择，再这样下去，我会被逼疯。"

让她没想到的是，教授比她想象中要平静得多。他没有说出反对，或者说他早预料到这是迟早要发生的事情。他手指间夹着的烟一直在微微颤抖，像一段历经了风吹雨打的腐木，脸上看不到任何表情。

他重重地吸了一口气，才说："也许我们之间的关系已经完全失去了弥合的可能性，人生一辈子，就是这么不容易，既然活着，何必非要将自己折磨得精疲力竭再毫无退路呢？难道我这一生所遭受的磨难还不够吗？"

他好像是在自言自语，又像是在试问苍天，不知不觉已经泪流满面。两个人都不再出声，如今的局面，已没有挽回的余地，只能像水里的叶子一样，随风漂流了。过了一会儿，教授又说："是我对不起你，但是我实在没有办法，你看她这样，我能怎么办？我也不想拖累你，你就照你的想法决定吧。"

这就是教授的回答。杨维维冷冷地笑了一声，那笑声就像一把锋利的刀，在空间切开一条口子，可以窥见彼此血淋淋的伤口。那一刻，尽管杨维维已经精疲力竭，却不可思议地在心里同情教授。他这一生，算得上是真正的孤苦寂寞。她走了，两个人都会陷入一段长时间的痛苦之中，但是，长痛不如短痛，迟早要结束的事，就让它早点结束吧。

两人就这样坐在黑夜中，听着女人回来的脚步声渐渐靠近。她走路永远那么轻巧，然而，鞋底撞击着地面，却有一种无法言说的力量。这种力量让里面的两人莫名地胆战心惊。那一刻，杨维维才真正意识到这个女人的厉害，表面看上去柔软得像一团棉花，然而，正是这种柔软，将所有的

霜降

锋利无情地挡在外面，并且用这种柔软，操控了整个局面。

到了这一刻，教授的心情也很复杂，一方面他觉得自己拖累了杨维维，如果当初自己不去招惹她，那她现在依旧还是个干干净净的学生，可能会找到自己心爱的知心伴侣，另一方面他又觉得愧对杨维维，本来上次杨维维父母来的时候，精疲力竭的她曾经提出过分手，但是他没有同意。

如果那时候分手，或许他留在杨维维心里的印象依旧还是美好的，彼此不会埋怨对方，那样的结果比现在要好得多。他也后悔，应该早些把自己老婆的事情告诉她，但是，他怕因此会失去她，所以一直隐瞒着。现在鱼死网破，好像所有的开始都是错误的开端，都是制造罪恶的源头，再也没有挽回的余地。他亏欠她，甚至连请求她原谅的勇气都没有。况且，他了解她，甚至比她本人更了解，她那么骄傲、笃定，怎么愿意当众承认她纯洁至美的爱情本身就是一场错误呢？

当初认识杨维维的时候，他也曾经犹豫过，毕竟她那么年轻，并不适合自己，但是，爱情这种东西到来的时候，就像洪水猛兽，不给你任何思考的时间，无论如何都阻挡不住。他甚至天真地相信，爱是没有年龄之分的，年轻人的爱与老年人的爱只有仪式上的差别，而没有本质的不同，何况他虽然年龄大了她很多，但也正值壮年，一切都还来得及。现在回想起来，就觉得当初自己的决定，太欠考虑了。

就这样过了几天，之后，杨维维便搬出去了。她在医院附近租了一间屋子，一个人住在那里，每天准时上班下班，三点一线地生活。尽管这样，每当她看到那些熟悉的街道，走过医院大楼，甚至在医院里碰到熟悉的医生或同学的时候，她都没有办法调整自己的情绪，总觉得有千双手在她的背后指指点点，议论纷纷。她时常感觉心底有一盆火，就那么熊熊燃烧着，熄灭不了。

在勉强支撑了一个月后，退学申请才被批了下来，也算是学校领导网开一面。杨维维的精神瞬间崩溃了。她不愿意向任何人求助，也不愿意给父母写信，她怀疑是父母通过某种手段举报的她，却苦于没有证据。她开始无端地痛恨这个世界，恨身边所有人。她把自己关进了屋子里，整整半个月都足不出户。

175

立潮人

直到半个月后,她的父母才知道情况。他们赶到学校,奉劝女儿,说她是国家培养的大学生,工作和学习都得由组织上调配,家里又托人在乡镇一个卫生院帮她找到了一份工作,虽然不是正式工,但是可以跟着学习,先对付目前的生活。好在像她这样的大学生,家乡还是比较欢迎,正式的工作,以后再想办法解决。

完全失去了生活重心的杨维维几乎没有考虑就同意了,现在,她只想尽快逃离这个城市,像只受伤的小羊一样,找个安静的地方舔舐自己的伤口。

六

街道上阳光明媚,一块光斑不知道从什么地方照射过来,一直在陈红梅的脸上跳动着。她站在布鞋厂门口,不时踮起脚尖往街头看一看。今天是杨维维回来的第二天,近段时间,布鞋厂生产顺利,一切都值得庆贺,陈红梅特地约了几个老同学,到布鞋厂聚餐。

过了一会儿,余家兴先到了。自从工作以后,他有事没事经常到鞋厂,和陈红梅夫妻成了最亲密的朋友。

他把自行车往鞋厂围墙外面一靠,便大摇大摆地走了进来,边走边大声喊道:"陈大厂长,我可是最先到的哦,待会儿得请我多喝两杯。"

陈红梅笑着在他肩膀上拍了一下,说:"什么时候亏过你的酒?尽管喝,尽情喝。"余家兴呵呵地笑着往里走,直接去找大海聊天了。

紧跟着余家兴来的便是张倩。陈红梅奇怪她怎么一个人来了,之前邀请的时候说好了,让她约上肖飞,便问她:"怎么不叫上肖飞一起过来?"张倩笑了笑,解释说:"他单位有事,来不了,别管他。"她当然不会告诉陈红梅,她和肖飞一直在冷战,谁都不肯先和对方说话,她自然没有告诉肖飞到鞋厂聚餐的事。

霜降

把张倩让进屋子，陈红梅看了看时间，想着杨维维应该快到了，又走到屋外等。等了一会儿，就看见路口过来一个女的，戴着眼镜，很文静的样子，初看像杨维维，又不敢确认，似乎变了很多，等走近一看，当真是她。几年不见，杨维维比起上大学前清瘦了很多，脸色有些苍白，但那五官里透出的清俊气质怎么也改变不了。杨维维停下脚步看了一会儿，两人目光遇在一起，不约而同地小跑几步上前，紧紧拥抱在一起。屋子里的张倩听见了动静，一边大喊着杨维维的名字，一边小跑奔过来，三个人紧紧抱在一起。在葡萄架子下，三个女人的笑声琅琅，随着阳光倾泻下来的光斑在地上跳动，整个世界都热闹起来。

大家围着餐桌坐下来，先是问了杨维维的工作情况。杨维维便告诉大家，父母托人给她在一个乡镇卫生院找了份工作，虽然是实习顶岗，但是能回来也不错，还是挺好的。杨维维说的时候，环视了一圈屋子里的几张笑脸，在这些亲切而熟悉的笑脸中，回荡着一种往日的温度，令她的内心一阵潮湿。

大家又聊了一些其他话题，问了陈红梅布鞋厂的经营情况。陈红梅说："虽然布鞋厂现在开始生产了，但因为各方面的条件有限，生产出来的鞋子销量不理想，加上现在人手又少，若是再请工人，又得增加开支，现在单单是跑销售就专门需要一个人，真是忙不过来。万事开头难，只能一步一步来。"

听她这么说，大海赶紧补充道："不管怎么样，只要开始生产了，就是一个好的开始，辛苦些，努力些，总会有好结果的，只是这个厂辛苦了老婆。"说着，便先敬了陈红梅一杯。大家看着大海和陈红梅这对恩爱夫妻妇唱夫随、恩爱有加，虽然日子辛苦些，却也值得，便觉得这应该就是理想的婚姻状态吧。

接下来就到了余家兴汇报自己工作。余家兴的工作是大家羡慕的，身边都是这个市里的领导及干部，虽然是在秘书科，但是大家都明白一个道理："能给皇帝抬轿子可不是一般人。"未来指日可待。余家兴的工作，听到、看到的新鲜事情比较多，加上有文化基础，现在又经过岗位锻炼，聊起天来侃侃而谈。大家有不清楚的地方会问他，他总能给出很好的解决

立潮人

方法，在几人中已显出将帅之才。

大家都聊完了，才发现张倩在一旁沉默不语。这些年她几乎没有什么大的变化，和肖飞也是细水长流，守着工资过日子，夫妻俩有稳定收入，虽然说日子比上不足，比下有余，过得平平稳稳、不温不火，可平常人家的日子大概都是如此，也足以让人羡慕。

这时候，大海说："今天我们齐聚在这里，本来是无心的，不知不觉就聊到了人生。这是一个沉重的话题，目的是追忆我们生命中共同经历过的那段日子，顺便也想想我们的未来。有人说，每个人的经历都是一段不堪回首的岁月，是一段可歌可泣的日子，无论持什么样的态度，但有一点我想是共同的，那就是，那些经历过的日子，是我们每个人青春的遗址。我要说，不管我们现在过得怎么样，只要青春无悔无怨就可以了。"

听到这话，几个人纷纷为大海鼓掌。他说的话，也总结了大家内心想要说的话。几个人都喝了酒，情绪有些激动，纷纷发表意见，不知不觉夜已经深了，大家才起身告辞而去。由于天晚，陈红梅便让大海送杨维维回家，而余家兴自然当之无愧送张倩了。

借着月光，自行车辐轳慢慢旋转着，余家兴想说的话有很多，到了嘴边却不知如何说起。再看张倩，可能喝了酒的原因，加上这一段时间憋闷得很，此时月光正好，坐在自行车后架上，自在地跷着腿，哼着歌，白裙子被风吹起，像蝴蝶的翅膀般摇摆不定。她轻一句，重一句地哼唱着邓丽君的《月亮代表我的心》，声音很轻，随意的唱腔，空气中有种甜蜜的味道弥散开来。

自行车行进了一段路，到了下坡的地方，车速突然加快，两个人仿佛迎着风奔跑。余家兴喊道："如果没有你，就没有我的今天，我余家兴今生欠你的，今生还不起，下辈子接着还。"

酒意未醒的张倩，用一只手拽着余家兴被风掀起的衣角，生怕他听不见，扯着嗓子对他喊："你以为我要你还啊，还什么？还钱吗？你这人，怎么那么俗气啊？我张倩愿意帮你，是把你当好哥们儿，跟钱无关，你懂吗？"

听了张倩的话，余家兴默默地蹬着自行车，耳边反复响着张倩刚刚说的话,"好哥们"三个字,仿佛是一种提醒,刺耳又醒目。

也许在她眼里我们就是好哥们吧。

七

还是那几幢红砖房,还是那道紧闭着的大铁门,门卫室的小窗还开着,只是看不到人。几年时间,房子没变,人没变,只是工厂日渐萧条。人们总能从越来越稀疏的机器声、工人忧心忡忡的表情以及他们懒洋洋的说话声里看出这里日渐沧桑的样子,仿佛这里已经被这个城市抛弃,仿佛已经被时代所遗忘,仿佛在这个工厂密集的地方,它被挤得越来越小,再也没有立身的位置。

棉纺织厂,曾经在这个城市里红极一时的大型国营企业,随着国家经济的快速发展,在各种新商品经济浪潮的冲击下,这个仅仅以生产纯棉纺织布匹维持着生产经营状况的工厂,就像一个成长过快的巨婴,已无法维持身体的正常成长,开始出现了严重的经济危机。

随着市场的发展,市面上出现了越来越多化纤面料的布匹,这些面料生产经营成本低,售价便宜,而且耐穿、牢固,不容易出现褶皱,成为人民群众的新宠。而棉布厂在几个上了年纪的老领导的带领下,在这样的夹缝中却依旧故步自封、思想陈腐、不求创新,维持着原来的状态,注定会被日新月异的市场变化所淘汰。

工资越来越低,拖欠时间越来越长,工人怨声载道。纺织机器长期处于停滞状态,工人怠工,成了棉布厂的日常状态。为了维持家庭生计,在现存的工人群体中开始出现两个局面,一部分工人开始蠢蠢欲动,寻找出路。他们敢闯敢干,相信社会之大,总有自己立足的地方。还有一部分,则抱着观望的态度,徘徊不定,等待棉布厂出现生机。他们坚信手中的铁饭碗不会破,国家会给出好的决策解救他们。

在这样的情况下，年轻的大海不得不为自己寻找出路。目前，布鞋厂已经投产，虽然经营状况还不是很好，但生产正是需要人手的时候，与其在厂里混日子，不如像陈红梅一样，为了青春赌一把。思考再三后，他决定辞职，并把这个想法和陈红梅商量。

"如果你能辞职，当然是最好的，现在厂里正是需要人手的时候，你回来就专门跑销售这一块儿。"听了大海的话，陈红梅爽快地答应了。虽然她心里还没有十足的把握，但若是夫妻两个都没有了工作，一荣则荣，一损则损，结局难以预料。以前她虽然辞了职，但是大海还有保障，但现在，大海辞职，万一以后政策有了新变化，夫妻俩就连翻牌的余地都没有了。

"那过几天我就去办理辞职手续。"大海有些犹豫，试探着提出具体的想法。

"好吧，开弓没有回头箭，往后就拿出破釜沉舟的劲头好好干吧，既然决定了，就不要有什么顾虑。"为了安抚大海，陈红梅温和的笑脸成了大海最后的浮木。

谁知道就在大海辞职一周后，正当大家忙得不亦乐乎，陈红梅带来了一个天大的好消息。原来，她例假两个月没来，早上到医院做检查，医生明确告诉她，她已经怀孕了。谁也没想到，这个象征着幸福的天使会在此时出现，成了不速之客。大海兴奋地抱起陈红梅，在屋子里连转了三圈，高兴地喊："我要做爸爸了！"

然而，陈红梅没有想象中那么激动。她微笑着看着大海，内心波翻浪涌，过了一会儿才对大海说："这个孩子，我暂时不想要了。"

"怎么可以？"大海吃惊地问道，他甚至开始怀疑陈红梅不喜欢孩子。

"现在正是厂里最困难的时候，每月工人的工资都没法保障，如果我去生孩子，我们俩的工作状态都会受到影响，而且以我们现在的经济状况来看，哪有能力来养这个孩子。"陈红梅道出了自己担心的问题。

大海听后，也陷入了深深的沉思。陈红梅说的确实句句是实话，可是他心里又舍不得这个孩子，只好强忍着，企图说服陈红梅："不就是一个孩子吗？人家多少家庭比我们困难，不是照样把孩子养大了？只要孩子出生，我们总有能力养。"

"可是我们现在的情况不同，现在正是特殊时期，工厂举步维艰，谁都不能大意，你知道这个厂对我们来说有多重要，那么多的工人，他们都是拖家带口的，因为信任我们才跟着我们干，我们不能对不起他们。我们输不起的。孩子没有了，以后还会有。"陈红梅说这些话的时候，自己心里也难受。她看着丈夫发火，知道他一直想要个孩子，只能安慰道："大海，我也想要孩子，你以为我是铁石心肠吗？可是我们现在的条件不允许，你能理解吗？"

既然陈红梅说得这么清楚，大海哪还有反驳的理由？可他又不甘心。他走到陈红梅面前，固执地捉住她的肩膀，对她喊道："可我就是想要这个孩子，总有其他的办法吧，我们再想想啊。"

陈红梅推开他的手，走了几步，站在门槛旁，环视了一眼静悄悄的厂房。这里的一草一木，都是经过她的双手建立起来的，所有的青春和奋斗都在这里了，这个工厂又何尝不是她襁褓中的婴儿？需要她付出所有的精力和努力去养育、维持？

现在她才知道，要真正支撑起一个工厂有多难。

眼泪不知不觉流了出来。她擦干净眼中的泪水，抬头看了看天空。一轮月亮刚刚浮出云端，正在树梢后面偷窥着人间。雨后的月亮总是明洁圆润，清凉的月光洒在大地上，在黑夜的映衬下，整个城市仿佛沉迷于月光的海洋。

过了两天，陈红梅便去了乡镇卫生院找到杨维维，把自己的情况和杨维维说了。杨维维开始的时候坚决不同意，她说："你知道流产对一个女人的伤害有多大吗？更何况这是一个小生命，你下得了手，我这做姨的下不去手。"

话还没有说完，她就看到陈红梅眼眶里的泪水在打转。陈红梅艰难地说："大海舍不得，我也想要这个孩子，可是我有什么办法，已经走出了这一步，不把布鞋厂维持下去，我们怎么对得起身边的亲人？怎么对得起厂子里那些天天跟着我们受苦受累的工人？他们也有家庭儿女，他们要对自己的家庭负责，他们跟着我，我怎么能让他们为难？"

听完陈红梅的话，杨维维理解了她的心情。她走出病房，找了一位熟悉的妇科医生。看着陈红梅走进手术室的那一刻，杨维维的泪水流了下来。

八

搬了新家以后，离工厂的距离也近了，张倩总是自己一个人骑自行车上下班，对于来往的这条马路已经很熟悉。下班后，她一边踩着自行车，一边哼着歌回家。不料，到了转弯的地方，突然迎面来了一辆摩托车，由于双方的速度都很快，没能刹住，自行车撞在了摩托车上，自行车轱辘瞬间成了"S"形，而张倩则被撞进了路边的草丛里，被人紧急送往医院。经过检查，还好只是软组织挫伤，虚惊一场，不过还是被吓坏了。她躺在病床上，脸色苍白，调养了几天后，才渐渐恢复过来。

几个同学听说了这事，都慌了神，纷纷前来探望。肖飞一直在床边伺候着张倩。中午的时候，说家里买好了鸡，要回去煲汤给张倩喝，让张倩一个人在病房里待着，不要乱动。看着变得唠唠叨叨的丈夫，这几天辛苦坏了，张倩反过来安慰他不要着急。等肖飞走后，张倩躺在床上，看着窗外的阳光，鸟停在树上唱歌，天空蓝得像玻璃幕墙，清亮的阳光洒在窗台上。看着美景，张倩精神状态好了很多，只是无聊得很。她从床头柜上拿起一本杂志，随手翻开看着。

正好余家兴来看她，便陪着她聊天。张倩说："怎么这段时间很少看见你？都在忙什么？"

"工作太忙，好多东西都需要学习，时间很紧。"余家兴淡淡地解释着，其实他心里顾虑的是肖飞不欢迎自己，来得多了，怕肖飞心里有想法。

虽然余家兴没有说明，但张倩因为记挂着上次的事，一直觉得愧对余家兴，便解释说："你别介意，他性格就这样，心眼小，其实人还是蛮好的。"

"我不会介意的，只是看得出，他并不接受我。"顿了顿，他突然有些伤感，接着说，"我这辈子，认识的女孩子并不多，而真正爱过的也就只有你一个，你在我心里的位置永远都很重要。但是，你选择了他，我只能尊重你的选择，只是希望他能好好照顾你。我现在工作很忙，以后可能很少有机会来看你了。"

余家兴的话带着一份伤感，张倩听了，心里也不好受。他们本来可以做很好的朋友，但现在肖飞对他充满了敌意，每次见面都弄得双方很尴尬。张倩无能为力。这话也就算是一份无果的告白吧。

两人又坐着聊了一会儿天，看时间差不多了，余家兴想走。张倩说："你扶我一把，我想坐起来，躺的时间长了，腰酸得很，真受不了。"

余家兴赶紧伸手去扶她，因为她受了伤，又怕把她弄疼了，所以很小心地用双手垫着张倩的头，让她靠在自己的臂弯里，准备去拉枕头。真是无巧不成书，就在这时候，肖飞刚好提着鸡汤回来，看到眼前这一幕，脸色立马由白转青，把鸡汤狠狠地放在床头柜上，转身就离开。这时候两人才发觉。余家兴想和他解释，一路追过去，喊了他两声，肖飞却头也不回地走了。

无奈，余家兴只好把鸡汤盛出来给张倩吃。张倩勉强喝了几口，没有心情，就催促余家兴快回去。

她一个人在病房里想了很多。觉得肖飞确实有些自私，心眼太小，但是仔细回想，她资助了余家兴四年大学生活，若是没有很深的感情，谁能做得到？这份感情，可能连旁人都会嫉妒，更何况是自己的丈夫。再说，当初自己确实喜欢余家兴，算是她的初恋，这无可否认。现在站在肖飞的角度想一想，余家兴工作好，有前途，作为丈夫，自然会有危机感，吃醋也就情有可原。

到了黄昏的时候，肖飞才回来。他沉着脸，自顾收拾着张倩换下来的脏衣服，用盆装了拿到卫生间去洗。张倩看着丈夫默默地做这些，心里十分感动。等肖飞忙完了，她才对丈夫说："你过来休息一会儿吧，我们好好谈一谈。"

肖飞放下手里的活儿走过来，坐在床边，看上去冷静了很多。他以为张倩会生气，主动说："是不是又要骂我？对，是我把他气跑了，你是不是很恨我？"

张倩笑了笑。她已经做好了思想准备，不会再对肖飞发火了，即使他说得再过分，她也一定会克制自己。张倩说："在认识你之前，我是和余家兴好过，他应该算是我的初恋吧，大多数人都会有一段初恋，那是一生中最美好的回忆，但是，它只是属于回忆的一部分，和现实相差甚远，因此，不要让那无谓的过去成为我们家庭的矛盾，我们更应该看的是我们的明天，那是属于我和你的明天。"

"你要说什么就直接说吧。"肖飞不耐烦地说。

"他去上大学，家里困难，作为他最好的朋友，我觉得我应该帮助他，所以他的大学四年，我每月寄生活费给他，不论是情侣关系还是朋友关系，在他最困难的时候，我想，你都会千方百计去帮助他吧，这是人之常情。"见肖飞没有回答，张倩舔了舔干涩的嘴唇，喝了一口水，接着往下说，"他去读大学后，我们基本就没有再见面了。之后我认识了你，经过两三年的相处，是的，我承认曾经把你和他放在一起作过比较，最终，我选择了你做我的丈夫。我对婚姻的态度并不是草率的，而是郑重的。之所以选择你，有我自己的理由，而更重要的一点是，因为你更适合我，而我也更在乎你。"

肖飞看着张倩。张倩这番话，说得诚心实意。其实，一段时间以来，他自己也想过，可能是自己太小心眼了。心里原本就有愧疚，听张倩一说，他不好意思地拉过张倩的手，对她轻声说："对不起，其实我是因为太爱你了，怕失去你。"

"不会的。既然我们做了夫妻，就要对自己的家庭负责任，哪能那么脆弱，我不会怪你，也理解你，但是我更希望我们夫妻之间能够相互理解和尊重。"张倩说着，把头靠在他的肩膀上。肖飞用手环着她，渐渐地，手越来越紧，把她整个人都拥在了自己怀中。

他看着面前这个苍白的女人，她曾经像一朵遥不可及的浮云，让人难以把握。多年以前，他曾经多么熟悉她的这种表情，那时，他仰慕她、爱她，珍惜和她相处的每一个瞬间，发誓要把她追到手。后来，他成功了，但是他的心里总是不安，尤其是想到那个影子的时候，他总怕那人占据了自己的位置。直到现在，他才终于明白了她。

九

本来静悄悄的病房，走道尽头突然响起了一阵急促的脚步声。正在整理病案的杨维维听到脚步声，赶紧跟了过去，看见医生急急忙忙地向手术室奔去。杨维维忙跟过去，一个护士告诉他，一个建筑工地的脚手架倒了，摔伤了三个人，有一个特别严重，有生命危险，正在抢救，让杨维维赶紧过去帮忙。

杨维维没多想，便走进抢救室，换好消毒服，所有的医生护士已经到位，各自做着准备工作。受伤的人躺在抢救台上，身上多处受伤，看上去很危险。还好送来得及时，经过近5个小时紧张忙碌的抢救，病人的生命终于保住了。手术完成后，主治医生走出了病房，抢救的医生相继离去，杨维维按照自己的工作职责，回到了值班室，给病人补充病历。

当她按照病人的介绍信在病历本上写下病人的名字时，几笔就写完了。她把做好的病历挂回架子上，准备到药房给病人配药剂时，突然停下了脚步——好像没有记住病人的名字。她便把病历翻回来重新看，在看到"苏玉春"这几个字的时候，杨维维愣了一下。她仿佛想起了学校那个巨大的图书馆，坐在她对面看书的那个叫苏玉春的男同学，总是准时出现在她的对面，那真是一段关于青春的美好回忆，现在想起来，那怦怦乱跳的心和若有似无的期待，似乎也只有在年少时才有过。

看到这个名字，勾起了杨维维一段美好的回忆。但很快，她又摇了摇头。怎么可能呢？世界上同名同姓的人很多啊，再说，他怎么会到这里？他不是回去养护段接班了吗？

杨维维拿着处方往药房走去。

病人已经被推到了护理病房，杨维维端着药剂进去，给病人配好。低头的时候，她顺便看了一眼这位重伤的患者。很奇怪，一种似曾相识的感觉浮了上来。杨维维顿了顿，再仔细看——方正的脸，清秀的眉眼，虽然记忆已经模糊，但在看见他的那一刹那，她瞬间就想起来了——原来都存在了记忆里。

当真是苏玉春。

她在心里喊道，感到震惊。打了麻药的缘故，他还没有醒，杨维维便可以站在这里仔细地辨认他。只是四五年的光景，他便看上去比之前苍老了许多，原先白净的皮肤变得黢黑蜡黄，衣服好长时间没有清洗了吧，又脏又旧，看不出原来的颜色，但面部棱角和五官没有变，下巴上的胡子应该好几天没清理了，唇边长了一些细纹，尤其是一双手，这只曾经握笔的手，如今指关节粗大突出，布满了细小的伤口。加上脚手架倒塌的原因，他的头发上落满了灰尘，头发已经不是黑色，而是一片青灰色，使他的沧桑放大了数十倍。

他究竟经历了什么？杨维维怔在那里，心里波翻浪涌。命运何至于如此不公？仅仅几年的光景，竟然就让一个年轻俊气的书生，变成一个沧桑的"老"工人。

这几天，杨维维一直在尽心尽力地照顾他，为他清理每个细小的伤口，换尿袋，打针、喂药。她看到他缓缓地睁开了眼睛，逐渐恢复了意识，睁着一双困惑的眼睛看着她，她想，他一定没有认出她来。而她，却为他醒来感到欣喜若狂，在心里默默祈祷他能早日康复。而照顾他，都是她心甘情愿为他做的。这和当年那种微妙的爱意无关，她只是心疼他，心疼他不可挽救的命运，那么好的一个人，怎么会被糟蹋成这个样子？她想把命运欠他的，努力帮他要回来。

一周后，苏玉春基本恢复了意识。他睁着一双无神的眼睛，看着这个为他忙碌的医生，过了很久，他才说："你很像我之前认识的一个人。"

"别告诉我她是你的初恋女友吧。"杨维维似笑非笑地回答。

"谈不上女朋友吧,见过几次面,但在我心里,她是唯一的,很美好的一段回忆。可惜那都是过去的事了,现在想起来,就像是一场美好的梦。"想起往事,苏玉春的脸上露出一个微笑。

"真的和她很像吗?"杨维维又问。

"真的很像。"苏玉春笃定地回答,目光在杨维维身上看来看去,似乎陷入更深的回忆,"真的很像,说话、走路甚至表情,感觉完全就是一个人。"

"那你仔细看看,我和她有什么区别呢?"她好奇地问。

"有区别,她和你相比,显得年轻、天真,但那不是她的错,那是她那个年龄该有的样子。而你呢?更要成熟、透彻,有女性的风韵和气度。"苏玉春在脑海里搜索着准确的词汇,完全沉浸在回忆之中。

而此时的杨维维,心里不禁感慨万千。或许苏玉春眼中她的改变,和她看到的苏玉春的改变是同样的。一个人有过不堪回首的经历,尝过了生活的苦,便懂得藏起了性格上的锋芒,开始了外形上的成熟和性格上的软弱。

"那万一我就是她呢?"杨维维又问。

"你怎么可能会是她呢?她是医学院的毕业生,现在分工应该在省城的大医院。现在的大学生吃香得很,哪会回来这个小乡镇啊?"苏玉春说着,伸了个懒腰,不好意思地笑了笑,"不说了,过去的事情结束了,现在的她就是藏在我心里的一块闪亮的地方,想想就够了。"

"可是,你觉得她的命运就会一帆风顺吗?或许几年的时间,命运对你苛刻,对她也会不公平,谁能预见未来呢?也许她现在就在一个小山村里做临时工,拼命地看书学习、拼命地考医师资格证,过着自己不愿意过的日子,谁又能说得清楚呢?"

这时候,苏玉春愣了一下,但是他确确实实从她的脸上看出了当初杨维维的样子。他努力回忆着,凭着仅有的一点记忆,还原着杨维维本来的样子。突然,他大喊一声:"你……你当真是她?"

"是的,我就是杨维维。"她笑了笑,坦然地承认了。

立潮人

一只高飞的雀鸟误以为天空才是自己的家园，只有当它累了，栖落于枝梢上时，才不得不承认，大地才是它真正的家。他们都有过类似的误解，以为远方、高处才是生活的归宿，后来才知道，他们只是飘浮于人间的一粒尘埃。只有承认自己的平凡，才会有理想中更宽阔的天空和家园。

十

这段山路不好走，主要是路面不平整，而且中间有很长的盘山路。汽车在一座山上转了半天，才从山脚转到山顶，然后又从山顶转下来。一路颠簸，导致晕车得厉害，下车的时候，陈红梅几乎分不清楚东南西北了。

由于身体还很虚弱，她在车边站了好一会儿，才蹒跚着向街道走去。她从口袋里掏出一个小笔记本，照着上面记录的地址沿着街道找过去，最后停在了一间小商店的门口。她先探头看了看，发现商店里没有大人，只有一个小孩子正在做作业。陈红梅便问他："你的家长没在吗？"小孩看了看她，放下手中的铅笔，跑去后院。过了一会儿，姜大姐从后院走了出来。

"哎呀，红梅，你怎么找到这里来了？"姜大姐热情地招呼着陈红梅往家里走。两人走到后院，在一株葡萄树下喝茶。

一来二去地，陈红梅和姜大姐已经很熟悉了，说了几句客套话后，陈红梅把此行的目的说了出来。她说："这次来，主要是厂里生产了一批布鞋，想问一下你这边能要多少。最近为什么拿的货越来越少了？是不是对我们的布鞋不满意呀？"

听了陈红梅的话，姜大姐有些为难地说："以我们俩的交情，只要有生意做，我肯定愿意要你的鞋子。你看你开了鞋厂以后，做的布鞋价格便宜、质量又好，我当然愿意卖。"

姜大姐说完，喝了一口水，润了润嗓子，接着又说："上次那批鞋子倒是挺好卖，因为山区偏僻，见过这种鞋子的人少，大家都喜欢，所以很快就卖完了。只是现在市场上又出现了篮球鞋、力士鞋，那些鞋的价格和布鞋也差不多，但是牢固，穿上那种鞋子下地好干活儿，关键还防雨、防湿，所以好多人愿意去买那种鞋子。红梅，我就和你说实话吧，我们这些小地方，人少，加上贫穷落后，经济有限，每个人一年到头也就是买一两双鞋子，有了就不会再买了。"

鞋子销量不好，陈红梅正着急，听到姜大姐这么说，她也急了，说："那可怎么办呢？现在鞋厂刚刚开始正常生产，有时候遇到大买家，鞋子生产不出来，货供应不上；有时候鞋子生产出来又没有人来要货，造成滞销，工资发不出来。再说，现在的鞋子花样多，变化大，款式更新快，还要讲究性能、舒适、实用，跟都跟不上，办个厂真不容易啊。"

看到陈红梅着急的样子，姜大姐说："红梅啊，我倒有个主意，我跟你说，我们这小地方人少，销量小，你要想做大生意是不行的，我觉得你应该往大城市里去跑跑，毕竟，大城市里才会有大市场。"

"之前我也想过。"陈红梅说出了实情，她说，"不是我没去跑过，现在大城市里，布鞋厂也很多，生产的鞋子花样更多，你说我们一个小布鞋厂，怎么和人家竞争啊？"

"这可不是我说你，那你就不懂了，市场大，竞争大，销量同样就大。你看见过大海吗？那么大的海，那么多的人去捞鱼，你会想，那么多的人在捞鱼，我还有必要去捞吗？实际上，我跟你说，海有多大，鱼就有多少，各人有各人的份儿。你生产的鞋子，花样上是落后了一点，但是城市里有老人、孩子去买呀，还有穷人去买呀。你就想，一个大城市里单单是老人、孩子，就是我们这种小乡镇人口的几十倍呢。"

"对啊，我怎么没想到这些呢？"陈红梅一拍双手，茅塞顿开。没想到普普通通的姜大姐很随意的一句话，就为陈红梅指出了一条新的发展路子。陈红梅笑了，她的笑容是那样灿烂明媚，仿佛从内心深处涌出来一股热浪和暖流，感染了四周的草木和空气。

姜大姐要留陈红梅吃饭，陈红梅哪儿还坐得住，挥了挥手，告辞而去。

有了姜大姐这一点拨，陈红梅心里顿时有了主意。回去的路上，她的步子轻快了许多，只是肚子有些饿了，刚好路过杨维维所在的乡镇，干脆下了车，顺道去看看杨维维。

走进卫生院，看见杨维维正坐在值班室里写东西。她刚好抬头看见了陈红梅，高兴地出来迎接。两人到食堂打了饭，拿回来在宿舍里吃。

"怎么没看见苏玉春啊？"陈红梅好奇地问。

"他已经出院了，走了。"杨维维边吃饭边回答。

"那么快就出院啊？他的伤挺重的，也不多休息几天。"陈红梅叹了一口气。

"一个普通的修路工人，哪舍得一直住在医院里，稍微好一点儿就想着早点回去工作。人这一辈子，可真不容易。"杨维维叹了一口气。实际上，她不说陈红梅也能理解。有生活在后面逼着，人就不得不奔跑，哪怕跑不动了，也只能是喘口气，哪还能歇下来？

"他去哪儿了？"陈红梅又问。

"不知道，我没有问，问了又有什么意思，大家认识了，能帮就帮帮他，帮完了，毕竟不是一条道上的人，该散就散了。"杨维维说话的时候，扬了扬脖子，一副无所谓的表情，还把吃饭的勺子狠狠地插在饭碗里。陈红梅看着她的一系列动作，在心里感慨她真的变了。

"也没留个地址什么的吗？"

"他留了，被我扔了。天涯海角，各有各的路，遇见了是缘分，走散了也是应该。你知道吗？我现在不会再为感情的事伤感了，经历了这些事，我是醍醐灌顶，茅塞顿开，什么都无所谓了，只想把自己的日子过好。我现在转回来想想，我父母挺不容易的，把我养这么大，整天为我操心，我到现在连报答他们的能力都没有，想想这样的人生可真够失败的。"杨维维伤感地说。

陈红梅深深地叹了一口气。她当然理解杨维维，她在这个卫生院里学历最高，但工资收入最低，就是因为她的工作关系没有落实。或许这就是各人有各人的命运吧。

PART 7　　　白露

立潮人

一

20世纪90年代开始，改革开放的脚步推动着祖国的大发展、大繁荣。城市的街道开始绽放出了各种色彩，五颜六色的霓虹灯、五颜六色的店家招牌、五颜六色的花裙子、五颜六色的房子，街道上还出现了各种口音，这可真是一个色彩缤纷的世界。

公交车上，有售票员来回走动，街上的出租车都是两厢或者三厢的夏利或捷达，市中心虽然还没几座10层以上的大楼，但是地标建筑已经在开始悄然兴起。冰棍5毛钱1根，带奶油味的那种，水果糖1毛钱3块，菠萝汽水两毛钱1瓶。街边出现了酒吧，齐秦成了一只"来自北方的狼"，用充满沧桑的歌喉向人们诉说着最真挚动人的情感世界。男人流行戴大金戒指，女人流行烫大卷发，有传呼机的人都感觉好有钱，有大哥大的统称老板，过街都能横着爬了。

这10年，祖国以突飞猛跃的脚步向前发展，而这10年，我们主人公的命运也发生了变化。有人说，时间似流水，一去不复返。也有人说，时间就是一把雕刻刀，能够改变人，也能还原人。还有人说，时间是一本陈年旧账，翻着翻着就完了。10年的时间，有着太多的细节，但是，我亲爱的读者，请原谅我，不能一一向你们详细诉说这10年里，我们的主人公，他们所经历的悲欢离合。他们在千千万万的人群中实在过于渺小，他们为了生活曾经哭过、笑过、喜过、悲过。好在他们在沉浮于人海中的时候，抓住了属于自己的救命木筏，抵达了人生的下一个站台，让我们为他们欢呼吧。

我们先来说说主人公之一的陈红梅吧。如果你现在到布鞋厂，你会发现，那个曾经由两间红砖房建成的简陋布鞋厂，现在已经看不到了。在原来的地方已经建起了两栋6层楼的高层建筑，灰色的墙面，蓝色的玻璃窗，进出的工人都穿着整齐的蓝色工作服，门口有保安守卫。而在厂子的中央，有两辆昌河微型车停在那里，还有5辆五十铃货车停在仓库门口等待上货。

大海穿上西装的样子比之前精神多了，黑色的西服、白色的衬衫，扎着紫色的领带，唯一不协调的是脚上穿了一双黑色的布鞋。他呵呵笑着解释，自己这身不土不洋的打扮叫作中西合璧，因为他穿了一辈子自己布鞋厂生产的布鞋，已经换不下来了。

此时此刻，他正要送自己6岁的女儿洋洋去上学。洋洋扎着小辫，穿着粉红色的公主裙，背着玫瑰色的小书包，就像童话里的小公主。大海先把洋洋抱上红色的五羊摩托车，然后自己才跨了上去，正准备走的时候，陈红梅追了出来。她穿了一套米色的西装裙，配着肉色的丝袜和一双黑色的高跟皮鞋，看上去成熟而稳重。

她把手中的一盒牛奶塞到洋洋手里，叮嘱她到了幼儿园要有礼貌。洋洋喊着一定要妈妈送她。陈红梅想了想，还是拒绝了。鞋厂有许多事情正等着她去处理。她挥了挥手，向大海使个眼色。大海踩动油门，摩托车呼啸而去，远处随之传来洋洋伤心的哭声。

而这一时刻，张倩正蹬着她的自行车往家赶。现在，在这条道路上，骑自行车的人已经开始变少了，路上渐渐被摩托车和汽车所占领，挤公交车的人也越来越多，自行车变得极不安全。因此，自行车的转动似乎成了追溯这个城市的一段历史。张倩骑着自行车赶路的时候，似乎有些跟不上这个时代快速发展的步伐。但是，这并不影响她的心情。路过农贸市场的时候，她买了两样小菜，塞进自行车的前兜里，然后又急急忙忙往家赶去。

肖飞正在画室里画画，而他们的儿子，8岁的辉辉正在温习功课。张倩走到辉辉面前，伸手摸摸他的头。看见妈妈回来，辉辉得意地翻开书包，从里面拿出一张试卷递给张倩，说："妈妈，你看我考试得了100分。"张倩把试卷接过仔细看了一遍，然后在儿子的脸蛋上狠狠亲了一口。对于一个女人来说，还有什么比自己的孩子有出息更能带来安慰呢？

她走进画室看了看，肖飞正把一张画纸从画架上取下来，揉得粉碎。看见张倩回来，他说："画了一辈子，就没画出一张像样的。画画需要灵感，我感觉自己越来越迂腐迟钝了，没有灵感，画出来的作品就没有灵性。"

"我看是应该找个什么东西刺激你一下吧，是不是还在想办画展的事？"张倩最了解丈夫，一语点破了他的心事。

"嗯，办画展，对于一个画家来说，是最大的梦想了。可是哪有那么简单，就是真有那个心，也没有那个力呀。"肖飞回答。张倩没等他说完，就急急忙忙进了厨房，开始准备一家人的晚餐。

当这两个和睦的家庭处于幸福温暖的气氛中时，杨维维依旧是一个人，孤独地在医院里值班。由于她和教授的事情被作为作风问题处理，杨维维最终没能取得医学院的毕业证书，只取得了结业证书，也失去了国家包分配的政策机会。而这个差强人意的证书注定了学历最高的她，永远只能成为医院的一名编外人员。

这些年，她始终是孤独的一个人，不是找不到合适的，有许多热心人给她介绍对象，她连看都不去看就回绝了。20世纪90年代还没有单身贵族这个说法，到了这个年龄还不成家，似乎就成了异类，因此，医院里各种风言风语自然也会传进她的耳朵。但是那些不痛不痒的言论已经不会对她造成任何影响，听多了就具备了免疫能力，百炼成钢。瘦弱的杨维维，不是铁石心肠，但她相信，只有勇敢和坚强才能拯救自己。

她工作从来不迟到，不请假，每年医院评选"先进工作者"，她都没有份儿。病人都说，杨医生是最好的医生。听到这样的表扬，她也不过是无所谓地淡淡一笑。这世间的冷暖看淡、看破了，也就和自己毫无关系了。

二

尽管布鞋厂目前一切顺利，有两幢高大的厂房，一幢是布鞋生产车间，一幢是皮鞋生产车间和办公用房，经过几年的发展，工人已经达到上百人，各种设备也在不断引进和更新，销售渠道也在不断拓宽，但是一个企业若是想要在市场上站稳脚跟，产品就要不断更新换代，更何况是制鞋行业，就要适应现代社会的发展，跟上时代的潮流，摸清人们追求美的心理。

别看是一双小小的皮鞋，用陈红梅多年来总结出的一句话就是：如果是皮做硬了就会磨脚，皮太软又撑不起来，外形不饱满。就是鞋中间一块小小的钢板也很有讲究，这块钢板的弧形和凹度基本上决定了一双高跟鞋的舒适度。就连鞋子上的一朵小花也是一门学问，放在鞋尖是大方，放在侧边是高雅，放在后跟上就成了时尚，要根据鞋子的外形和消费者的喜好来调和，既要考虑大众的口味，还要照顾少数个性的追求。

为了让鞋厂适应发展，陈红梅在一次商品推介会上认识了一个新朋友，他是深圳一家鞋厂的老板。对于他们生产的皮鞋，陈红梅在市场上早有耳闻。现在见到了，是个千载难逢的机会，两人在会场认识，久闻不如一见，聊了一会儿，双方就互留了联系方式。会议结束后，陈红梅还特地邀请对方过来做客，没想到对方一口就答应了。

这位老板名字叫张迁，年龄和陈红梅差不多，性格开朗豪爽，在穿着上极为讲究，说话幽默，喜欢开玩笑。他的鞋厂在沿海城市，在市场上独占鳌头，有自己独立的品牌，经过长期在鞋业市场的摸爬滚打，对于生产和经营已经形成了一套独特的管理模式。

世上无论做什么事情，都要经过长期的摸索和学习才有长进。张迁这个人，表面上说话侃侃而谈，头头是道，但是，商人自然有商人的狡猾之处。大家坐在那里，他可以天南海北聊一整天，可说到鞋子，他往往是点到为止，而真正说到商业机密，他当然是守口如瓶。对于生意人来说，也容易理解。每个人都有自己的看家本领，那等于是他吃饭的饭碗，若是这个饭碗被人抢走了，那他还用什么吃饭？

张迁虽然狡猾，偏偏陈红梅又聪明。每当张迁点到为止的时候，陈红梅就会旁敲侧击地接着追问，张迁就不得不回答，这样他就会不小心露了口风，陈红梅就得到了一些生意上精髓。

本来陈红梅是打算留他在这里住上半个月，计划着每天伴着他游尽当

立潮人

地的好山好水，连行程都精心策划好了。可惜张迁才出来3天，那边不停地打电话催他回去了。公司里有事，他不敢大意，不得不赶回深圳。

之后几天，陈红梅经常打电话给张迁，表面上是和他聊天，偶尔也会向他请教一些问题。张迁毫无防备，再说，在他看来，内地这样一个小鞋厂，完全不具备和自己竞争的能力。陈红梅便把从他那里学到的一些知识记在本子上，再反复琢磨，结合自己的经验，便总结出一套方法。

看着老婆每天在电话里和一个陌生男人聊得热火朝天，大海心里憋屈得很。陈红梅刚挂电话，大海就不耐烦了，在旁边阴阳怪气地道："以前还真是小看你了，没想到你还会电话调情啊。"

听到大海这样形容她，显然是在吃醋，又看他酸溜溜的表情，陈红梅眼泪都快笑出来了，对丈夫说："你可别告诉我你在吃醋哦，怎么，对你老婆还不放心啊？除了你，我这辈子心里就没装过其他男人。"

这话把大海逗乐了，瞬间心里甜蜜蜜的。他了解陈红梅的性格，说那么几句，也就是解解嘴上的痒，没往心里去。可过了几天太平日子后，陈红梅突然提出要到深圳张迁的公司里去打工。这话可真把大海急坏了。原来，张迁在电话里聊天时说，他的公司正急需一名生产总监，又找不到合适的人选，问陈红梅有没有可以推荐的。陈红梅当机立断，毛遂自荐，自作主张把自己给推荐了。

张迁开始以为陈红梅是在开玩笑，可陈红梅说得信誓旦旦，并且，把自己订好的飞机票时间都说了，才相信她是来真的。张迁一直很欣赏陈红梅，觉得她聪明能干，办事利索，尤其是她好歹也是布鞋厂的小老板，竟然愿意放下自己的家和生意过来帮忙，他当然是求之不得。

"可你的厂怎么办？"张迁问。

"我就一个小厂子，一年也挣不了几个钱，有我老公在这边守着就可以了。再说，我还没到过沿海城市，就当是来开开眼界吧，长长见识。"

这下张迁是完全相信了，可家里的大海炸了锅。

"你疯了？洋洋现在才6岁，正是需要母亲陪伴的时候，你却要跑到那么远的地方，这个家是缺你吃还是缺你穿了？现在的鞋厂发展得好好的，饱吃饱穿的日子放着不要，干吗非要去花那个工夫？我看你是吃了那姓张的迷魂药,别有用心。"大海边说边拍桌子,把茶杯里的茶水弄得洒了一地。

陈红梅没有说话,只是看着窗外。她知道,孩子正是需要母亲陪伴的时候,家里的厂也不能扔下。可如果错过这个机会,不知道又要等到什么时候。她的内心正在进行着激烈的挣扎,再看看气急败坏的大海,说实话,最对不起的还是他。如果她一走,他一个人既要当爹又要当妈,还要管那么大一个厂子,肯定很辛苦。

大海把杯子狠狠摔在地上,对着她喊道:"我早就听说了,一旦日子好过,人就闲不住了,尤其是女人,日子好过就得兴风作浪,你陈红梅从来就不是省油的灯。"

陈红梅眼中含着泪水,走到大海面前,对他说:"如果我不珍惜这次机会,可能我们永远生产不出来一双真正的皮鞋,难道你甘心我们的工厂就这样遥遥无期地等下去吗?"

大海无话可说了。这也是眼前的事实,他们的皮鞋自生产以来,始终只能模仿其他工厂的成品鞋,而真正属于工厂自己设计制造的皮鞋,始终没能成功。

第二天,陈红梅踏上了飞往深圳的飞机。云层之上,家越来越远,抬眼望去,蓝天高远、开阔。

三

自1987年开始,一些国营企业已经开始进入改制的行列。进入90年代后。之前轰轰烈烈的大型国有企业,经过艰难的几度徘徊之后,纷纷面临着改制的局面。

先是陈红梅辞职,接着下岗。有些人虽然未曾经历,但也知道这已经是不争的事实。对于这个政策在尚未开始之前,张倩已经作好了充分的思

立潮人

想准备。

接连几天的小雨似乎也在酝酿着离别的忧伤，阴雨连绵的天气，人的身上就像发了霉，有一种莫名其妙的沉闷。看着自己工作了十几年的办公室，门前的那块黑板报提前退出了历史的舞台。这些年，很少有人再去看黑板报了，电视、收音机等各种传播媒体层出不穷。近几年，厂里效益不好，工资经常拖欠，谁还有心去关心企业文化建设？因为长时间没用，黑板报已经斑驳难辨，三年前出的最后一期板报，还停留在那里，只是被流年和风雨浸湿得面目全非，像一个人经历了沧桑岁月后的脸，被风化后老得完全失去了曾经的模样。

抽屉已经没了上锁的必要，该收走的物品已经收走。她拿起一个饭碗，有意拐去厂区食堂。食堂里依旧灯火通明，可吃饭的人稀稀拉拉没几个，菜品也越来越少，往日热热闹闹的场面，如今已不复往日盛景了。她默默温习着每一件物品、每一个场景，仿佛过去的一切还历历在目。

在这个时候下岗，对于张倩的家庭来说确实是一场不小的灾难。父亲退休，儿子辉辉刚好要上小学三年级，而肖飞所在的文化馆，实际上也就是个清水衙门，每月固定工资，只能用来支付这个家庭的日常开支，还常常入不敷出。现在张倩没有了工作，对这个家庭来说无疑是雪上加霜。这些苦她只能藏在肚子里。张倩向来要强，不会向人抱怨或是诉苦，就连对几个好朋友，她也不过是轻描淡写地一句带过，生怕亲人和朋友为她担心。

从厂里出来后，张倩没有急着回家，而是先到父亲那里。当年张倩搬了新家不久，母亲在父亲的劝说下回了家。有了母亲的照应，张倩就不必时常牵挂着父亲，偶尔回去坐一会儿，见到母亲也只是点点头，偶尔说两句话，但那一声"妈"却始终没有唤出口。

回到家的时候，只有父亲在，父亲说母亲去商场购买生活用品了。张倩把买的一些食品放在桌子上。父亲关心地问她："听说你们企业改制了，怎么不和我说一声？"

张倩笑了笑，无所谓地说："那是迟早的事情，我早有心理准备，再说和你们说又有什么用。"

两人便就改制问题聊了起来。说话的时候,母亲回来了。张倩借口说辉辉明天要考试,得回去给他检查作业,说完就出了门。张倩走了没一会儿,就听见身后有人喊她的名字。她回头一看,原来是母亲追了上来,把一样东西塞到了她的手里。张倩一看,竟然是一沓裹成圈的百元钞票。张倩不要,往母亲怀里塞,被母亲推了回去。

看张倩接下了钱,母亲说:"这些年,是我对不起你,也没能照顾过你,现在我回来了,你又遇到了困难,我能做的也只有这些了。你收下,我心里才会好受些。"

没等张倩反应,母亲就转身回去了。张倩一个人站在街头,腿就像灌了铅。她把钱打开,一张一张地数,每数一张,心就颤一下,整整两千元。她又看了看母亲离去的方向,看到她刚好要走进小巷,灰色的棉布衣服、瘦弱的身子,那棉衣挂在她的身上,空荡荡地摇晃着。曾经那么爱美的一个人,如今走路佝着背,头发也成了灰白,被风吹着。张倩想喊住她,可觉得如鲠在喉,最终还是没有喊出口。

等她回到家的时候,肖飞和孩子正在看电视。张倩放下包,换了拖鞋,然后便躺在床上发呆。不一会儿,肖飞跟了进来,拍了拍她的肩膀,关心地问:"怎么了?是不是今天就结束了?"

张倩笑了笑,算是回答。在家里,肖飞有意回避"下岗"这个词,是怕张倩伤心。看到张倩的反应,肖飞心里明白了,安慰她说:"没事的,不是还有我吗?"

两人都不说话,停了一会儿,肖飞又说:"前段时间陈红梅不是来找过你,让你到她的厂里去帮忙吗?你怎么考虑的?"张倩用双手枕着头,目光看着天花板,想了很久,才回答肖飞:"她办的是皮鞋厂,又不是福利院,再说,那么多年的朋友,如果我去了,她对我肯定要特殊照顾,到时候我也不自在,拿多拿少我心里都不舒坦,还是算了吧。"

肖飞点了点头,目光注视着她,伸手帮她捋了捋额上的头发,说:"工作这么多年,每天只知道往厂里跑,现在好不容易有了时间,就先休息吧。"

看张倩没有回答,他又坐了一会儿,突然转变了话题,说:"跟你说句心里话，我一直想办一个画展，前几天整理了一下这些年的作品，把比较满意的一部分挑了出来，应该是差不多了。"

"办画展，哪那么容易。"张倩反射般从床上坐起来。她知道肖飞长期以来的心愿就是办一个画展，可这个时候办画展，哪来的经济支持？

肖飞轻松地笑了笑，说："放心吧，这些年我的作品得到了业界的认可，在这个城市里也算是小有名气，平时有好多人想买我的画，若是办个画展，能把作品卖出去一部分，不是就有收入了吗？"

"可是你想过没有，办一个画展需要多少资金？这个你计算过吗？"面对眼前实实在在的生活困境，张倩不得不再次提醒头脑发热的丈夫要面对现实。

"我看你是对我不放心吧。"肖飞怜爱地拍了拍妻子的脑袋，蛮有信心地对她说，"你一定要相信自己丈夫的实力，别忘了，你可是本市著名画家的妻子哦。"说完，他拉开门走了出去。张倩还想说什么，话还没出口，又咽了回去。

四

自进入20世纪90年代以来，国家逐年放宽了医疗机构的申请条件，越来越多的私人诊所得到了社会的认可，为促进社会民间投资、加快社会办医体系的发展、完善医疗服务体系、推动形成多元办医格局、满足群众多元化的医疗需求提供了更好的保障。

在申请办医的医务人员当中，就有杨维维的名字。在其他高职称的医生还在怀疑这条路是否可行的时候，她几乎没有多加考虑就向卫生行政部门递交了申请。几天后，她的申请顺理成章被批准了。当那张盖满了红印章的申请重新回到她手上的时候，她几乎还是个一穷二白、面对社会毫无准备的新手。

到了这个时候她才猛然发现，经过这些年来的努力，自己身上几乎没有任何积蓄，也没有想好开办私人诊所具体要准备些什么，还有如何申请成为一名合法的企业资质法人。可这些都不重要，凭着多年来的工作经验，她有满满的信心，而更令她激动的是，心中有一种刑满释放的轻松感和快活感。

她没有急着把诊所办起来，而是利用休息的这段时间，到一些开放城市旅游。她一个人在这些大城市里游走，看到了各种各样的诊所，有专为老人设计的，有专为儿童办的，甚至还有专为残疾人开设的。这些诊所不仅医疗设备齐全，服务设施较好，各项功能也十分完备。走着走着，杨维维对自己的诊所已经有了初步的设想。"这才是我想要得到的结果"，虽然一切还没开始，但杨维维心里似乎已经有了胜利的喜悦。

等她回到家的时候，已经是一个月以后。杨维维开始寻找房子。她在这个城市走了很多地方，要么是房租太贵，要么就是位置不理想，开诊所既要环境清静，风景好，还要适合病人休息。因为经济能力有限，最终她在一个小区里租了一套复式楼。这个小区地处城市中心位置，属于功能比较完善的小区。而这套房子就在小区门口的位置，一楼。经过改造，她在阳台上开了一扇门，门外有一个绿色的小院，小院里有花草和椅子，这样就方便病人出入或在院中休息。

为了节约资金，好多事情杨维维只能亲力亲为，比如说粉刷墙面，自己蹬着三轮车去买涂料，用刷子在墙上粉刷，还要仔细观察粉刷的厚薄是否均匀，不一会儿，两只手臂就酸得抬不起来。但是，听到刷子和墙面摩擦发出的嗞嗞声时，她还是抑制不住内心的激动。此刻，对她来说，这声音就如音乐般悦耳。

杨维维正在卖力干活，听到身后有响动，循着声音看去，才发现父母不知什么时候已经来到了她的身后。"你们怎么来了？"杨维维边说边干活。

"这个时候我们当然要来。"母亲干脆地回答。父母很快就加入干活儿的行列。一家人一起动手，活儿干得很快。到了黄昏的时候，三个人累得精疲力竭。杨维维把唯一的一条长凳让给父母，自己则盘腿坐在地上。

立潮人

母亲边倒水喝边和杨维维聊天，先说开诊所的事，不知不觉话题又扯到了她的终身大事上。母亲说："你年龄也不小了，应该找个对象了，你看你同学的孩子，都已经上小学了。俗话说少年夫妻老来伴，你现在一个人，我们做父母的也不放心。"

杨维维端起自己的杯子，喝了一口水，反驳母亲："没有男人，你们就不放心了？难不成，把我随便交给一个男人，你们就能放心？"

本来这个话题父亲是不想参与的，这些年为了这事，母女俩没少发生争执。听杨维维态度这么强硬，父亲说："不是说没有男人就不放心，这世界上的夫妻搭配都是有道理的，一个家里没有男人，许多事情支撑不起来。你比如说今天的情况，如果有个男人在，他来做粗活，你来就细活，相互照顾，大家不是都轻松吗？再说了，每个人最终的归宿就是家庭，等你以后有了孩子，你才会知道只有生命的延续才有生活的希望，而人的情感也才有寄托。"

杨维维无奈地对着父母喊："你们不要整天逼着我嫁人，一说起来我就烦，我现在一个人不是活得好好的？自由自在，无牵无挂，何必找个人来约束我？"

"一个人只有有了适当的约束，才可能得到放纵。在约束的范围内，如何放纵都可以，那是最大的放纵。可如果没有约束，无边的放纵只会让生活变得越来越狭隘，路也越走越窄，最终，所有的事情都在约束自己，那才是最可怕的被约束。"父亲用严厉的语言制止了杨维维的强词夺理。父亲的话道理深奥，但又合情合理，杨维维无话可说了。

不知不觉，黄昏的晚霞挂在了窗框上，看看天色已晚，父母走了，杨维维一个人面对四面空空的墙壁陷入了深深的思考。也许父母说得对，是该找个男人了。实际上，她何尝不想逃离这种可怕甚至是可耻的孤独生活？暗淡的灯光下，她的一个自我和另一个自我在反复辩论，却没有给出满意的答案。

当初她和教授因为作风问题，闹得满城风雨，不得不仓皇出逃。如今又因为没有男人，被人在背后说三道四，惹一堆的闲言碎语。原来，无论做什么，都会成为别人口中的笑话，可是，她依旧不想随大流，做个平庸而没有思想的人。

经过一个多月的准备，杨维维的诊所顺利开张。开张这一天，几个朋友纷纷前来庆贺。诊所虽小，却五脏俱全，绿色植物点缀于诊所的每一个角落，衬得这里不像是诊所，更像是一个温馨的家，或是公园的一个角落。病房里布置得温馨又别致，床头柜上放着花。她还把自己这些年取得的资格证书用相框裱好挂在墙上，惹得小区里的人纷纷前来参观。

开业第二天，就有一位老干部来看病，说原来在市医院里打针，但是住院手续太麻烦，而且离家远，不方便，想着把针剂带过来，让杨维维接着给他打。杨维维同意了。就这样，这位老干部每天清晨都会准时到诊所打针。杨维维仔细查看了老干部的病情，给他进行了精心的调理，还建议他不要单纯用西医治疗，还可以采取中西医结合的方法治疗。结果老干部的病情很快就得到了控制，并且逐渐在好转，这件事很快被小区里的人传为佳话。就这样，诊所很快爆满。一个月后，杨维维请了两个刚刚从卫校毕业的小姑娘来帮忙，诊所便在这里站稳了脚跟，有了自己的一席之地。

五

电话里，洋洋的哭声从千里之外传了过来。听到孩子的哭声，陈红梅心如刀割，却又无能为力，只能在电话里把能想到的都事无巨细地对孩子交代，希望孩子能够早点独立。可是对于一个6岁的孩子来说，这样的要求实在是过于苛刻了。

电话里，洋洋一直在哭，始终不肯放下电话。陈红梅只能安慰孩子，又对洋洋说："让你爸爸接电话。"隔着电话，她听到洋洋叫爸爸的声音。听得出来，大海一定就在旁边，但就是不肯接电话。他还在和不告而别的妻子赌气。陈红梅无奈，只能狠着心把电话挂了。

走出电话亭，天空飘着小雨，她出来的时候没有带伞，便只能在雨

立潮人

中走着，任雨水打在脸上和身上，不一会儿，衣服就湿透了。一个人在陌生的城市生活越久，思乡之情越发心切，只是迫于无奈，她只能咬牙坚持着。此时此刻，她更觉得孤单无助。她提醒自己，一定要坚持下去，胜利就在不远的地方。

电话亭离工厂有一段距离，需要走很长的一段路，她就这样在雨中慢慢地走着。一段时间以来，忙碌的日子已经让她几乎忘记了疲倦，甚至是饥饿。但是，付出总有回报，到了这里之后，她才真正意识到一个正规工厂的管理方法和传统的生产有着怎样的天壤之别，她不仅增长了见识，而且所收获到的也比想象中多得多。

在这里，陈红梅才知道什么是真正的高强度工作，也才明白了为什么说时间就是金钱。那幢钻石形状的办公楼房，它的每一处布局、每一个细节、每一道程序，就像一个做工精细的表盘，都达到尽善尽美和实惠实用，不会浪费多余的一寸空间，不会有任何一个闲置的岗位。陈红梅看到了很多东西，也学到了很多知识，难怪说社会才是真正的大学，这些知识绝对不是可以在书本上或是电视上看看就能领会的，只有亲身体验，才能深刻体会。

别看张迁平日里风趣幽默、笑容满面、一脸和善，到了鞋厂，他就跟换了一个人似的，变成了铁面无私的总经理，遇见陈红梅就跟不认识一样。他对工人的要求相当苛刻，有人甚至私底下叫他"铁司令"。

在这里，日子是一道事先设置好的程序，每天清晨6：00，东方刚刚泛起鱼肚白，鞋厂里的所有工人就要揉着惺忪睡眼起床。只要双脚落入鞋子，忙碌的一天就开始了。10分钟的洗漱时间，20分钟的早餐时间后，工人陆续进入厂房。

从外表看，这个厂房和其他厂房没有什么不同，但是，当工人全部打卡进入厂房后，那道灰色的大门便会自动关闭——工厂实行全封闭管理。每个人都有自己的工作岗位，长长的流水线细化到每一个环节，每道工序几乎环环相扣，联系紧密，几条流水线同时启动，每一条线上都有流水检验员，对产品质量进行严格的审核。对于不合格的产品，立即进行返工，以确保不造成浪费。几分钟之后，所有人进入工作状态，偌大的厂房里几乎听不到说话声，只有操作人员手指发出"唰唰"的声音。

　　流水线上的工作人员就连上厕所都没有时间，一旦有人缺席，其他的工人就要立即补上，否则就会造成流水线的停滞，影响整个环节。

　　每天中午有一个小时的吃饭时间和休息时间。工人争分夺秒地安排好这一个小时的时间，以免造成时间上的浪费。有的工人甚至把吃饭时间缩减到10分钟之内，以便安排其他的生活。虽然如此辛苦，但大家心甘情愿，因为他们的工资直接和产量挂钩。也就是说一天能做多少工作，就能有多少收入。对于一些操作熟练的老工人来说，能领到的工资对陈红梅来说，往往是天文数字。这样的工作能力和收益形成正比的管理方法，大大提高了工人的劳动积极性和创造力，让陈红梅大开眼界。

　　半年后，陈红梅被张迁叫到了办公室。这是陈红梅第一次走进他的办公室。张迁给她倒了茶，说道："怎么样，手艺学得差不多了吧？"看着张迁似笑非笑的表情，陈红梅有些微微的紧张，心里猜想，他似乎是看穿了她的心思，不知道是什么时候被他识破的。张迁说："别以为我不知道，你刚进厂的时候我就看出来了，你这人有野心，绝对不仅仅是想到我这里打个工这么简单。"

　　陈红梅没有回答，静静注视着张迁，观察着他的反应。既然被他识破，那再说什么都是枉然。没想到张迁一反常态地笑了笑，对她说："我是不是该祝贺你？今天起你算是出师了。"

　　"虽然我知道这个时候说'谢谢'会很无耻，但是我真的还是想和你说声谢谢。对于像我那样的小厂，能到你这里学习是我的福分，我希望能够得到你的谅解。"陈红梅没有否认，诚恳地回答。

　　"不说客套话了。"张迁摆摆手，制止了陈红梅，"知道我为什么没有把你赶走吗？因为我看你聪明机智又好学，很有前途，而且最重要的是，我被你感动了。你想要学东西的那种迫切和痴迷实在让我佩服，所以，我考虑再三才决定留下你。虽然你的厂现在还是一个名不见经传的小厂，但是我相信，有一个像你这样能干、实干的企业负责人，你的小厂在不久的将来一定会大有作为。"

　　张迁点了一支烟，把手中的大哥大放在桌子上，接着说："知道我今

立潮人

天为什么叫你来吗？"

陈红梅轻轻摇了摇头，不知道他葫芦里卖的是什么药。张迁说："如果你同意，我可以把你的小厂并入到我的总公司来，把你的鞋厂作为入股的项目之一，等我们的合作关系正式确立以后，我会安排专业的技术人员和管理人员对你的鞋厂按照国际标准进行新的布局和处理，对工作人员进行职业培训，成为正规的鞋厂，并且，你可以使用我们公司的商标。"

"真的可以这样？"陈红梅高兴得差点跳起来。只是在张迁面前，她还需要保持点矜持。

"当然真的。你明天回去就按照我的要求开始准备吧，飞机票我已经安排财务给你订好了。"

第二天，陈红梅就搭上了返途的飞机，结束了她半年的学习生涯，满载而归。

六

站在市政府的顶楼眺望城市，那些远远近近的灰色建筑静静地横卧于蓝天之下。有鸽子在低矮的天空滑翔，发出清脆悦耳的哨音。远处的青山，在光线的作用下，呈现出青灰色。随着国有企业的改制，一些新型的中小企业破土而生。生产建设如雨后春笋般，为城市注入新的活力。但随之而来的是管理跟不上，城市环境开始受到污染。这些污染，就像城市的毒瘤，影响到了城市居民的正常生活。

作为副市长的余家兴愁眉不展地看着眼前的一切。身为一名官员，不为群众解决实际问题，如何对得起黎民百姓？有的时候，他急得整夜无眠。然而，社会的进步，往往也伴随着各种问题，大家也只有在不停地摸索中寻找解决的方法。

余家兴走到桌前，拿起电话正要拨出，秘书走了进来，提醒他："我记得你答应过家里人,今天下午回家吃饭,可别耽搁了。"

"哦,对呀,你不说我差点忘记了。"余家兴猛地想起,看了看手表,赶紧安排秘书准备车子。看还有一会儿时间,他坐下来,抓紧时间批阅办公桌上堆成小山一样的文件。不知不觉又过去了半个小时,秘书来催了三次,余家兴才起身,匆匆忙忙收了包,走出政府办公楼的大门。

汽车沿着平坦的大路行驶,两边的风景迅速后移。坐在车上,秘书向余家兴汇报当天的工作。余家兴仔细听着,条理清晰地进行分析,明确地做出指示。看得出经过这些年的锻炼,他已经成长为一名合格的领导干部。

大概40分钟后,车子停在一个小院前。母亲早就等在了那里,看见余家兴,忙迎过来,拉着余家兴往屋里走,边走边把儿子上上下下打量一番,忍不住埋怨说:"你看你这孩子,这么长时间不回家。"

实际上,就凭余家兴这一表人才的模样,实在是挑不出毛病,可母亲还是抱怨着,边说边拍拍儿子肩膀,顺便帮他把衣服上的褶皱拉平。余家兴走了没几步,神经质地突然停下来,问母亲:"你是不是又要给我介绍对象?你可别自作主张哦。"

看他着急的样子,母亲赶紧摆手说:"没有,没有。"

走了没几步,母亲又沉不住气了,小声对他说:"也就是你三妹的一个同学,人家顺道来家里玩。看在你三妹的面子上,你客气点。"听到这个,余家兴原本想停住脚步,可是已经来不及了,前脚已跨进了门槛。余家兴别无选择,只能硬着头皮跨过门槛。

其实,这些年来,余家兴作为本市最年轻的副市长,几乎成了多数女孩子梦寐以求的对象,主动追求他的、给他介绍对象的大有人在,尤其是他的三个妹妹,见哥哥的终身大事一直没有解决,都表现得很积极。先是大妹往家带回来女同学,接着二妹也把女同事往家里带,现在轮到了三妹。这些女孩子一个比一个年轻,排队赶场似的。而这些女孩子的职业也是五花八门,有模特、记者、演员,也有律师、教师和医生,真可谓是各行各业。可余家兴一律客客气气地对待人家,过后就了无音信,再无后续。时间久了,弄得一家人都很紧张,生怕他的身体有什么问题。

立潮人

其实，并不是这些女孩子不够优秀，也不是余家兴太挑剔，只是这些年来，他的心里始终有一个人的影子，她的一颦一笑、举手投足，那份善良的心地，仿佛铭刻在他的心上，无人可以相媲美。他总是用这个标准作为择偶的标尺去寻找，可这世界上哪有两片相同的叶子，岁月又怎么可能停留在曾经那片风景？

看见哥哥回来，三妹表现得比平时更加主动热情，赶紧迎上来，边走边指着沙发上的一个女孩子向余家兴介绍，说是她的同学，在审计局做会计工作，名叫林梦。

女孩剪着短发，看上去文静秀气，浅笑时一对笑窝分外迷人。看到余家兴进门，她主动起身迎接，丝毫没有羞涩做作之感，反显得落落大方。母亲刚好招呼大家吃饭，几人便跟了过去。女孩子帮着拿碗、拿筷，忙碌了一阵子才坐下。母亲给林梦夹菜，林梦小口吃着。或许是三妹和家里人有意安排，林梦就坐在余家兴旁边，偶尔小声和他说一句话，倒好像很热络。

大家有一句没一句地聊着天，不知不觉就聊到了城市环境污染和企业管理问题。这些社会问题，一般的女孩子很少关心，可没想到这林梦看上去年龄不大，却见多识广。毕竟是搞经济工作的，加上在政府部门工作多年，说话知轻重，懂分寸，对于一些观点有条有理，因此，说起来头头是道。她说："污染问题实际上是源头问题，源头不止住，后面的就跟不上。多数企业实际上都抱着观望的态度和侥幸心理。为什么现在国家投入那么多人力、物力治理环境问题，可有的企业依然敢顶风作案？找到这个问题的症结，才能找到源头。"

听到她的话，余家兴这才仔细地看了她一眼。女孩长得柳眉细眼，鼻子高高的，皮肤白里透红，就连几个指尖也是粉红粉红的，额角上有一颗小痣，说话的时候，往往喜欢扬一下头，有一种漫不经心的清高，反而十分衬托她的气质。再看她那一身白裙子，是20世纪80年代流行的风格，虽然不够时尚，穿在她的身上却是恰到好处——那是整个社会正在风靡的琼瑶式风格，而在她身上让人忍不住联想到《一帘幽梦》的女主角。

吃过晚饭后，三妹热情地拉余家兴一起看电影。余家兴拒绝了，说单位上还有事情，要回去处理。三妹不高兴，说："你看，电影票都买好了，你不去岂不是浪费？"说着，把电影票在他面前扬了扬。看到林梦也正看着自己，余家兴不得不答应，怕扫了三妹的兴致。

看完电影，在三妹的陪同下，他们一起把林梦送到家。余家兴刚刚回到自己的家，母亲的电话就跟过来了。母亲在电话里大呼小叫："儿子啊，这个女孩我可是最看得上的，特别满意，你可一定要珍惜呀。"

没等母亲说完，余家兴就把电话挂了，空寂的屋子里再一次陷入无边的寂静。

七

张倩在超市里转了一圈，其实并没有什么可买的。以前整天忙着工作，苦于没有时间，她几乎很少上街。现在，辉辉去了学校，而肖飞因为办画展的事，又忙于创作，闲下来的便是张倩。哪怕是买一盒牛奶，也会逛完三个超市，反复比较，哪怕是同一个牌子，也要比价格；价格相同了，还要比分量，实际上都差不多，最后她才总结出来，她比的不是价格和质量，而是为了消磨时间。

张倩从超市里出来，漫步走在大街上，刚好遇到以前同在厂里的一位大姐。这位大姐暂时还没有找到事情做，在家里闷得慌，看见张倩，就拉着她硬说要到公园里走一走。张倩看了看时间，接辉辉的时间还早，自己也无聊，便陪着大姐一起到公园散步。

两人边走边说着话。也许是因为说到了下岗的事，触动了大姐的心事，她情绪突然有点激动，拉着张倩的手说："人的命运啊，真是由不得自己，就说我吧，以前在我们那条街上，我还算长得漂亮的，当时，我有一个相好的，本来都要结婚了，又有人介绍，我就认识了现在的男人。说实话，这男人我根本看不上他呀，也说不上是哪儿看不上，反正没有好感，可能是心里本来就装了人，当然就装不下他了。"

"那怎么后来又嫁给他了呢？"张倩听了她的故事，便随口问道。没想到这随便一问，竟惹出了大姐一把辛酸泪。

"还不是为了那份工作？"大姐叹了一口气，往下说，"我原来那相好的是个农民，不过也是个高中生呢，可这个男人呢，他在电力部门工作。当时的'电老虎'可了不得，全市人民的电灯能不能亮，他们说了算。再说，他跟我妈保证，只要我嫁给他，他就给我安排工作，也就是现在这个轧钢厂。那也是国营工厂，这一带的电路都归他负责，安排一个人进去工作是轻而易举的事。我妈一听，就被他说动了，逼着我非要我嫁给他。因为我下面还有个弟弟，我妈想着只要我嫁给他，我弟弟以后工作就没问题，一举两得。"

"那也是好事情啊。"张倩说。她是设身处地地站在大姐的角度考虑，在当时的环境下，或许真是一条可选择的路子，或者说是她母亲的选择也是可以理解的呀。

"好啥呀。"大姐急了，抢着往下说，"人算不如天算，你说我这命有多苦啊，我嫁给他，他也确实给我安排了这份工作，可是第二年，我刚刚怀孕，他们到野外做高空作业，我男人就从电线杆子上摔了下来，摔坏了脊椎，下半身莫名其妙瘫痪了，一辈子只能坐在轮椅上。我弟的工作也没有办法解决了，我当时就想离开他，本来当初就没多少感情，当时摔成那样，我总不能守着一个残疾人过一辈子吧。可是他们单位的人找到我，说他这是工伤，除非是服侍他，不服侍的话，那工伤的赔款我就没份儿，而且他非要我把孩子生下来。我想生就生吧，只能这样了。"

大姐说到这里，眼泪就下来了。她抹着眼泪继续往下说："女人啊，生了孩子，命就完全拴牢在家里了。我也没想到当初为了工作，把自己一辈子贴进去了，现在又遇上下岗，工作没了，你说我还能去怪我妈吗？这辈子就这样糊里糊涂地搭进去了。"

张倩看大姐哭得伤心，从包里摸出纸巾递给大姐。大姐把那纸揉成团，捏在手心里，说："你是个贴心的人，我就跟你说实话吧，你知道我最伤心的是什么吗？前几天我回老家了一趟，看见我原来那相好的，人家原来是农民，可现在在村子里办起了养鸡场，生意做得可红火了，家里开着微型车，还盖起了小洋房。他听说了我的事，二话没说，直接找到我家里，硬塞给我一摞钱。我数了数，我的妈呀，整整4000块钱啊，他还让我要是想找活儿干的话，就去找他。你想我哪能啊，当初对不住人家，现在又去找人家，那怎么行？我只能认命了。我现在最气的是什么，气的就是我的命生来就是苦命。"

大姐边说边哭，把张倩也弄得心里不好受，一边走一边安慰大姐。不知不觉就到了该接辉辉的时间，张倩才和大姐告别而去。路上，张倩回想着大姐说的话，不禁对人生产生感叹。这世间谁又能主宰自己的命运呢？不都是阴差阳错、跌跌撞撞？就像这位大姐，从一开始的不情愿，一步步，越走越深，如今半辈子过去了，应该也没有多少想法了。可是身为局外人，为她想想又确实是悲苦和委屈。

张倩从小就有写日记的习惯，那是父亲传给她的好习惯，实际上这么多年她自己坚持下来以后也发现，写日记是倾诉的最好方式。张倩回到家的时候，就把大姐的故事写在了日记本上，写完后又加上了自己的评论和看法。

张倩有了大把的时间挥霍，一个人在家的时候，她便时常出门走走，偶尔也会在公园里遇到以前一起工作的姐妹。大家坐在一起聊天，会听到许多新鲜事。许多姐妹也会说出自己的心声。这些下岗女工的故事，各人有各人的经历，各人有各人的酸甜苦辣。还有一部分下岗女工已经找到了新的工作，开始了新的生活。她们对于人生所持有的乐观态度，无形中又激励和感染着张倩。张倩也会迫不及待地把这些故事记录在日记本上。

这样过了一月，一天晚上，张倩打开日记本，在看到那位大姐的故事时，心里突然有所触动。为什么不把大姐的故事写成一部小说呢？目前全国有千千万万的下岗姐妹，当她们看到这部小说的时候，一定会在小说里找到共鸣。

作了这个决定后，张倩开始有意识地阅读一些文学作品，有时候她也会特意跑回去找父亲聊天，听一听父亲对于文学创作的看法。就这样，张倩很快就获得了灵感，而那些真实的下岗女工的故事，又为她提供了一个

立潮人

个精彩的创作素材。

一个月后,在父亲的推荐下,张倩的小说在一本文学刊物上发表了,很快得到了极大的反响。她从小受父亲感染,具有较深的创作基础,加上这些年来看了大量的文学书籍,创作起来毫不费力,这更鼓舞了她继续创作的信心。

在张倩潜心写作的日子里,世界继续运转,日子如车轮般滚滚向前。张倩也似触及命运的机关,当上帝关上了她的一扇门,却为她打开了另外一扇窗。

八

任何事物有好的一面,就有不好的一面。

尽管张迁的提议听起来很具诱惑力,但条件也很苛刻。首先,厂里原来库存的原材料和机器设备好多都必须淘汰掉,这对于一个小厂来说,几乎等于将他们全部的家当倾囊而出。而且,之前的员工也会经过考核淘汰一部分,管理模式也将随之发生改变。因此,此消息一出,许多员工陷入了莫名的恐慌之中,生怕自己在这次竞争中被淘汰。若是幸运地被留下,却又担心不能适应新的管理方法。还有一部分员工是陈红梅多年的姊妹,于情于理,陈红梅都有些不舍。

但是,对于张迁的建议和思路,陈红梅不得不承认,符合工厂的发展。确实,若想办一个一流的工厂,就要有一流的设备、一流的管理经验和一流的工人,这是相辅相成的,就像一条生产流水线,如果一个环节出了问题,就有可能导致整个生产线的失败。

"那工人能不能由我自己来挑选?"陈红梅在电话里最后争取着。

"不行。"她话还没说完,就被张迁制止了。他已经看穿了陈红梅的心思。"你想把你那些七大姑八大姨都弄在厂里养着,你想好了,我们办的工厂不是福利院，更不是托管所。工厂是一辆奔跑的汽车，每一个零件都得运转，为核心服务，我们没有义务为一些失效的零件浪费资源和消耗时间。"

阻力最大的还是大海。有时候他真后悔，觉得是自己把老婆惯坏了，她才这么任性。对于大海来说，一个小布鞋厂能发展到今天已经非常不容易了。看看吧，每天上百名工人出入工厂，整齐的着装，严格的纪律，都营造着欣欣向荣的局面。每天上千双的鞋子被5辆大卡车运送往全国各地，还有什么不满意的？大海的担心也有他的道理。把自己的工厂作为股份入股别人的工厂，这不就是等于把自己的肉送到别人的盘子里？再说，这个工厂可是他们夫妻多年的心血，如果投进去，万一有个闪失，岂不是血本无归？

大海几乎使出了十八般武艺，又是拍桌子又是扔板凳，嚷了一个下午。洋洋坐在母亲的腿上，瞪着一双惊恐的眼睛看着几乎陌生的父亲，想努力从父母的争执中分辨出是非。陈红梅看大海的气出得差不多了，语重心长地说："这是你的心血，难道不是我的心血吗？这个工厂就是我们的孩子。我们把它从一个小厂一步步培育壮大，当它足够成熟和强大的时候，你难道还想将它永远留在身边，而限制它的发展和壮大？只有放手让它走出去，走到更广阔的天地它才能长大，才能独立闯出一片天地。"

大海没话说了，只怔怔地看着陈红梅，不知道她心里在打什么主意。陈红梅接着往下说："关于《公司法》，我这段时间一直在看，而且，入股的合同我也看过了，这些都是有法律保护的。人造革的皮鞋是可以卖钱，应付过日子没有问题，可你生产得再多，消费群体永远是底层的人，这就注定我们永远创造不出自己的品牌。能入股，我们等于是踏上了他们的特快列车，要节省多少精力、多少时间你想过没有？就像一个人，要到一个地方，你说他是走路快还是坐飞机快？那是没有可比性的。"

"好，陈红梅，既然你打定了主意，我也拦不住你，工厂最初是你办的，我认了，你有说话的权利。我现在可把实话、丑话说在前面，你这样一来二去地折腾，万一有个闪失，我们这个家就完了。我告诉你，我带洋洋走，剩下的日子你爱怎么过就怎么过，我不干涉你。"大海说着，抱过

立潮人

洋洋就夺门而去。留下陈红梅一个人坐在沙发上，看着一杯微微晃动的茶水发呆。

第二天，陈红梅来到工厂，看着一件件新的产品，每一个环节都凝聚着他们夫妻多年的汗水。人生的每一次变动，总是会让人产生无限的怅惘。走过的路只属于过去，而未来的路上却有太多的未知。她仿佛看见自己第一次走进社办鞋厂时候的样子，那个17岁的少女，还有秦师傅亲切的教诲。当时的她，心中怀着多么单纯又美好的愿望。那时，她仅仅只是希望能做出一双成功的布鞋。多少经历和坎坷，在她的心里汇成了一股激荡的暖流。最终她咬紧牙关，想起自己曾经说过的一句话：不去尝试怎么知道结果？她相信时间会给予她最好的回答。

签订下合同后，很快，工厂就按照计划开始实行改造。这时候陈红梅才意识到，原来张迁还有一套精密的计划书，整个工厂的设计都在里面。按照这个设计，工程的推进比想象中要快得多，也顺畅得多。很快，整个工厂的模样就有了深圳鞋厂的雏形和模式。

然而，正如之前所担心的，在员工的裁减上还是出现了很大的阻力，很多员工纷纷落选。此次，技术员挑选的多是年轻的学生，而之前手工比较扎实的工人，甚至可以说是工厂的顶梁柱，也大部分落选，这实在出乎陈红梅的预料。

她只能在办公楼堵住技术员问个究竟。年轻的技术员回答她："年纪大的，劳动力跟不上。我们不需要技术，只需要她有一双灵巧的手和一个灵活的脑子就可以，剩下的交给下一步的员工培训和即将到来的现代化机器设备来完成。"

落选的工人怨声载道，在背后骂陈红梅没良心，经常堵在她家门口，要找她讨个说法。陈红梅深感愧对她们。此时，下岗的阵痛正在社会上发酵。思前想后，她最终只能每人补发半年的工资，这件事才稍稍平息。

一个月后，在大家的共同努力下，鞋厂顺利生产出了第一双高跟鞋。做工精美的高跟鞋由世界顶尖的专业设计师亲自设计，用纯羊皮打造，经过98道工序，款式和花样既体现时尚潮流，又贴合人性化设计，柔软舒适的造型，全新的外观，很快入选了上海时装周。

一个月后，陈红梅收到了行业协会的通知，让她到上海参加上海时装周的鞋子秀。这对于一个制鞋业的人来说，无疑是至高的荣誉。

几天之后，陈红梅带着这双鞋子踏上了新的旅程，人生也随之打开了新的篇章。

九

穿上暗蓝色滚了云雾花边、具有民族风格的工作服，系上象征性的小围腰，帽子实际上是一块彩色头巾，用黑别针固定在头发上，张倩站直身子，对着更衣室的大镜子，认认真真地看了看自己。原来，脱下劳动布，穿上这身餐厅服务员的工作服，一个人的身份就改变了。

她看着镜子里的自己，感觉有点陌生。30多岁的女人，就像秋天枝头上挂着的饱满果实，正是长得红艳艳的时候。皮肤还是那么细腻光滑，比姑娘家的时候稍稍胖了一点，准确来说不是胖，应该说是丰满了一些，使她的轮廓更加饱满。或许这就是女人和少女的区别，褪去了少女的青涩，有了成熟女人的韵味。她又掏出随身带的口红，补了下唇色。气色看上去不错，她的脸上露出一个满意的微笑。

走到更衣室外，她停了一下，环顾四周。巨大的餐厅，装修风格真够上档次的，所有墙面都是用红木打造，富丽堂皇中透着优雅和别致，豪华的复古顶灯在大厅里绽放着异样的光芒。难怪说这是本市最豪华的五星级酒店。要不是因为打工，她可能一辈子都没有机会踏进来。当然，她看中这里，并不是因为它奢华，而是在这里打工有一份可观的收入，可以让她应付目前囊中羞涩的日子。

她正在出神，听到有人喊她。在这里，张倩没有名字，她的名字被一串数字号码所代替，而她的工作，也就是服务好相应代号的餐桌。

稿费毕竟只是杯水车薪，解决不了日常的生活开支，除了晚上写稿外，她必须再找到一份可以应付日常生活开销的工作。这份工作是她原来一位同事介绍的。考虑到辉辉还小，张倩也觉得自己正当年，在家里闲着也是浪费时间，便来了。

"6号！6号！"厨师扯着嗓子喊道。别看餐厅里整洁舒适，一派奢华，后面的操作间里却是没有硝烟的战场。说话声、炒菜声、火炉冒出的呼呼声、刀撞击砧板的声音、脚步声……这种嘈杂的场面让她头晕目眩。张倩端起一盘清蒸鲫鱼，急急忙忙走出来，长长地舒了一口气，几乎没思考，就把这盘菜放到了9号桌上。

过了几分钟，餐厅经理便在那边大声喊："9号，9号，哪来的清蒸鲫鱼？"张倩一头雾水，跟在餐厅经理身后去察看现场，这才发现刚才空着的包厢里坐满了人，亮晶晶的高脚杯里已经斟满了红酒，而那条鱼正张着嘴巴孤零零地躺在盘子里。张倩红着脸，实在想不出自己错在哪里，只是本能地伸手想把这盘鱼端走。餐厅经理阴着脸教训道："怎么搞的？别整天昏昏沉沉刚睡醒的样子，出来打工就得拿出点精气神，你现在端回去准备放哪里？"张倩愣了愣，她确实没想好这莫名其妙的鱼应该放在哪里。

就在这时，一位客人走了过来，把鱼接过去，放在餐桌上，对餐厅经理说："这鱼是我要的。"

听出这声音熟悉，张倩惊讶地抬起头来，发现竟然是余家兴。餐厅经理马上换了笑脸，对余家兴客气地说："不好意思，不好意思，我不知道是您点的。"

余家兴转头对张倩说："没事了，你去忙吧。"

没想到会在这样的情况下遇见，张倩来不及多想，只觉得如释重负，赶紧溜出包厢，心里一遍遍自责，那么简单的事情都做不好，怎么总是出错？错在哪里甚至都想不明白。

就在她走过6号包厢的时候，一个女人刚好探出头来，看到有服务员，就扯着嗓子吼道："我们点的清蒸鲫鱼怎么还不上？"

张倩一拍脑袋，想起来了。唉，这记性。

服务员要等餐厅里的客人全部走完才可以下班。到了下班时间，已经是夜幕时分，虽然看上去没做什么大事，但身体累得脱了力。在这里，她找不到归属感，但又需要这份工作。

张倩赶紧换回了自己的衣服，又朝镜子里看了看——依旧还是那个小市民的形象，熟悉的自己又回到了现实中来。

她拖着疲倦的身子，融入了夜色。刚走出几步，就听到身后一个声音传来。她转头一看，原来是余家兴，他没有走，一直等在那里。张倩无奈地笑了笑，想要解释，可似乎也没什么可解释的。还是余家兴先开了口："你怎么会在这里工作？"

"不是响应政府的号召吗？下岗啦，总得找口饭吃吧。"

"哦，那你怎么也不告诉我？我不知道你下岗的事，这两年工作实在太忙，好长时间没和同学联系了。"余家兴慌忙解释着，并加快脚步跟了上来，和她并排走着。

"又不是什么好事，用不着满世界宣传。"她无奈地笑了笑，接着说，"今天让你看笑话了。我来了刚好一个星期，还是找不到北，老是做错事，真够笨的。"

"你本来就不适合做这样的工作。"他说。

"适合？世界可从来不跟你讲道理，能有这样的工作已经不容易了。你以为我还能一辈子坐在办公室搞那些过期的宣传？"她的语气硬硬的——不是要冲他发火，只是心里憋得慌，哪管得了他是谁。

"你还就适合坐办公室，写写画画是你的强项，端盘子你确实弱了点。"他放平声音说道，根本不在乎她有没有听。

路过天桥，张倩抬起脚往上走，余家兴跟了上去。张倩趴在栏杆上，瞪着一双无神的眼睛看着下面如银河的车流。说实话，她确实很累，要是能够逃离这个充满烟火世俗的人间，那该多好。

"我适合干什么，我自己也不知道。世界这么大，能有个位置站着就行，还有什么资格挑三拣四的。"她用手撑着栏杆，想把头伸出天桥去看下面的车河。

这个危险的动作把余家兴吓了一跳。他忙伸手抓住她，嘴里喊："小心啊，危险。"

他扶住她，她稳稳地落在地上，抬起头来看着他，两人目光相遇，竟

立潮人

有一瞬间的恍惚。

"日子过得真快啊。"他说。其实，他想说的有很多，只是到了嘴边，却不知道该拣哪句说了。

"回家吧。"张倩转身就走，走了几步，又回头对余家兴挥了挥手。余家兴站在桥上，目送着张倩离去。他知道她现在有困难，心想，是不是应该把他当初欠她的钱还给她。不，他摇了摇头，他想继续欠着她，欠着的话，就好像他们之间还有联系；还清了，就什么都没有了。多少年来，始终浮动在心灵上的那个身影，在路灯暗黄色的光影中又清晰起来。

十

对于每一位艺术家来说，都希望自己辛苦创作的作品能得到展示和认可。同样，对于肖飞来说，能办一个画展也是他一生的梦想。

张倩能够理解，对于办画展这个梦想，已经在肖飞心里酝酿了多年。可如今，这件事对这个家庭来说，实在是有些无能为力。可看着他兴致勃勃的样子，作为妻子，她只能全力配合。自从有了这个计划，肖飞的生活似乎变得丰富多彩起来，他开始把自己这些年的作品进行精挑细选，又送到装裱店去装裱，而那些相框用的基本都是最好的原木框，这导致家里的经济情况每况愈下，不得不精打细算起来。

当那些相框渐渐地把家里的整间卧室挤满的时候，距离画展的日子也越来越近了。

既然是人生最大的梦想，而且又是好不容易办一次，就得有间像样的展示空间。于是，肖飞看了许多地方，要么太大，要么太小，要么就是房租太贵。还好一个在报社做美编的朋友介绍了一个地方，就在他们报社的楼下，原来是报社的会议室，现在搁置了，而且都是文化系统的人，不必付房租。肖飞听了，兴致勃勃地去看，回来告诉张倩："大小倒挺合适，就是墙面老化严重，部分石灰已经脱落，露出了水泥墙面。"

既然是免费给自己用，那粉个墙面应该也花不了几个钱。肖飞就去建筑工地找来一名粉刷师傅，10块钱一平米。肖飞一听，觉得划算，就买了几桶白色涂料，请师傅给粉刷了一遍。到了付钱的时候才知道，每平米是按照四面和顶面分开来算的，肖飞因为不懂泥水活儿，只预算了其中一面墙，不知不觉又花去了一大笔钱。

墙面粉刷好了，屋子中间总不能空着吧，多少得有个摆设，于是他又考虑买张茶桌。若是朋友来了，总得有个喝茶的地方，应该备张茶桌。茶桌是最讲究的，普通原木材料的倒是便宜，就是不够上档次。他又到木材市场转了两天，选中了一张红花梨木的，配上6个木桩一样的凳子。桌子是上等货，那凳子的价格也不便宜，这套家伙拉到家，家里基本就亏空了。他又寻思还得放一套茶具，茶具当然也不能掉了档次，就又选了一套紫陶，价钱也是令人咂舌。

经过这一番折腾，原来空空的屋子也出了点模样，肖飞心里多少有了几分安慰。他盘算了一番，若他的画卖出去了，好歹还能收回来一些，这钱就花得不冤枉。

忙完了这一切，他总算松了一口气。现在两口子面对面坐下来，一盘算，发现这个家那么经不起折腾，积攒了多年，稍微这么一活动，就全折腾光了。肖飞心里有些后悔，怪自己一时冲动。可文化界名流都已经通知了，大家都热情高呼着到那天定要过来聚一聚，买两张好画收藏着，他心里便又觉得有了希望和力量。

好不容易挨到画展的前两天，他又想起夫妻俩都还没准备一套像样的衣服，迎宾时得用，于是又到商场转了转。那段时间不逢年过节，打折后的都不便宜，不打折的他连看都不敢看了。

就这样战战兢兢地筹备，好不容易到了画展的那一天。夫妻俩早早来到展厅门口。看看四周，还一个人都没有，夫妻俩以为是时间看错了，又仔细看，时间是对的呀，可能是自己来早了，就先到里面坐着等吧。

"你不是说你好多文化界的朋友都要来吗？怎么到现在都还没看见？"张倩沉不住气了，看了看大门外，眨巴着眼睛问肖飞。

立潮人

"他们是说要来的呀，而且，我都说不用那么客气，他们还说一定要来。放心吧，放心吧，还早呢。"肖飞不耐烦了，挥着手回答。于是，夫妻俩泡好了茶水，继续等待。

又过了半个小时，陆陆续续来了几个朋友，都是平日里和肖飞关系比较好的。到了以后，某某又说要回家看母亲，某某要带老婆去看病，总之都是有急事需要处理。托人来道贺顺便请假的，都有堂而皇之的理由。也就一个画展，对当事人来说是毕生大事，但对旁人来说不过是凑个热闹。更何况小城市绘画界这个圈子，表面看一个个和气生财，内地里也是相互嫌忌得很，总觉得自己要比对方强很多。

夫妻俩虽然嘴上没说，但心里是明白了。到了关键时刻，才看清楚人心难测，平日里嚷得最响的，到了要紧时候却是跑得最快的，不到今天还真看不出来。说真的，这些年肖飞在市里混得还不错，也算小有名气，偶尔出门，身边还会围一群崇拜者，口口声声地还为他竖大拇指，说要死心塌地认他做老师，这些人上到白发苍苍，下到中小学生。更何况，肖飞在文化馆工作，对那些热爱绘画的人他也帮过不少忙。可他压根儿没想到事情会到这一步。这些人突然来了个闪身，散开了，肖飞被赤裸裸地摔在地上，挨了一记重重的耳光。

既然排场都拉开了，那也只能硬着头皮办下去。来了的几位朋友放了鞭炮，那鞭炮声稀稀拉拉，肖飞的脸上红一阵白一阵，实在有些扛不住。来的几个人又大声小声地赞美几句，这赞美声平日里听起来很动听，可这一刻，听起来就很不舒服，好像挖苦一样。但人家好歹来了，总比那些不来还口口声声说是朋友的人要强得多。肖飞心里就跟和面团似的，早被揉来揉去，揉成一团糟了。

大家喝了一会儿茶，又来了两三个人，场面渐渐热闹了一些。有人嚷着要买两张画。肖飞是性情中人，一高兴就容易忘本，来捧场就不错了，哪还能收人家的钱，画一定要送，就算作个纪念，反正也不值几个钱，于是贴本的买卖就做得没法收场了。

好不容易熬到了中午，来的人纷纷散去，偌大的房间里就剩下了两口子，黑眼瞪着白眼。张倩急得泪水都快出来了，对着肖飞喊："这个月的工资都提前花了，往后的日子怎么过？"

　　肖飞垂着头，他那做了多年的艺术梦终于实现了，却像注水的气球一般，一戳就破，这种虚幻的美丽教会了他认清生活。有人说得对，艺术，永远凌驾于生活之上。

PART 8　　　大寒

大寒

一

"妈,你怎么又给我介绍对象?我可不去啊。"杨维维生气地对着母亲嚷。若是换成其他人,她早就翻脸了。

"那怎么行?我跟你说,这次你去也得去,不去也得去。这是你方阿姨给介绍的,我都已经答应人家了,你不去我怎么办?"母亲愁眉不展地反驳。方阿姨是母亲的老姐妹,一聊起来就天花乱坠,对杨维维的婚姻大事没少张罗。杨维维向来最烦她。

"不去!不去!要去你去。"杨维维没好气地回答。

"就去看一看嘛,人家是民政部门的一个领导,年轻有为,条件好着呢。再说了,你年纪也不小了,再这样拖下去,合适的人家都找不到了。"母亲语气柔和了很多。她担心女儿犯起混来,她还真没办法。

杨维维不说话,背起包就出了家门。那门关得重,走了很远还能听到门的回声。在这个问题上,她实在不想和母亲多纠结。

可是两天后,母亲又准时出现在了诊所,一直到关门时间,都丝毫没有离开的意思。看来这次母亲是铁了心,一定要把她带走了。

"你这是胁迫,你不知道婚姻自由吗?"杨维维对母亲提出强烈抗议。

"胁迫就胁迫,你还去告我不成?我押自己闺女犯法,那把我关起来吧。"母亲不和她讲道理了,治自己的女儿,母亲也有法宝。

"好吧,好吧。"杨维维勉强答应着,只能跟母亲走。

"你好歹换身衣服呀。"母亲看了看她那身衣服,估计穿好几年了,白衣服都洗得发黄了,哪有年轻女孩子的样子。

"有什么好换的,又不是看衣服,人家是看人。他要是喜欢看衣服,让他到商场去。"杨维维回答得理直气壮。母亲拗不过她,只得和她一起

立潮人

往外走。

自从回到这个城市以后,杨维维被母亲押着相亲已经不是第一回了,开始的时候她还有那么一点点羞涩和紧迫感,去了几次之后,就当是蹭饭,无所谓,该吃吃,该喝喝,吃完喝完走人,好像目的就不是去相亲,就是陪母亲吃一餐饭而已,有时候回来后对方长什么样子都没记住。也难怪,就她那大大咧咧、一副没心没肺的样子,对方也看不惯,一餐饭后基本就烟消云散了。

饭局被安排在一个小餐厅里,中西合璧的小餐厅还蛮有情调。杨维维和母亲到的时候,对方已经在等了。母亲不好意思地向对方解释,说是诊所人多,耽搁了。方阿姨见了她们,满脸堆笑地迎了过来。杨维维挨在母亲身边坐下,抬眼看了看一桌子的好酒好菜,倒是很满意。这段时间工作太忙,她好几天没有放开肚子吃一顿了,先吃饱了再说,算是犒劳犒劳自己。

方阿姨热情地作介绍,说对方叫孙绍东,在民政局工作,大学毕业,又把人家的生辰八字给说了一遍。方阿姨嘴巴快,之前就把对方家底扒了个底朝天,现在巴不得把对方的家庭背景和经济收入一股脑全说了。杨维维觉得好笑,抬起头来看。对方倒是淡定,无所谓的表情,好像方阿姨介绍的不是他,是另外一个不相干的人。

杨维维暗自发笑,没想到方阿姨话锋一转,就说到了杨维维。方阿姨说话极为夸张,用了很多修辞手法,那文采,不去写小说都是浪费人才。她把杨维维夸得跟天仙似的,又是什么医学院毕业,开了诊所,性格温顺,温柔体贴,说得杨维维自己都不认识自己了。她猛然发现,在刚才方阿姨的介绍过程中,对方也是承受了许多压力吧,便抬头去看对方,发现对方也正在看她,眼中还有一丝得意的笑,好像方阿姨如此介绍实在解恨。

两位老人聊得热火朝天,过多的形容词和夸张的修辞手法把两个初次认识的人说得简直是天造地设的一对。吃饭的时候,杨维维看了对方一眼,对方也刚好看她,两人不约而同露出一个苦笑,表示理解,便端起酒杯摇了摇,算是敬过对方。这酒敬的是对方的那份淡定和从容,敬的是对方那一副视死如归、事不关己的表情。

吃过饭后,两位老人不由分说硬逼两人出去走走,还交代孙绍东一定要送杨维维回家。两人只好配合,并排出了门,往同一个方向走。

他们计划过了街口就各走各的。走了几步后,孙绍东大大松了一口气,感叹说:"终于解放了。"

"见个面至于这么勉强吗?"杨维维反而轻松起来,有意和对方抬杠。

"我一看就知道你是不情愿来,我也是。这些年,我不急,我父母急,好像不结婚有什么问题似的。"孙绍东边走边诉苦,看来也是被压迫惯了。杨维维当然清楚,哈哈笑了两声。原来,比自己惨的还大有人在。她说:"在这点上我是深有体会,对我母亲来说,对象条件如何她无所谓,婚姻能维持多长时间,她也无所谓,关键就是奔着结婚就行,好像结了婚就有个交代了。"

"家里的老人都一样,说实话,30岁以前,我也着急过,30岁以后,我就无所谓了。"孙绍东诚实地说。

"说心里话,难道你就真不想结婚?"杨维维反问。

"想啊,我俩相亲,我就是为了结婚,可我不想谈恋爱,只想结婚,结了婚,好歹给身边的人有个交代,可现在的女孩子哪能不谈恋爱,不仅谈,还得反复考验你,怕你不真心,怕你不勤快,怕你懒惰,怕你没本事,怕你不疼她、不宠她。"孙绍东说着,两只手插进裤子口袋里,抬头看着天空,一脸无辜受挫的表情。

想了一会儿,他接着说:"她们想在恋爱里找到婚姻的感觉,可是我不懂得如何逗女孩子开心,如何向她们表明我对爱情的忠诚。要是谈一次就动心一次的话,我早就心肌劳损了。"

杨维维被他的幽默逗乐了,边笑边无奈地摇头。不得不说,她同意孙绍东的看法。说实话,孙绍东所说的每一句话,似乎都正中她的要害。但在感情上受过伤的人,都会害怕情感的再次付出,所以,她把自己藏得很深。

"我也不想谈恋爱,爱不动了,爱累了,爱怕了,爱一次,伤筋动骨

立潮人

一百天，贴跌打止痛膏都无法痊愈。如果可以，我就直接结婚。理由很简单，就是给身边人一个交代。"杨维维老老实实地说出心里话。

"那要不我们结婚怎么样？我们结了婚，就都有了交代了。"孙绍东来了主意，看着杨维维，一脸真诚地询问她的意见，好像两人讨论的不是什么人生大事，而是一场游戏。

"确实是个好主意。"杨维维大笑起来。她没有当回事，只是觉得，你喜欢开玩笑，那我就当是陪你乐一乐。

二

在去往县城工业园区的途中，余家兴摇下车窗，不经意地注视着窗外。车上坐着的是秘书，还有一个是报社记者。报社针对工业污染问题对他进行了一个专访，专访结束后，顺路送记者到报社，余家兴随即往窗外瞟了一眼，看到了那间装修整洁的会议室，上面悬挂着红色的布标，布标上很醒目地写着：著名画家肖飞个人画展。

余家兴坐直了身子。从宽敞的会议室门洞里，刚好看到肖飞一个人孤零零地坐在屋子中间。

余家兴问记者："那是怎么回事？"

记者沿着余家兴手指的方向看了看，介绍说："文化馆的一位画家，在这边借场地办画展，只不过好像现在的人对于艺术没有那么大的追求，我看展了几天，也没卖出去几张画。"

记者一声叹息，又说："现在的艺术家，除非有了相当大的名气，否则，想让别人掏钱来买你的作品，哪那么容易。"

旁边的秘书此时也接了话："像我们这种小地方，艺术很难定价，有的是无价，有的是人情，卖一百块钱，卖的人觉得亏，卖一千块钱，买的人觉得亏，唉。"秘书长长的一声叹息终止了这个话题。

余家兴笑了笑，没再说话。等记者下了车，车子掉头走了。

过了两天，余家兴受邀到工业园区参加一个企业落成典礼。那天到会的都是市里相关部门的主要领导。吃过饭后，一身西服的企业老总陪着余家兴参观厂区建设。这幢办公楼虽然不高，但是占地面积大，远看像一只盘踞的雄狮。老总特意带余家兴到5楼参观，介绍说，想在这里办一个供职工休闲娱乐的文化空间，提升企业档次，打造企业文化形象。房子中间有一条长长的走廊，铺着大红色的地毯，显得大气典雅，两边花盆里的绿植长得郁郁葱葱，为空间增色不少。这位老总原来是某单位的一名领导，后来辞职下海经商，没想到下了海后，如鱼得水，没几年企业就逐步做大。毕竟是有文化、有胆识的人，比较注重企业文化建设，算得上比较有文化和内涵。厂区还特意设了棋牌室、茶室、工艺室、图书室等，供职工休息活动。

走着走着，余家兴突然停下了步子。他对老总说："你看走道挺宽敞，看上去又气派，其实可以将其打造成一个文化长廊，只是还缺少点什么。"听了余家兴的话，老总停下脚步，环视四周，一时间说不上缺什么。余家兴停下脚步，思考了一会儿，便指着走道说："你看这树和地板倒是挺搭配的，就是白色的墙壁太空了，应该弄点什么来搭配一下，提升点档次。"

"对，你说得对，就是还缺点什么呢？"老板拍着脑门思索。

余家兴灵机一动。说："对了，我想起来了，应该弄几幅画来挂上，一定要有点档次的作品，最好是绘画原作，仿制品太失真就没意思了。如果有好一些的绘画作品来增姿添色，空间的文化档次一下子就上去了。"

话没说完，老总就伸出了大拇指，连声赞叹："高见！高见！确实是高见！我早就觉得这墙上应该配点什么，只是一直没想好。还是你有眼光，只是这画应该选择什么呢？你给出出主意。"

余家兴便说："我前几天从报社经过，看到那里在办一个画展，听说那个叫肖飞的画家，作品在我们市里还算小有名气，而且又是我们本地人，挂他的作品，既宣传了个人，也支持了地方文化建设，是一举两得。我提醒你呀，还是应该过去参观一下，挑上几幅回来挂上。"

立潮人

"哦，这不是现成的吗？"老总一听，正合心意，高兴得又连连竖起大拇指，当场就安排身边的秘书，让他到报社去看一看，把画买回来，把空间给布置好。

之前在工厂上班，每天在办公室里坐着，偶尔写写画画，对张倩来说是比较轻松的活儿，现在就不同了，在餐厅里，每天跑上跑下，单是从工作间到餐厅一小段路，每天都要跑上百回。下了班，张倩感觉自己的小腿肿得厉害，回到家里，懒得动手，随便煮了个小白菜，又搭上超市买回来的凉菜，就让辉辉过来吃。辉辉毕竟是小孩子，过来看了看，没有食欲，一脸委屈地对着妈妈摇了摇头，说："妈妈，我不想再吃这个小白菜了，已经吃了好几天了，我想吃番茄鸡蛋汤。"

"哦，要不明天妈妈再给你做？你看今天小白菜都煮好了，就先将就着吃吧。"张倩对儿子说，心里满是歉意。儿子只好不情愿地端起小碗，勉强吃了两口，就把碗推向一边，低头写作业去了。张倩担心儿子营养跟不上，让辉辉再吃一点，辉辉死活不肯配合。

正在这个时候，门开了。身穿西服的肖飞踏进了家门，手里提着一袋快餐盒，高兴地喊着辉辉和张倩，让赶紧来吃好东西。看到有快餐，辉辉一下子跳起来，凑着小脸过去看。张倩把快餐盒打开，里面全是平日里舍不得吃的好菜。

张倩惊讶地问肖飞："你怎么乱花钱？买这么多好菜，被天上掉下来的金元宝砸坏脑袋了吗？也不过过脑子，买这么多，能吃得完吗？"

辉辉已经迫不及待地拿着自己的小碗过来了。肖飞呵呵笑着在张倩脸上亲了一口，说："当真是天上掉了金元宝啦，今天，我的画全部被订完了，哈哈，老婆，我就说你要相信你老公的实力。"

"不会吧？"张倩被吓了一跳，瞪着一双大眼睛追问，"是谁订的？谁那么好，怎么订了那么多？你赶紧仔细说给我听听啊。"

"这你就不懂了，我告诉你，识货的人都知道，我肖飞的画可是名不虚传。你知道大兴公司吗？人家那可是刚刚落成的省级招商企业，人家老总点名说了，只要我的画，听说我搞画展，就把我的画全部买走了。"

"哇，爸爸好厉害！爸爸出名了！"辉辉在旁边拍着小手激动地喊。

张倩听完，顿时心花怒放。

"真没想到啊，你真出名了。"张倩开心地笑着，几天以来的疲倦在此时已经烟消云散。

"那还用说？那可是一家大企业啊。你想想，我的画拿去以后，挂在他们的大展厅里，多气派啊。"肖飞兴奋得手舞足蹈，边说边夸张地比画着。张倩还是有点不放心，问那他们买画的钱，都付了没有。

"放心吧，人家爽快，今天就一次性付了。"肖飞答应着去拿碗筷。一家人围着桌子，有说有笑地吃晚饭。

三

诊所里人来人往，门庭若市。增加几个护士之后，工作人员还是明显不够，好多事情杨维维不得不亲自处理。她在这个越来越拥挤的空间里忙忙碌碌。刚扶着一位打完针的大妈下楼，把她送出诊所，返回来的时候，发现椅子对面坐了一个陌生人。她还以为是来看病的，便拿出职业性的口吻轻声问："请问你哪儿不舒服？"

对面的人抬起头来，直直地看着她，一脸痛苦的表情，回答："我哪都不舒服。"

病人不舒服可以理解，但不舒服的地方总得有个重点，再看那张脸，明明是见过的，只是不好确认，便在记忆里努力搜索，以为是前段时间来看过病，又问："请问你叫什么名字？"

对方翻了个白眼，一脸沮丧地回答："孙绍东。"

"哦。"杨维维瞟了一眼桌上的病历，心里想着，要不要找一下，名字似乎很熟悉，再猜想他之前是否来过。想了一会儿，没有记忆，她干脆取了一本新的病历手册，让对方填上名字。

"之前有过什么病吗？"依旧是职业性的提问。

立潮人

"有过心病。"对方回答,依旧冷着脸。

"心病得到精神科。"杨维维没好气地说。她以为遇到了怪人,便把病历本合上,把笔盖套上,面无表情地说:"对不起,我们这里不收精神科的病人,你到其他地方看看吧。"

"如果你这里都看不了,那就没地方可以看了。"对方突然露出一脸坏笑,嬉皮笑脸的样子。杨维维脑子疯狂运转。对了,那天相亲之后,她就把他给彻底丢到脑后了,加上今天忙昏了头,看谁都一个样子,真没看出是他。

"你的病啊,得打针才有效。我给你开针剂吧,还可以亲自为你效劳。"杨维维可不客气,边说边拿起注射器。

"得,打针就免了,我这人听见打针就腿软。"果不其然,孙绍东瞬间不玩闹了。

"你来干什么?"杨维维边收拾桌子边问。

"你答应和我结婚的,怎么能忘记了?结婚可是一辈子的大事,我过来就是提醒你,什么时候去领结婚证。"孙绍东一本正经的样子,好像杨维维当真是他的未婚妻。

"我答应过你吗?哦,对了,我确实忘记了。领结婚证可以,但是也得先把办离婚证的时间说清楚。"杨维维一拍脑袋,想起来那天真顺口答应过他,便顺水推舟,看他怎么回答。

"别这么直白好不好?真的帮帮忙,我妈每天在我面前说你怎么怎么好,不把你拿下我都没法交代了。"孙绍东一脸无辜的表情。实际上杨维维何尝不是,每天回家母亲就逼问她这事,只差没把面前这个民政局的小干部说成江南才子。杨维维也想找个借口让母亲闭嘴。

谁知孙绍东似乎看穿了她的心思,凑到她耳边说:"你担心什么呀,我又没打算吃了你,要是我想占哪个姑娘的便宜,十年前就占尽了,何必等到现在。不用猜我也知道,你的情况比我好不到哪去,是不是又被轮番轰炸了?那就让我解救你于水深火热之中吧,也算你行行好,帮我个大忙。"

他说完,看杨维维要翻脸,赶紧解释:"不单单是解救你,也是解救我。"

"不和你贫嘴，谁结婚这么草率，也得考虑一下吧。"杨维维说。

"有什么可考虑的，又不是真结婚，还考虑什么呀。"孙绍东这样一说，杨维维差点笑出声来，说："总不至于现在就去吧。"

孙绍东说："现在去也行，我无所谓，早就准备好了，反正你是答应过的，给你一天时间准备。当然，如果要正式些，化个妆也可以，肯定比现在漂亮。"

正说着，门外来了病人，孙绍东便大摇大摆地走出了诊所。

杨维维忙活了一阵，好不容易闲下来，就又想起了孙绍东。真是又气又好笑，仔细想想，这人还不错，和他在一起倒是挺开心的。这个想法把她吓了一跳，总不会是真喜欢上他了吧？怎么可能？早就过了做梦的年纪，这个年纪再谈爱情，那不是青春，而是轻浮了。

天黑了，杨维维收拾好才下班。刚走出诊所，还没走出多长一段路，她看见孙绍东站在街边，便向他走过去。

"怎么样，是不是考虑好了？"看见她，孙绍东直截了当地问。

"不是说让我考虑一天吗？这才3个小时吧。"杨维维假装漫不经心。说实话，真有点不喜欢他这咄咄逼人的方式。

"那好吧，明天晚上我再来，反正已经等了30多年，也不在乎多等几个小时。"孙绍东把手插进口袋，好像这是他的一个习惯性动作。

"我跟你说，我现在想的是，领结婚证是小事，结了婚，总得搬到一起住吧，那时怎么办？"杨维维这样问，孙绍东疑惑地看着她，或许在想，你想得还真周到，这些我还没有考虑。

"搬到一起住也行，我们单位刚刚分了套房，三个卧室，让你住大的，我住小的，卫生间、厨房共用，我向来遵循女士优先的原则，总行了吧？"孙绍东开朗地回答。杨维维一听，觉得一切真是水到渠成，好像是老天爷提前为她安排好的。

孙绍东一直把杨维维送到家门口，才转身离去。杨维维迎着风，看着路灯下自己孤独的影子，觉得有个人陪着走路挺好。她边走边想，这个人倒是不讨厌，但是也谈不上喜欢，就见了两次面而已，没有太深的印象，绝对没有达到要结婚的地步，但是看他像是动真格的。杨维维还没想清楚呢，就走到了家门口。

她掏出钥匙打开家门，母亲正踩着缝纫机在补一条裤子。杨维维看见母亲，原本想和母亲开个玩笑，便随口说："妈，我打算明天去领结婚证。"

"当真啊？你可别骗我。是不是和孙绍东？我早就说这年轻人不错，和你很般配。我告诉你爹去。"说完，扔下缝纫机往卧室去了。杨维维愣在原地——她话还没说完呢，母亲就当了真。但是看到母亲那高兴劲儿，她不忍心再骗她了。

她傻傻地愣在那里，心想，真是女孩子岁数大了，连母亲也巴不得把她立马嫁出去。屋子里灯光昏黄，照得她无辜的脸有些苍白，又有几分清澈。

四

新工作令张倩忙得不可开交，看上去都是些简单的小事，但因为不熟悉而失去了章法。当餐厅经理叫住她，说外面有人找的时候，张倩居然神经质地想是不是自己的工作又惹了麻烦。她一头雾水地走出大厅，看见余家兴等在那里。

"吓我一跳，我以为谁呢。"张倩好半天才醒悟过来，忙解下身上的围腰，擦了擦手指上的水珠，和余家兴并排走出了酒店大门。

"什么事？怎么跑到这来了？"张倩放心不下工作，没走几步就急着问。余家兴好像不急，眼睛看着远处。张倩便没了耐心，问："怎么不说话？我工作正忙呢，有什么事赶紧说，我还得回去干活呢。"

"比我还忙？"余家兴上下打量了她一番，才说："就是想和你商量，餐厅工作真的不适合你。"

"那我适合什么？适合我的工作已经结束了，反正都是为人民服务。"张倩不耐烦地说着，就想转身。

"你听我说，确实很偶然，也是巧合，昨天我到一个化工厂看情况，他们那边刚好需要一个办公室文员，我觉得你挺合适的，就给他们推荐了你。我把你的情况和他们说了，他们让你明天过去见个面。我觉得这是一个难得的机会，你应该去试一试，说不定，比这里更好些。"余家兴大致说了情况。张倩听明白了，但是事情有些突然，她需要考虑一下。

"算了吧，我对那工厂又不熟悉，去了能做什么呢？听说现在企业都是帮私人老板干活儿，有的私人老板对职工很苛刻，干得不好还兴什么炒鱿鱼，我一听就心里发毛。已经下过一次岗，我可不想再被炒一次鱿鱼，自尊心受不了。"尽管听着是好事，可张倩考虑的也不是没有道理。

"去了以后他们自然会告诉你该做什么。你悟性好，以前又在工厂干过，干文书工作应该得心应手，不用担心。"余家兴安慰她，声音柔和。张倩想了想，勉强点了点头，说："现在大学生那么多，我真的没有勇气。"一想到自己的高中文凭，张倩就有些心虚。现在她才真正明白当初的遗憾，一张高中毕业证书在社会上真是干什么都困难。

"不要考虑那么多，你相信我。"余家兴说着，到前台要了一张纸，把化工企业的名称和电话写在了上面，双手递给张倩，又一再交代让她尽快过去，那边一切都安排好了。

没等张倩说"谢谢"，余家兴就走了，走了几步又回过头来，看见张倩还站在原来的地方，好像尚未从刚才的事情中清醒，眼睛直直地看着他。余家兴心里苦涩，返回来，对她轻声鼓励："如果有什么困难，你就直接和我说，只要是你的事情，我能做的都会做。那时候你帮了我，我从来没对你说过'谢谢'，因为我们之间永远不需要客气。"

张倩的嘴角动了动，或许是想用一个笑容来回答他，到了嘴边却挤不出来，凝固在那里，因此看不出来是笑还是哭，只是看着余家兴。她的眼睛本来就生得大，灯光刚好反射进去，像是含着一汪水，但是那水是不能轻易淌出来的。她淡淡地说："不用你帮忙，我能照顾好自己。"

还能说什么呢？不知道为什么，那一刻，余家兴真的很想发火，想要

立潮人

怪她、骂她，但是他又无话可说。他觉得很憋屈，好像苍天欠了他一个承诺。他大踏步向着街心走去，走得很急，脚步落在地面发出"噌噌噌"的声音，像是要逃离一段永远理不出头绪的故事。等走到很远的地方，他才又转回头看她。她已经不在门口了。门口只有一盏灯，照出一小块空空的地方，他的心也空空的。

张倩没想到，面试出乎意料的顺利。她毕竟在国营企业干了多年，对于工厂的建设和管理有自己的一套看法，那是她多年积累下来的经验，没想到如今竟然派上了用场。张倩又具体了解了下这边的工作情况，在心里权衡了一下，觉得这项工作自己应该有把握，便和公司签订了合同，第二天正式上班。

回家的路上，阳光明媚，张倩的心情也是如春风拂面。没想到这么快又有了新工作。她在街上给辉辉买了一盒蛋糕，挂在自行车车把上，急急忙忙往家赶。

到家的时候，肖飞正在做饭。张倩把蛋糕放在餐桌上。辉辉迎了过来，一边拍手一边说："妈妈，我们家是怎么了？前几天爸爸请我们吃海鲜，今天你又请我们吃蛋糕，是不是遇到什么好事情了？"

见孩子开心，张倩轻轻拍了拍孩子的脑袋，对他说："妈妈找到新工作啦。"肖飞听到张倩的话，好奇地迎出来，问："你怎么找到工作的？是什么工作？赶紧说给我们听听。"

张倩便说："是啸和化工。"

话才刚说出口，肖飞就吓了一跳，说："那个企业我知道，听说刚建成没多久，而且是一家省级直管企业。你怎么找到那里去的？"

张倩得意地笑着，把大致经过和肖飞说了，说工作是余家兴给介绍的，自己去面试，没想到一切都很顺利。谁知肖飞听了以后，脸上的笑容渐渐消失了。他说："难怪呢，我就说没有余副市长，人家那么上档次的企业怎么会看得上你一个下岗工人。"

"下岗工人怎么了？下岗工人就低人一等吗？下岗只是国家政策的一种分流措施，你这么说，是对下岗工人的侮辱你知道吗？肖飞，你看不起我可以，但是你不应该看不起那么多成千上万的下岗工人。你知道你这句话很伤人吗？"张倩的脸色都变了，她绝对没想到肖飞会说出这样难听的话来。

"那成千上万的下岗工人，人家为什么不请别人专请你？他一个钻石王老五，快40岁的人了，还一直不成家，他在等着谁呢，是在等别人现成的老婆吗？别以为我不知道他打的什么主意。"肖飞铁青着脸，手里的锅铲随着他说话上下挥舞着，因此，原本窄小的空间多了一道又一道冷而锋利的光。

"你再说一遍！"张倩只觉得脑袋里嗡嗡的。她看着面前这个近乎陌生的男人，似乎从来都不认识。肖飞把手里的锅铲狠狠地扔在地上，转身进了卧室。寂静的屋子里，辉辉被吓得大声哭喊："爸爸，妈妈，你们别吵了！"

五

车间里，机器的轰鸣声覆盖了说话的声音，到处是一片繁忙的景象。陈红梅正在忙，一个小姑娘跑过来告诉她，说是有她的电话。陈红梅只好放下手中的活儿，急急忙忙往办公室走去。

她拿起电话，原来是杨维维打来的。陈红梅觉得奇怪，大清早的，杨维维就打电话来，担心她有什么急事。没想到杨维维性子直爽，电话刚打通，第一句话便直击要害，在电话里声音懒洋洋地说："陈红梅同学，快恭喜我吧，我今天要去领结婚证了。"

"什么？你是不是昨天晚上的酒还没醒？"陈红梅以为杨维维在说醉话或者梦话，还以为自己的耳朵还没从车间的嘈杂声中恢复过来。

"怎么啦？不相信我吗？告诉你，我杨维维就要结婚了，今天就领结婚证，过几天办事。"没等陈红梅回话，她就提高声音接着说，"你说你们一直在担心我嫁不出去，听到这个消息也不为我高兴，也不祝福我一

立潮人

下吗？"

　　杨维维一句话说完，中间有一段长时间的沉默，主要是陈红梅好半天没有缓过神来。

　　"你确定不是在骗我？"陈红梅问。她还是不肯相信。

　　"你觉得我大清早有必要打个电话和你开这么大的一个玩笑吗？"杨维维说。这下陈红梅才算是彻底相信了，只是她还有些疑问，便问："你说的是不是前几天提到的孙绍东？"

　　"对，就是他，除了他还有谁？你说我都已经这把年龄了，还有多少选择的余地？早就成了收市时被别人挑剩下的烂地瓜、烂白菜了，只能等着别人来挑了。"杨维维的话苦中带乐。陈红梅寻思着对方的想法，不知道该如何接口，便说："那也不错啊，你不是说对这个人还有几分好感吗？"

　　杨维维笑了笑，说："也就见过两三次，谈不上什么好感不好感的，不讨厌而已，将就吧，总算是可以把证领了，免得大家都说我有毛病。"

　　"婚姻大事怎么可以将就呢？我觉得是不是仓促了点？当然，如果你觉得他不讨厌的话，那当然是好事，我肯定祝福你们，只是，婚姻毕竟是人生的大事。"陈红梅絮絮叨叨起来，像个苦口婆心的老妈妈。

　　"什么大事不大事的，婚姻不就是两个人搬到一起，能过就过下去，不能过就分道扬镳？又不是上刀山下火海，死里逃生，命悬一线，何必想得那么严重。我早就无所谓了，就当是给大家一个交代吧，我杨维维这辈子也算是结过婚的人了。"

　　杨维维一口气说完，陈红梅还想说什么，那边已经在电话里转了话题："有病人来了，我改天再和你说。"说完，便把电话挂了。

　　陈红梅放下电话，不知是悲是喜。杨维维一直是她最好的朋友，她这人，从小就胆子小，最听话，现在却是一脸视死如归，天不怕、地不怕的样子，十多年的光阴，时间是如何强硬地从里而外雕刻和改变了这个曾经温顺的女孩？

　　这边，杨维维放下电话，给自己倒了一杯咖啡，轻轻用勺子搅动着，像是在翻动自己苦涩的心思。她只是不想再和陈红梅说下去，她想要得到的，只是大家听到这个消息之后的反应。现在她知道了，她们困惑、疑问、揣测，甚至还带着稍稍的同情，连送出的祝福也是战战兢兢。她随手把桌子上的台历摔在地上，正准备到病房查看，却看见孙绍东走进诊所。

"你来这么早。"杨维维还没从刚才的情绪中走出来，冷冰冰地问，又抬起手看了看时间，刚刚才过10：00。孙绍东笑了笑，说："你以为等你下班民政局才上班啊。去早点，待会儿办事的人多，又耽搁时间，我中午还有事。"

杨维维想了想，她自己的时间也很宝贵，便没出声，转身回去把白大褂脱下来，换上便服，两人一前一后出了门。两人往民政局的方向走，路上谁也不说话。杨维维想，毕竟是人生大事，估计他也在犹豫吧。那一刻，她真的有些后悔，走了几步停下来。孙绍东似乎感觉到了，迎着阳光看了一会儿，才转回头来看她，眼睛半眯着说："怎么，后悔了吗？"

"不就是领个证嘛，有什么值得后悔的？"杨维维不肯认输，说完，大步往前走。孙绍东看了看她，脸上露出一个无奈的笑容，心想，见过好强的，没见过这么好强的，把终身大事当成一个赌注，万一输了呢？

两人从婚姻登记处出来，一人手里拿着一个红本本。杨维维突然笑了起来，那笑声听不出是喜悦还是悲凉，只是一长串莫名其妙的笑声，像是一串长长的省略号。她看着孙绍东，对，到现在为止，她还是第一次认真地看他。阳光下，他其实长得并不难看，中等个子，脸庞有些宽，浓黑的眉毛在眉心处绕了个小旋涡。她想把他的样子印在脑子里。这个刚刚认识了没几天的男人，就是她的丈夫。到了这个时候，杨维维像泄了气一样变得柔和了些，就像一种带刺的植物，身上的倒刺慢慢收了起来，变得可以靠拢、贴近、触摸，然后，与其他植物的关系密切起来。

孙绍东被她看得难为情，问："你想说什么？"

杨维维把红本本拿在眼前晃了晃，说："为了这本证，我等了30多年，如今拿在手里，感觉也就这样子，真不知道图什么。我杨维维一辈子，就是为了别人活着。"

尽管这话模棱两可，孙绍东还是从话里听出了一份无奈和凄凉。他看着她，目光中有几分歉意，过了好半天才说："为了等一份幸福，是需要付出时间的,我也希望你这些年没有白等。我不敢给你什么承诺,但是我想对你说,我会尽力。"

杨维维莫名地愣了一下。他说的话虽不是什么海誓山盟,却让她心里升起一股暖意,至少在这个特殊的日子里,让她原本荒凉的内心,得到了一丝慰藉。他其实也很无助,她本来想对他说几句贴心的话,但是,她不习惯。她一直被一层坚硬的外壳包裹着,像是一层卸不下的盔甲。蜗牛没有了壳,那还叫蜗牛吗?那叫鼻涕虫。她说:"不就是一个玩笑吗?何必当真?"

"生活会和我们开很多玩笑,我也会和生活开很多玩笑,但最后,我们会被这些玩笑弄得心力交瘁,所以我打定主意,以后不会再和生活开玩笑了。"他一口气说完,脸上有一种如释重负的轻松。

六

那间老会议室搬空以后,除了墙面焕然一新,基本上又恢复了原来空寂的模样。画展顺利结束,取得了预料外的效果,肖飞心里百感交集,心里有满满的欢喜和无法言喻的成就感。此时,他再次站在展室里,这次画展的每一幅作品都凝聚着他的汗水和心血,是他一笔一画辛勤耕耘获得的,如今终于有了回报,对于一个画家来说,第一次举办画展,就有如此收获,这比任何证书或是奖章都更有说服力,也更有意义。几十年来的辛苦努力终于得到了肯定,此时的他,唯一的想法便是站在群山之中,对着天空狠狠地大吼一声,以发泄他几十年来压抑在内心的苦楚和郁闷。

他把会议室认真地打扫了一遍,看到没有什么可收拾的了,这才把门锁好离开。走出会议室,太阳光照得他有些晕眩。他眯着眼睛,看着街上来来往往的人群,心里有种仿佛与世隔绝的快活。昨天之前,他还对"著名画家"这个称谓心怀愧疚,然后今天,他已经打心眼里领受了这个名称，甚至感觉当之无愧。他突然想到了一个事情，化工企业买了他那么多画，或许应该过去见一下那位大气的老总，那是他的伯乐，然后亲口道个谢，以加强感情上的交流，或许以后还会有长期的来往。

打定主意后，肖飞便掉转自行车头，往工业园区的方向奔去。正午两点的时候，阳光直射，马路上灰尘极大，拉货的车子不时驶过，扬起一片灰尘。不一会儿，肖飞额角上就流出了汗水，自行车的两个轱辘在公路上艰难地行进着，却不能阻挡他前行的脚步和决心。

一个小时后，自行车稳稳地停在化工企业门外，肖飞对门卫说清楚了自己的来意。门卫怀疑地把他从头到脚审视了好一会儿，实在看不出这个一身灰尘、长头发胡乱挽着、一身灰色衣服穿得发黄、毫不起色的男人就是昨天买来挂满了整个墙壁的那些绘画作品的原创者，本市著名画家。年轻的门卫警惕地把他上下打量了一会儿，似乎是肖飞那诚实干净的眼睛令他动了恻隐之心，最终他还是让他在本子上进行了登记，放他进去了。

面对富丽堂皇的大楼，肖飞的心跳莫名加速，他向工作人员打听后，一路寻到了公司办公室。当他说明来意后，一名年轻的公司负责人接待了他，说是老总在外面开会，这几天没在家，有什么事情就直接和他说。当年轻人听说他就是那位叫肖飞的画家时，还是不敢确定，又把那天到画展买画的工作人员叫来进一步确认后，这才相信了他的话。年轻人很是惊讶，热情地将他迎进会议室，给他倒了茶水。肖飞说出了此行的目的，一是想来看一看自己的画作，二是想认识一下贵公司高瞻远瞩的企业家，他对艺术的支持是他所敬重的。

年轻人便带他到5楼会议室参观。肖飞看到自己的作品在焕然一新的大厅里得到展示，每一件作品似乎又延伸出作品之外某种更深远、更辽阔的意义，心里更是一阵难以言喻的激动。考虑到年轻人工作忙，看了一会儿后，肖飞便提出要离开。年轻人没有挽留，送他到公司门外。肖飞对年轻人说："麻烦你代我谢谢你们老总，若不是他慧眼识珠，我的作品不会有这么好的机会。"

年轻人客气地伸出双手和他握手告别，说："其实你也不用感谢我们老总，你真正应该感谢的人是余副市长。如果没有他的介绍和推荐，我们

立潮人

老总也不知道咱们市里还有您这么一位深藏不露、有影响力的画家。"

肖飞没有明白,愣了一下,说:"怎么回事?"

年轻人说:"那天,余副市长参观了我们的会议室后,提出要搞文化建设,就一定要配上你的作品才显得大气,有艺术底蕴。经他提醒,我们才知道了您的大名,所以啊,您不用感谢我们,感谢余副市长就可以了。"

如果说来的路上是一路飞奔,那么回去的路就显得漫长而遥远。肖飞双腿乏力,使出浑身的力气也没有踩动自行车轮子,甚至在一段平路上,他不得不下车推着自行车艰难地前行。这样的打击对他来说是前所未有的,就像一个人突然被当头浇了一盆冷水,浇得他分不清南北。"又是余家兴,又是余家兴。"这句话一直在他心里盘旋。余家兴这个影子,十多年来一直在他心里挥之不去,像一道跨不过去的壁垒。现在又听到这个名字,他的整个世界仿佛被覆上茫茫的冰雪,萧瑟冰冷。

等肖飞慢慢挪到家的时候,已时近黄昏。张倩刚好下班回家,肖飞毫无遮拦地直直注视着她,似乎所有的委屈、怨恨和愤怒全部写在了脸上。看到他灰头土脸的样子,张倩心里咯噔一下,忙问:"你怎么了?"

肖飞没有回答,而是冷着脸在房间里走来走去,一路上所积压的怒火,此时在心里翻江倒海。他挥舞着双手对着张倩咆哮道:"是你找的余家兴对不对?是你让他帮我推荐画的对不对?你告诉我,你是不是背着我跟他约会?你们说了些什么鬼话?还做了什么?你一定在他面前嘲笑我,说我的画卖不出去,然后,他就很仁慈地想帮助我、挽救我,让一个财大气粗的企业把我的心血全部买走,无非就是为了照顾我那点可怜的自尊心。你们俩真是好伟大!对不起,我能不能用'狼狈为奸'这个词来形容你们?"

张倩开始还没听明白,一头雾水地站在那里,不明白肖飞说的是什么。渐渐地,她从他说的话里明白了事情的大概。几天以来,压抑在张倩内心的怒火突然奔涌而出,面对还在絮絮叨叨、自言自语的肖飞,她突然抬手一个巴掌打了过去。肖飞吃惊地看着她。结婚这么多年,他们甚至都没有红过脸,而现在,张倩打了他。

张倩拉开房门,向着刚落下的茫茫夜色飞奔而去。

大寒

七

当火车驶过平原的时候，发出了长长的鸣笛声。杨维维移步到靠近窗子的位置坐下。她拉开窗户，让清凉的风吹进来。看着窗外移动的风景，她的内心久久不能平静。

许许多多的往事，此时就像一幕幕老电影，在她的眼前回放。十多年来，她生活得谨小慎微，每一步都像是踩着记忆的弦，从来不敢回望那段往事。它们像一堆想努力扔弃却又总是逃避不开的物体，始终在自己心里的某个角落发酵着。然而，你越是逃避它，它就越是纠缠你。比方说，会在看一部老电影的时候，或者翻到一本过去的日记本，或者看到一张电影票，再或者仅仅只是听到一首老歌、一句话，那段记忆便会像潮汐般向自己涌来。当她不得不抵达那个临界点的时候，记忆又总是用疯狂的手段绑架自己，重新刺痛她的神经。因此，这些年来，她总是和自己战斗，把自己弄得筋疲力尽，自己和自己争吵，声嘶力竭或是崩溃，而最后，又不得不自己拯救接近衰弱的自己。

然而今天，她婚后的第7天，她决定重回那个地方——不是为了逃避，而是为了与过去和解。她知道，只有面对与和解，她方能认清所有不堪回首的往事，终归只是惊鸿一瞥，才会落雪无痕。于是，她勇敢地踏上了火车，奔向了那个始终藏在记忆角落的地方。

远远地，她看见了医学院的那几栋老房子，依旧在街心矗立着。那些灰色的梧桐树始终焕发着生命的活力，就连树上的鸟，似乎还是当年的样子。静静的湖水，依旧倒映着她的样子。林子中间的小路，她曾经手握课本在这里背英语单词。那栋红砖房的老教学楼，有一间她记忆中的教室。第一次见到教授，就是在那间教室里。那时他还年轻，穿着深灰色的中山装，窄窄的脸庞，笑容温和。

立潮人

她没有停下脚步,而是直接奔向那栋老宿舍楼。她要找到他,像久别重逢的老朋友一样叙旧,然后再郑重地告别。十几年了,她甚至都不敢想起他的样子,他就像是藏在她心里的一个按钮,碰都不能碰。但是今天,她终于要去面对他了,她甚至还有些兴奋,甚至是小小的激动和喜悦。她想知道他现在是什么样子,过得好吗,见到她时会是什么表情。他还记得她吗?在那些令人心碎的记忆里,她是不是已经从他的心里彻底消失?原来,这么多年,她之所以不肯面对,是因为她的心没有放下。

还好,那幢老宿舍楼还在,还是灰扑扑的样子。她轻轻地转进楼道,这里似乎已经好久没有人来过了,布满灰尘的椅子,悬挂着的衣架上结着密集的蜘蛛网,墙上挂着的铁锅锈迹斑斑,木柜门半开半合。空前的寂静似乎告诉她,这栋楼已经人去楼空、了无人烟。

她不甘心,抱着侥幸的心理加快了脚步,向那扇门走去。门是半掩着的。她推开房门,一缕灰尘从空中落下。屋子里没有人,一些东西已经被搬走,剩下的几件老旧家具布满灰尘,被主人抛弃在这个孤寂的角落,好像是时间有意留给她的一些物证。

她一件一件看过去,记忆被重新梳理整合,那些亲切的场景重新排列。那是她曾经用过的书桌,她在上面写过论文,教授坐在对面的沙发上,看着她微笑。那个老衣柜,镜子已经看不清楚人影。她掏出手帕,把灰尘擦拭干净,镜子依旧无法清晰,但是隐约照出了她的模样。十多年的光景就在她平静如水的目光里泛起了光。实际上她并没有多少改变,改变的是她的心境,是她对人生的态度。

她有些累了,于是就在那把竹椅上坐下。竹椅曾经是教授的最爱。她依稀记得,每天黄昏时,他坐在竹椅上,沐浴着夕阳,听着那首《在希望的田野上》,闭目养神,手指随着音乐轻轻打着节拍。那时候的生活多么惬意希望,如今,这一切都在布满灰尘的时光中沉寂下来。

时间过去了很久,也许是一整个下午,她终于决定离开。轻轻合上房门,把过去的一切关在了那道寂静的门中。当她快走出校园的时候,偶然遇到了一位曾经认识的女老师。若是以前,杨维维一定会躲开她,但是现在,见到这位曾经熟悉的人,她迎了上去,叫住了她。

"你是杨维维？"女老师看到她，很是惊诧。她和教授的事当时在学校弄得满城风雨，成了大家茶余饭后的话题。

"是我，我来看一看教授。"杨维维说话的时候，惊讶地发现自己居然可以表达得如此顺畅流利，而且丝毫没有愧疚。

"哦，你来看他呀。"女老师惊讶地说，"你走了以后，没多长时间，他就被学校以作风问题开除了。他没有了工作，只能跟着他老婆回了乡下，听说，现在在乡下开了个诊所。"

"他当真跟着她走了？"是意料之中，也是意料之外。

"是啊，跟着她回了农村。"看出杨维维的吃惊，女老师更加来了兴致，热心地说，"其实，后来大家也奇怪，这事情怎么会闹得那么大，学校领导怎么会特别关注这个事情，给了你们那么重的处理，后来大家才搞明白，原来是那女人托人写了举报信，到学校政治处告的你们。"

"不可能吧，她那么善良，不会的，一定搞错了。"杨维维的脑海里浮现出那个女人的样子，她善良、胆小、朴实，甚至有些懦弱。即使所有人都有嫌疑，也不可能是她呀。

"不是她还有谁？这是她后来亲口说的。你走以后，她逼着教授跟她走。她威胁教授，说，如果他不跟她走的话，还要把事情闹得更大。你想啊，教授那时候是被人整怕了，什么事都不想惹了，连想都没想就跟着她离开了。"女老师摇了摇头，继续说，"算了，都是过去的事情了，你也别介意，都过去了。"

"对，都过去了。"杨维维轻轻握了握女老师的手，向着校门外走去。

八

一本名为《金色年华》的书，很快在全国各地走红。这本小说以纪实的手法，描写了几十位下岗女工酸甜苦辣的生活。在下岗的重击下，

立潮人

女工们为了家庭，为了生活，为了自己的儿女，始终不曾放弃对生活的追求和努力。她们有的打工，有的创业，有的经商，最终走出了属于自己的道路。这本书描写的何止是几十个女工的现实生活，更是千千万万个下岗女工的缩影。小说一经出版，立即受到了社会各界的关注，更受到了千千万万下岗女工的喜欢，一度进入畅销书排行榜，张倩的名字，很快就成了文学界一个新的传奇。

杨维维在诊所里，偶然抬头看到了电视新闻，电视里正在介绍张倩的新书。她立马打电话给张倩，约她下班后一起吃饭。张倩答应了。

很快，两人在一家小餐馆见了面。张倩穿一身具有民族风格的棉麻长裙，精美的绣花工艺，使她整个人显得端庄大方，而杨维维穿的则是一条丝绸的A字裙，看上去活泼秀丽。两个女人出现在餐厅里，像是一道亮丽的风景线。有个中学生看见了张倩，走过来对她说："您就是作家张倩吧，我在电视上见过你。"张倩礼貌地向学生问好，聊了几句后，学生才离开。

"没想到最终你成了作家，而我却成了私人诊所的小医生。"杨维维看着学生离开，不禁感叹。

"怎么样，你的新婚生活过得如何？看起来气色不错啊。"张倩问。对于杨维维闪电般的婚姻，张倩一方面心怀祝福，一方面又有些担心。

"只不过是两个人搬到一起住而已。他本来说我住大房间，他住小房间，算了，住人家的房子我还是自觉一点，所以，我直接住了小房间，反正时间也不会长。他就好在这儿，不争不抢，订家具全是我说了算，偶尔还准备一顿早餐，我觉得倒是有点多余了，反正我又不吃早餐。"杨维维将自己的婚姻生活以简洁粗暴的方式和盘托出，嘴角露出一个不易察觉的笑容。

"其实女人对男人不能有太高的要求，好多婚姻，最初不过就是因为男人说了几句好听的话，做了几件温顺的事，女人就死心塌地跟着他了，结果把自己一辈子贴了进去。你说我们当初结婚图的是什么？不就是图身边有个温暖的人陪伴吗？结果呢？日子久了，会发现结婚前根本不是他的真实样子。"张倩想到自己的婚姻，便一语道破天机。杨维维发出了会心的微笑。说："真不愧是作家，说话变得文绉绉的，听起来却很舒服。"

"那你呢？你一直没回家住吗？"杨维维想起张倩和肖飞闹矛盾的

事，关切地问。

"是，我不会回去。如果夫妻之间连最基本的信任都没有，在一起生活还有什么意思。我不想总是被别人怀疑，在那样的环境中过日子，会让我担惊受怕，会让我产生惶恐和不安。"张倩端起酒杯，示意杨维维，然后一饮而尽。那一刻，她突然想到了自己的母亲，或许年轻时候的她，也曾有过诸多无奈吧。她接着说："我把工作辞了。"

"为什么要辞工作啊？那么好的工作，已经很不容易找到了，辞了以后，就没有机会了。"杨维维急了，她知道张倩一直很喜欢也很努力地做这份工作。

"我和肖飞是夫妻，这么多年来，我爱他、善待他、信任他，从来没有非分之想，即使分手，我也想在他心里留一份清白。但是，我没想到他会看不起我，因为这份工作是余家兴帮我找的，他觉得我永远在依靠着余家兴。我只是想用自己的实力证明给他看，不依靠任何人，我同样可以活得很好，我有能力养活我自己。"张倩说。

"可是，有这个必要吗？"杨维维困惑地说。

"这世上，说到底，有些事情是必要的，有时候为了活一口气儿，有时候是为了证明一段经历，仅此而已。下岗的时候，我确实是备受打击，当时真有种万念俱灰的感觉，但是经过这段时间，我突然发现，当一个人走投无路的时候，就会创造出各种可能。没有了工作，反而有千千万万条路可以选择，会有新的思想、新的活法。我相信自己能够走出一条属于自己的路。"张倩语气坚定地说。

"我相信你。那你和肖飞怎么办？毕竟是多年夫妻。"杨维维握了握她的手，问道。

"我现在暂时还没有考虑到这个问题，因为有辉辉存在，毕竟辉辉是我们的孩子，我不想让孩子因为我的婚姻问题受到牵连和伤害。我自己曾经有过这样不幸的童年记忆，我不想再把这种伤害延续到孩子身上。或许只是一个过程，我需要这样的一段时间让自己冷静下来。"张倩说完后，咬着嘴唇看着窗外。杨维维看着她，突然发现这时候的张倩是那么独立、自强、好胜，又那么美丽动人。

立潮人

两人就这样断断续续地聊着。餐厅的窗外是一条清澈的小河,黄昏的夕阳洒在金色的河流上,像是给世界镀上了一层金边。河流两边,有平整的民房,沿着小河断断续续地延伸到远方。或许,人生就像一条河流,不知不觉间向着未知的方向流淌而下,而它流过的地方,都会存在着一些美好,也会建设起一些新的希望。

晚上的时候,杨维维还是打了余家兴的电话。余家兴一个人在办公室里加班,赶写一份材料。

"你打电话给我,一定是为了张倩的事吧。什么事?"余家兴几乎毫无遮掩地问杨维维。

"张倩辞职了。"杨维维直截了当地回答。

"是,我听说了,企业打了电话给我。我不知道怎么办。她帮了我很多,我只是想在我力所能及的范围内,也能帮帮她。"余家兴的声音传过来。

"所以我才打电话给你。我今天下午见到了她。我要告诉你的是,张倩变了,她变得独立而自强,可以处理好自己的事情,可以让我们放心了。"杨维维在电话里说。

余家兴没有说话了。他放下话筒,摸索着点燃了一支烟,一个人静静地坐在那里,陷入了茫茫的黑夜之中,而窗外,远处,一些灯光渐渐亮了起来,城市在光影的跳动中变得温暖。

九

2月14日是西方的情人节,20世纪90年代中期,这个来自西方的节日在这片土地上炸开了花,青年男女效仿着西方的情人节互送礼物,大街小巷的音箱里,播放着那首孟庭苇的《情人节的眼泪》。

随着夜幕来临,虽然是一个小诊所,但是大小事情事无巨细的都得杨维维一个人操心，尤其是近段时间，看病的人增加了一倍，甚至住在小区外的人也慕名而来。忙碌了一整天，送走最后一位病人，拥挤的诊所变得空旷起来，只能听到自己的脚步声和心跳声。一切收拾妥当，杨维维才走出诊所。

走到街上，她发现大小商铺里都在出售玫瑰花。包装精美的花朵，装点着平日里寂静的街道。年轻男女手牵着手漫步在街道上，女孩手里往往会捧着一束玫瑰花，表情幸福而满足。杨维维这才依稀想起今天是西方的情人节。或许是触景伤情，她想到自己，瞬间悲从心来。在她的人生辞典中，"爱情"这个词变得如此陌生，甚至带着犀利和困惑。

不知道为什么，在这样的夜晚，她会想起教授。她曾经恨过他、怨过他，然而在每次回忆时，他都是那个被重重封锁的身影，始终挥之不去。她无法想象他现在过着一种怎样的生活，心里有些牵挂。然后，她又想到了苏玉春，那个如早春的一场雨雾一般出现在她生活里的人，她想象着他迫于生活的沧桑和无助，此时不知道流落于哪个城市的街头。她又想到孙绍东，不知道他们两个能走多远。

早上出门的时候，孙绍东曾经问过她，晚上要不要一起吃饭。她当时不知道他是有何用意，便随口回答"不用"。现在回想起来，觉得自己的态度一定很生硬吧。他一定认为她这人太清高、冷漠、自私，甚至是不可理喻。她在心里冷笑着，或许这就是我杨维维给所有人的印象吧。

她往家里走，看见家里的灯光，知道孙绍东已经回来了。她停下步子，风吹在脸上，有一丝寒意。杨维维突然转身，向另外一个方向走去。

一间装修风格如西班牙牛仔屋的小酒吧里，杨维维一个人坐在昏暗的灯光下，面对着几瓶酒发呆。桌子上已经堆了一排空酒瓶。每天清晨出门，黑夜返家，枯燥乏味的生活让她心力交瘁。在她内心深处，她多么希望能被一个男人爱着、宠着，可好不容易结婚了，也不过是在同一个屋檐下的两个房客。她依旧摸不清他，有时候面对他递过来的一杯牛奶、一个鸡蛋时，她觉得他们离得很近。而当她试图想要走近他的时候，又觉得他依旧陌生而遥远。

可细想，何止是婚姻，人这一生所走过的路，有多少是浑浑噩噩，世上又有多少无依无靠独自行走的灵魂。

　　酒,虽然不是什么好东西,却可以麻痹人的神经,难怪有人说借酒可以消愁,喝得多了,都能忘记自己是谁。杨维维觉得,她一定是醉了,趴在桌子上,像一个无助的小女孩,眼中噙着泪。一个服务生发现了她,走过来问道:"需要帮忙吗?"

　　杨维维看了看他,不耐烦地挥挥手。服务生走了。到了深夜,杨维维才离开,此时,她已经有了醉意,但还是勉强支撑着往家走去。街道上已经没什么人了。此时,空旷的街道好像是为她一个人留守的世界。高跟鞋敲击着地面,发出一连串的碰撞声,每一声都像是孤独的呐喊。

　　她走得跌跌撞撞。一个巡逻的警察发现了她,便主动询问。杨维维想向他解释,可她已经说不清楚,只能说出家的位置。直到这时候,她才发现那酒的后劲真大。她干脆坐在街边的椅子上,整个人软得像一摊烂泥。警察叫来两个人,把杨维维送到了她所住的小区。保安看到是她,赶紧上楼叫孙绍东。

　　孙绍东看见杨维维的样子,吓了一跳,赶紧把她背回了家。杨维维躺在自家沙发上,渐渐有了意识,心里有了一种踏实感。她看到孙绍东在冰箱里翻来翻去,翻到了一瓶蜂蜜,弄了些蜂蜜水给她。她靠在他温暖的臂弯里,把蜂蜜水喝了下去,渐渐清醒过来。

　　他的身体厚重而有力,身上的温度传给了她,那种男性身上所特有的味道,让她觉得有一种久违的温暖。她突然像个迷路的孩子一般,趴在他的肩膀上哭了起来。孙绍东轻轻把她搂在怀里,拍着她的背,埋怨地说:"喝那么多酒做什么?"

　　她回答不出来,直到现在,她也说不清楚那份苦楚的由来。孙绍东接着说:"你瞧,今天是情人节,我给你准备的。本来想给你一个惊喜,没想到你喝成这样。"

　　顺着他手指的方向,她发现花瓶里插了一大把玫瑰花。杨维维突然变得温柔起来。她说:"我们又不是情侣,你干吗送我玫瑰花?"

　　孙绍东手臂稍稍用力,把她整个人揽入怀中,说:"我们当然不是情侣,我们是夫妻。我们每年都要过情人节,直到你真正同意嫁给我的那天。"

"可是你说过，我们走到一起只是想要领到结婚证。"杨维维强硬地说道，边说边推开他，想要离开。

孙绍东站起身来，一把将她搂进怀里，用下巴蹭着她的头发，温柔地说道："我们是领了结婚证，可我们的爱情也才刚刚开始。我是真的喜欢你。不要用强硬的外壳伪装自己，我更喜欢真实的你。"

这句话很快融化了杨维维的心。她还想强词夺理争辩几句，没等她反应过来，孙绍东已经用嘴巴堵住了她的嘴巴。两个人深深地吻在了一起。情人节的夜晚，这对等待多日的人，终于成了真正的夫妻。

十

时代像是一列向前行驶的列车，在轰鸣声中滚滚向前，一路上，风景千变万化，事物新旧更替。然而，时尚和潮流，作为这个时代的附属品和标志，却在无形之中引领着社会一步一步向前发展，成为人们生活的一项重要内容，也成了一个时代的象征和人们记忆的一部分，永不褪色。

尽管陈红梅的鞋厂如今已经走在了这个城市企业发展的前列，但是，作为服饰企业，如果仅仅只是跟随社会发展的脚步，而停留于自我满足，甚至是自我夸大，没有自己独创的风格，没有引领潮流的能力，难免会被这个社会所淘汰。然而，社会竞争之激烈也是有目共识的，谈到引领社会潮流，这又是一个艰深的话题。如何正确定位自己，有自己独创的风格，且被大众所接受和青睐，又是一个难题。即使设计出了一双精美时尚的鞋子，首先你要有说服大家购买的能力，这是最基本的要求；其次，要有人给你宣传包装，还有就是要能挤进市场。就像一个本来不太漂亮的女人，被电影公司包装并宣传后，变成了万人追捧的明星，是同样的道理。

鞋厂到了这一步，应该说已经是功德圆满。上百人的企业，全新的现

立潮人

代化工艺设备、专业的设计师，但是随着社会的进步，曾经风靡一时的高跟鞋再次陷入了困境。尽管高跟鞋穿起来，行走时端庄优雅，但是，若平时生活里穿，好多女性还是觉得走路不方便，甚至可以说苦不堪言，尤其是走的时间长了，脚踝受不了。在这样的情况下，如何改善高跟鞋，让它适应普通女性家居生活成了首要问题。

一段时间以来，陈红梅一直在努力思索着。设计师精心设计出来的一张张效果图都被她一一否定，似乎有一条心灵暗道在引领着她。她总觉得那双鞋子就在不远的地方指引着她，只是隔着层层迷雾，她暂时看不清楚。要想打开这条秘密通道，没有捷径。一段时间以来，陈红梅甚至出现了魂不守舍的样子，却始终获取不到最终的灵感。

周末的时候，张倩来找陈红梅聊天。陈红梅正在打电话，张倩便坐在沙发上，边喝茶边翻看一本时尚杂志。她在杂志上看到一件民族服饰，龙凤图案的绣花，云纹的滚边，复古的大叶牡丹图案。最近，张倩迷上了具有复古风格的服饰，所以看得入迷。

陈红梅打完电话，问张倩："最近都在忙什么？"张倩把杂志扔到一边，回答说："我有什么可忙的，偶尔写几篇文章聊以度日。我现在暂时还没有什么打算，过一天算一天呗。"

陈红梅突然想起来什么，说："对了，我前几天还找了肖飞，想请他给厂里设计鞋子花样，他那么大一个画家，设计出来的花样肯定没问题。"

"嗯，对他来说，应该是个挑战吧。"张倩应道，"那你心里有没有一个基本的模式？鞋子一般倾向于哪类款式？"

"这个不好说，流行这种东西，往往就是一阵风而已，昨天可能还在流行几何图案，今天就流行立体雕花了。真是一个纷繁复杂的社会，想要摸清群众的心理，不是一件简单的事，有的时候靠的是运气。"陈红梅回答。

"我倒觉得有种东西是千年不变的潮流，流行了几千年，始终没有被社会所遗忘。存在即是合理，我觉得你可以往这方面下功夫。"张倩无意中的一句话，引起了陈红梅极大的兴趣。她眼睛一亮，捉住张倩的手，说："你想说什么？快说来听听。"

"民族元素。"紧接着，两人异口同声地说出了这几个字，然后欢快地笑了起来。因为陈红梅的眼神落在了张倩那条具有民族风格的棉麻长裙上。然后，陈红梅的目光很自然地向张倩的脚上寻去。这一天张倩穿的是一双黑色的布鞋，而这身衣裙配上黑色的布鞋，确实太过于平常，若是能配上一双手工绣花的布鞋该多好，那样整套裙子的风格便会更加凸显。

"是啊，民族的就是世界的。"陈红梅感叹。这时候，一双绣花布鞋的雏形基本上在她的大脑里形成。她说："可为什么我们只能做平底的布鞋呢？我们可以用布鞋做成高跟鞋，那样穿上既柔软舒适，又有绣花工艺，鞋子才会更精致舒适啊。"

"就是啊，民族图案是我们国人的特色，我们应该物尽其用，将中华民族的文化精髓融合进去，再发扬光大。"张倩听了，连连点头，"你这么一说，连我都十分向往有那么一双绣花布鞋了。中国人穿了几千年的布鞋，对布鞋的柔软舒适几乎是公认的，如果再配上具有民族风格的花色，既彰显了国人的传统，又融合了时尚的元素，真是一举两得。"

"关键是制作布鞋一直是我的强项，我为什么不充分发挥我自身的优势，把传统的绣花布鞋做成我们的一个新品牌？"陈红梅说。她绝对没有想到，一段时间以来，她一直在苦苦寻找的东西，在和张倩闲聊几句之后，突然就茅塞顿开，灵感大发，真是"踏破铁鞋无觅处，得来全不费工夫"啊。

两人正说得高兴，大海从外面满面春风地走进来，边走边乐呵呵地说："你们两个在聊什么呢？笑得这么开心，我在一楼就听见了。"陈红梅就把自己的想法和大海说了。大海听后，举双手赞成陈红梅的思路，还得意地说："我老婆就是厉害，现在她说的话我都不敢反对了，都是被她用事实教育出来的。"说得三个人哈哈大笑起来。

三人就这个话题又聊了一会儿，一人一句，讨论出了许多具体的方案。张倩看时间差不多了，告辞而去。大海马上召开紧急会议，准备设计，安排人手腾出一间厂房，把之前做布鞋的一批机器重新搬了出来，于是，生产布鞋的工作轰轰烈烈地再次拉开帷幕。

PART 9　　小满

小满

一

　　《金色年华》获得了国家级奖项。作为本市知名作家，张倩开始陷入了深深的思考。新作品应该以什么样的题材、怎样的故事才能扣人心弦，才能紧扣时代脉搏，反映出百姓的心声，得到读者的共鸣。

　　她开始静下心来整理自己几年来的创作成果，心情非常复杂。纸覆盖在纸上，一页又一页，像雪花堆积在时光的某个角落。一张张的稿纸，何止是创作的成果，更像是她成长的经历、心灵的旅程。多少个无眠之夜里，她把自己的故事一个个抽丝剥茧，只为托出一个圆满的故事。多少次她为主人公泪流成河，却又责备自己力不从心，无法为她笔下的主人公扼制住命运的咽喉。作家的能力多么渺小，哪怕是自己塑造的主人公，也很难掌握他们命运的流向。

　　她摸了摸桌子上静静躺着的奖状。曾几何时，当她看到别人拥有这些的时候，她何其羡慕，现在，在她手中握紧时，却没有了当初渴望得到时的那种快感。难道光阴换来的仅仅是这样一本躺在桌上的证书吗？难道一个人活着仅仅是一分一秒地重复和堆砌吗？难道回忆不过是让时间成形，让岁月形而上，让虚无缥缈的生活变成幻影吗？她仿佛站在时间的下游逆流而上，看见她用文字垒砌的堤坝堵住了时间的泛滥和奔涌。一切随水而去，留不住，再也留不住了。

　　黄昏的时候，张倩住处的门被敲响了。她走过去打开房门，没想到门口站着的是肖飞和辉辉。辉辉看见张倩，高兴得张开手臂喊着"妈妈"。张倩把儿子搂在怀里。作为母亲，孩子永远占据着她生活中最重要的部分。当着孩子的面，张倩默默地让开一条路，让父子俩进了屋子。肖飞坐在沙发上，环顾着这间陌生的屋子。

　　张倩和孩子说了一会儿话。肖飞对孩子说："辉辉，你到小区里找同

立潮人

学玩，我和妈妈说一会儿话。"

辉辉懂事地点了点头，就出门了。屋子里只剩下他们两个人，谁也不说话，都陷入了沉默。过了一会儿，肖飞首先打破沉默，说："我觉得我们夫妻之间有些话还是应该坐下来好好谈谈，毕竟有孩子，而且还有那么多年的感情，也不是说散就散的，这样下去对我们都不好。"

"有什么好说的呢？既然你都那样认为了，我还能用什么方式来向自己的丈夫证明自己的清白？对，我今天可以很坦诚地告诉你，在认识你之前，我是和余家兴好过，但那是我们都无法改变的历史。我供他读了4年的大学，那种感情，非常深沉。可以说，这么多年，除了当初的恋人关系，我们可能更像兄妹或者是亲人，彼此关心。但是肖飞，我要和你说，虽然在法律上我是你的妻子，但是你无权干涉我的个人生活。除了彼此尊重外，我们没有办法也没有必要限制对方。"

"我是没有权利限制你，可你见过哪个男人能容忍自己的妻子和情人偷偷约会？"肖飞再次反驳。听到这句话，张倩的心倏地凉了下去。她本来以为，他今天来到这里，应该是认识到了自己的错误，才会静下心来，想要夫妻之间好好谈一谈，没想到他竟然还是这样的观点。

张倩无奈地摇了摇头，苦笑了一下。她觉得，没有必要再把这个话题延续下去了。她说："既然如此，你回去吧，我们之间已经没有再谈的必要了。"

"你对这个家庭毫无留恋，执意要一意孤行是吧？"肖飞见妻子是如此态度，心里压抑的怒火再次升腾起来。他说："你敢向我保证这些年你们没有藕断丝连？没有背着我见过面？难道我说错了吗？"

"好的，肖飞，不管我们是不是藕断丝连或者是暗中约会，你都不需要干涉我。现在因为你是我的丈夫，所以我才坐下来和你平心静气地谈。但是如果你还是如此，那么请出去吧。"张倩的语气变得坚定起来。肖飞恶狠狠地看着她。她真的变了，不再是那个温顺的妻子，不再是那个软弱的母亲，时间会让人变得陌生。他看不到自己的表情，只将所有的错误归结到她的身上。很久，肖飞无奈地站了起来，走出房间。

半个多小时后，辉辉回到了这里。见父亲走了，辉辉有些胆怯地坐在沙发上，双手玩着衣服上的纽扣。看到孩子的样子，张倩一阵心疼。原来，孩子和母亲一段时间不见，居然会变得生分起来。毕竟孩子大了，有了自己的想法和主意。张倩心怀愧疚，走过去，轻轻拉着辉辉的手，对儿子说："辉辉，家里出了一些事，爸爸和妈妈暂时分开住。你要照顾好自己。不管结果如何，你永远是妈妈的好儿子，妈妈永远爱你，你要相信妈妈，好吗？"

辉辉不说话，只是咬着一下嘴唇。过了一会儿，他怯怯地抬起头来看着母亲，小声说："其实，我知道你和爸爸闹别扭，但是，辉辉没有做错什么，每天放学回到家，看不见妈妈，辉辉心里就会好难过、好害怕。"

说着，他哭了起来。张倩一边给孩子擦眼泪，一边安抚地摸着他的手，看着他委屈的眼神，没有想到，他内心居然有着这样的恐惧和无助，心里不觉一酸。辉辉又说："妈妈，要不我和你住，可以吗？我不想和爸爸住，他已经不是原来的爸爸了，每天就是喝酒、画画，我好害怕。"

张倩想了一会儿，说："可是妈妈这里离你们学校太远了，你上学不方便。妈妈平时也没有时间照顾你，要不你给妈妈几天时间，妈妈一定很快给你一个满意的答复。"

辉辉懂事地点了点头。张倩把买给儿子的衣服拿出来。儿子不像以前那样迫不及待地打开穿在身上，而是拿在手里，没心情去看。辉辉又坐了一会儿后，才起身离开。张倩看着孩子孤独的身影，心里五味杂陈。

恍惚间她想起了自己的母亲。是啊，哪个家庭不渴望幸福？哪个母亲愿意放弃自己的孩子？然而，我们单纯地渴望着幸福，却没有构建幸福的能力。有多少人，都不得不在命运的悲喜转换里疗愈此生。

此时，一部新的作品开始在她的心里酝酿。

二

人生有着若干次的偶然，当一个人回首往事的时候，可以带动回忆之轮转动起来的，往往也是这些偶然。它们会在暗中提醒，有时甚至会是善

立潮人

意的暗示。天亮了的时候,杨维维睁开睡意蒙眬的眼睛,便看到餐桌上一如往日的那杯温热的豆浆。她像猫一样在床上伸了个懒腰,然后灵活地滑下了床,穿着粉红色的睡裙,听着声音找到卫生间。孙绍东刚好在洗漱,听到声音也不回头,含了一口白沫子笑了笑。她从背后抱住了他,像一只柔软的猫那样,贴在他的后背上。

"你怎么总是起得这么早啊?我都还没有睡醒呢,你就准备好了。"她半眯着眼睛,一脸娇憨的样子,好奇地问心爱的男人。

"不早起,你能喝到那么新鲜的豆浆吗?小懒猫。"孙绍东转过身,抬手在她的鼻子上刮了一下。她的鼻子上留下一个小白点。孙绍东转身想离开卫生间,杨维维跟了出去。他又对她说:"你今天一定要去检查一下,不是说这几天有点头晕吗?还是检查一下为好。"

"不用,我自己就是医生,还能不知道吗?只是暂时还不想告诉你。"杨维维懒洋洋地拉长声音说,有意卖关子。说着,她把脸贴近孙绍东的脸,孙绍东便在她的嘴巴上亲了一口。"怎么会不告诉我?好吧,那我就不问,看你憋得了几天。"孙绍东呵呵笑着坐在她对面,看杨维维端起豆浆喝了一口。

"到底是怎么了?搞得这么神秘。"孙绍东终归不放心,停了一会儿,继续追问。杨维维走了过来,双手搭在他的肩上,下巴搭在他的肩膀上,贴着他的耳朵亲热地说:"告诉你,你可不要激动哦。我猜想啊,你可能很快就要当爸爸了。"

"啊,真的?"这个消息就像一枚炸弹,孙绍东被震得从椅子上弹了起来,然后用手轻轻摸了摸杨维维的肚子,轻声重复着,"我真的要当爸爸了?太神奇了!"他又在杨维维的脸上亲了一口,提醒她千万不要大意,今天一定要到医院做检查,听说孕妇都得建一本体检档案,可千万不能马虎了。

孙绍东激动地絮絮叨叨重复着,几乎忘记了对面站着的就是小有名气的杨维维医生。杨维维抓起桌子上的油条咬了一口,嚼着,不耐烦地说:"得了,得了,这些事情我都知道,你还是赶紧去上你的班吧,不用你操心。"孙绍东才走出门,又停下脚步,返回来在杨维维的脸上亲了一口,再次摸了摸她的肚子，哀求道："要不我今天休息，陪你到医院去做检查吧。"

"不用，不用，难道我对医院还没你熟悉？赶紧去上班。"杨维维命令道，边说边把孙绍东往门外推。送走孙绍东，她返回来边吃早餐边看着窗外。没想到这个小生命会这么快来到他们的生活里，好像已经迫不及待来参与她的幸福了。甜蜜的爱情让杨维维尝到了生活的幸福，也更让她懂得去珍惜身边的爱人。人生中的许多事情是必然也是偶然，就像孩子的到来，猝不及防的时候，已经成了事实。

医院里，杨维维坐在候诊室门口等待着叫号，突然看到一个熟悉的身影。杨维维赶紧追了出去。原来是大学时候的一个女同学，自从毕业以后，再也没有见过。杨维维赶紧叫住了她。在交谈中才得知，这位同学是过来这边医院交流学习的，刚来没几天，两人就遇上了。

同学给杨维维做了检查，告诉她一切正常，又说了一些注意事项。两人走到医院门口的时候，女同学突然停下脚步，对她说："你之后没有再和教授联系过吧？"

杨维维摇了摇头，说："大家的生活好不容易平静了，何必相互打扰？再说了，联系又有什么意思。我被学校开除后就回家了，工作一直受到影响，不得已自己开了个诊所，还好，现在养活自己不成问题。现在想想，那时候真是年轻，做了蠢事，或许这就是年轻的见证吧。"

"你知道吗？你走了以后，教授跟着他老婆回了农村。因为在校的时候，他对同学都很关心，我们很想念他，同学们就约着去看了他一次。他的生活并不如意，在农村，生活过得很清苦，开了个小诊所，只能是勉强度日，和在学校时比，就像完全变了一个人。"

"是吗？"杨维维听到同学这么说，眼前仿佛出现了教授的样子。他年轻时非常讲究，无论服饰还是品位，说话时和风细雨，不知道他后半生将会在怎样的一种心境下度过。

"去年，我听一个同学说，他过世了，走的时候还不满60岁。其实不算老，可能是心死了。听说病了很长一段时间，坚决不肯去医院治疗，就那样在家里拖着，直到过世。"女同学见杨维维听得认真，便继续说，

立潮人

"他原来有个儿子，因为他之前和老婆闹过离婚，他儿子就一直不肯原谅他，也不肯认他。直到他死了以后，他儿子也没出现，仔细想想，这样的人生够可怜的。"

"他真的走了？"杨维维在心里重复着这句话。她没想到，他已经离开了这个人世。当她还活在阳光下，享受着每天的阳光，当她正享受着爱情的滋味时，他却已经长眠于黄土之下。

告别了女同学，杨维维一个人往家走。路上来来往往的行人从她的身边走过，她像一条鱼一样，游动在人群里。她伸手摸了摸腹中的小生命，想起了教授。这一刻，她真的是非常想念他，想念他曾经在她的青春里，留下了那么一道温柔的影子，想起了有他陪伴的那些灰暗的日子。如果说昨天还有那么一点点恨的话，现在已经完全烟消云散了，留下的，只有过往的那些记忆和这令人唏嘘的命运。

天黑了，街边的路灯亮了起来，橘红色的光束穿透稀疏的树枝，照射在新铺的柏油马路上。街道整洁，人影绰绰，万家灯火，她伸手抻了抻衣摆，继续朝前走去，那是她回家的路。

三

市文联举办了一次颁奖大会，会上，被评为优秀作家的张倩代表全市创作者发言。在聚灯光的照耀下，张倩落落大方地走到舞台中间，她身着一袭苍青色长裙，红色的长围巾搭配一双最近比较流行的红色绣花方跟鞋，一头卷曲的长发，显得优雅而端庄。由于预先打好了腹稿，而且许多话已经酝酿已久，此时讲起话来出口成章。她温和的声音如春风拂面，与众不同的气质令在场的每一个人都为之钦佩。

台下，余家兴一直默默注视着她。作为市领导，他受邀参加了这次颁奖礼。虽然在来之前，他就预料到会遇见张倩，内心有种隐隐的期待，但是，当真实的张倩站在他的面前时，他还是有一种梦幻般的感觉。随着年龄的增长，随着阅历的增加，随着身边的人越来越多，而能够相知的却越来越少。张倩似乎成了他内心深处一个温暖的符号。尽管他清楚，这种爱渺茫而虚弱，但是，人生苦短，哪能事事周全，只要能够远远地看着她，知道世间还有这么一个人，他的心中便会生出一种安慰和力量。

余家兴是在昨天和大海共进晚餐的时候，才从大海那里听说了张倩和肖飞闹矛盾的事，他不知道他们闹矛盾的真正原因，只简单听说张倩心灰意冷，一个人搬到了外面住，而且辞去了工作。听到这个消息，余家兴有所预感，默默为她担心。他想帮她，却又束手无策。但是，今天，当他看到张倩站在舞台中央，自信又从容地讲话，恍惚间，他想起了杨维维对他说过的那句话：张倩变了，她变得坚强又勇敢，充满了自信。现在，他亲眼看到了，杨维维所说的话得到了验证。

颁奖会结束，张倩走出会议室，看到余家兴已经开着车门在等着。张倩微笑着和他打招呼。他说要送她，张倩没有客气，拉开车门坐了进去。余家兴发动车子，很快驶上了马路。

他不问她去哪儿，她也没有说，汽车就这样漫无目的地穿过城市的街道，驶到了郊外。

黑哨山，少年时他们曾经来过。那一次青春的出逃，永远都是一段美好的回忆，仿佛隐匿于城市之外，只为尘封一些年少时的秘密和心事。青青的松树林拥有千年不变的色彩，清澈的河水缓缓流向远方，河中的水草仿佛修长的衣袂，一路随水飘摇。河边有一棵大叶榕，有鸟停在树上唱歌。大叶榕为草地遮出一片阴凉，两人便来到这棵大树下，席地而坐。

每日忙碌于生活和创作，张倩已经很长时间没有享受过这种大自然特有的安宁了。原来，人类本来就应该属于自然，只有在自然中，人才会找到久违的安全感和归属感，才会发现另外一个深藏于灵魂的更真实的自我。聆听着水流的声音，她发现，原来，多么美好的年华就这样被生活琐碎所浪费。她看着天空中的朵朵白云，像羊群从天空飘过，不禁心生感叹："要是我能做个牧羊女该多好，隐居于世外，不必整日为生活而奔波。"

立潮人

　　余家兴目光落在河水深处，听她说话，仿佛在听她朗诵一段诗歌，只是句句道出生活的酸涩和苦楚。

　　他们就这样安静地坐着，不再是初恋的情侣，而是多年的知音。他们已经熟悉到了不需要语言，却已经明了对方的心事。

　　"不知不觉就二十年了，这么一个漫长的过程，仿佛仅仅只是弹指一挥间，现在想起来，昨天还犹在眼前。我不会说什么花言巧语，当然，你我之间，也没有那个必要。张倩，你一直是我生命中珍惜的人，不管以后如何，这份感情我都会珍惜。这辈子，只要你有需要，我都会在你身边。"余家兴边说边侧脸看着张倩。张倩仰头看着天空。她脸部的轮廓，被蓝天映衬得清晰明朗。他想起了那年，两人走在山上时她的背影。青春多么美好，就像是一首朴素的小诗，被牢牢记在了人生的日记本上，经年而持久。

　　"我之前只是一个农民的儿子，如果没有遇到你，我想象不出今天会是怎样的生活，我的生命因为遇见你而发生了改变，我对你的感情也从来没有变过，随着日子的增长，一天比一天弥足珍贵，因为生活中，我再也遇不到一个可以代替你的人。"余家兴真诚地说。

　　他的话令她动容，但她还是坚决地摇了摇头，表示拒绝。她知道现实和梦境的区别，不会再有人可以轻易打开她的内心世界。不是她冷若冰霜，不懂得情趣和浪漫，而是现实教会了她，浪漫不过是红尘一笑，而现实往往是西门吹雪利剑上的那点薄雪。

　　"我有自己的家庭，我得对自己的生活负责。林梦很好，适合你。实际上我们当初的爱情，也谈不上爱情，只是因为初恋纯洁，经年之后更觉美好。因为得不到，而在心里美化了。如果真的进入了柴米油盐的生活，或许我们同样会让彼此失望，不如把这份美好永远留在心里，谁都不要破坏它。"张倩说。

　　听她这么说，余家兴有些激动。他想反驳。他抓住张倩的肩膀，坚决地说："不可能，这份感情在我心里珍藏了那么多年，你以为我没有反复思考过吗？正是因为值得，所以我才珍惜。嫁给我，我不会让你失望。我会对你好，一辈子对你好。"余家兴急切地说着。他想用所有能够想到的语言来证明自己。

张倩的目光如河水般清澈，她默默地看着余家兴。曾几何时，他也曾经占据过她青春时的美梦，如今，他比当年更成熟、更优秀，是她所期待的。可是，最终张倩还是摇了摇头。她轻轻推开他的手，对他说："不可能了，属于我们的，早在二十年前结束了。"她把目光投向那条蜿蜒的河流，接着说，"时间就像这条河流一样，一去不复返，而你和我已经属于昨天。"

说着，张倩站起了身，对余家兴说："走吧，时间差不多了。"她掸了掸身上的灰尘。他默默看着她。他始终读不懂她，这么多年了，她在他的心里，始终是一个美丽的影子，总是那么美好，又那么容易破碎。

汽车发动了，这对逃离城市的人，带着最初的平静，重新归位于城市，归位于他们原来的生活。

四

新的一批绣花鞋上市了，并且很快进入上海时装周。这个令人振奋的消息令人备受鼓舞，原来，世间的所有奇迹都是平常人创造的，而神话就存在于普通人群中。

陈红梅正在收看电视新闻，刚好张倩来到鞋厂，她起身关了电视。两人准备到外面庆祝一下，又打电话约了杨维维。此时杨维维正在诊所忙得不可开交，听到消息，还是高兴地满口答应了。很快，三人在一家小餐厅里见面。

刚点好了菜，张倩正要倒酒，陈红梅的大哥大响了起来。她拿起电话，看到来电显示是肖飞，把目光投向张倩。张倩不明所以。陈红梅便接听了电话。电话接通，肖飞在电话里说："你和张倩在一起吗？她母亲出了车祸，情况很危急，已经送到了医院。你一定要想办法转告她。"

"很严重吗？"听到这个消息，陈红梅被吓到了。

"很严重，事情来得突然，她父亲吓坏了。医院发了病危通知书，可能时间不多了，让她赶紧到医院看最后一眼吧。"肖飞说。

"好的，我刚好和张倩在一起，我们马上赶到医院。"陈红梅答应着，赶紧把大致情况告诉了张倩，三人急急忙忙打车赶往医院。

一路上，张倩焦急地看着窗外。这个消息仿佛晴天霹雳。她心里回响着一句话：子欲养而亲不待。生命何其短暂，还有那么多的意外和偶然。这么多年来，虽然母亲回到了父亲身边，而张倩自己也有了家，平时很少回去看望他们。每次见到母亲，似乎也没什么好说的。她总是避免单独和母亲见面，有时候看得出母亲想和她说话，她便设法避开，母女俩始终如同陌路。

现在这个突然而来的噩耗，使张倩陷入了深深的恐慌之中。她的双手一直在不停地颤抖。杨维维坐在她的身边，紧紧握着她的手安慰："没事的，医生都会尽力的。"

眼看就快到医院了，汽车遇到了红灯。张倩突然打开车门，向着医院的方向疯狂奔跑而去，此时此刻，对她来说，每一分钟都那么宝贵，生怕有些话还来不及说出口，生怕老天不肯多给她一分钟的时间。她巴不得一下子飞到母亲的身边，陪伴她走完最后的路程。

她边跑边哭，那些断片的记忆此时却清晰起来。她想起去看望父母时，母亲总是做好一桌子的饭菜等着她。她总能记住女儿爱吃什么，除了母亲，这世上还有什么人会用那种期待的眼神等她回家？她想起每次自己冷着脸的时候，母亲那怯怯的眼神，那是一个母亲对孩子始终无法弥补的愧疚。现在自己身为母亲，真正理解了母亲众多的苦楚。但是，这对骨血相连的母女，却始终亲热不起来。

急救室的灯亮着，母亲还在里面，经历着生死考验。当婴儿哇哇啼哭着挣脱母体的那一刻，命运就将他们分割成两个独立的个体，这也注定了随着各自命运的流转，最终会经历别离。

张倩走到父亲身边，紧紧搂着父亲瘦弱的肩膀。她发现，曾高大伟岸的父亲如今竟变得如此瘦弱老迈。她轻声安慰着父亲："爸，没事的，不会有事的。"

父亲流出了两行热泪，突然用沧桑的声音对张倩说："她这一生真的不容易，她太苦了，你原谅她吧。她最大的愿望就是有生之年你能叫她一声妈，现在，她要走了，你给她一个安慰，叫她一声吧。"

抑制不住的泪水再一次夺眶而出，她对父亲解释道："其实我早就没恨她了，也没怨她了。"两个人说话的时候，抢救室的门开了，医生走了出来，对他们说道："时间可能不多了，你们去见个面吧。"

张倩搀扶着父亲走进了病房，看到母亲躺在病床上，她变得那么小、那么瘦弱。昨天还健健康康的一个人，今天再见到时，连呼吸都已经很困难，生命何等的脆弱。父亲拉着母亲的手，两个人相看无言，目光中纵使有千言万语，都不能再一一说出了。这一生的陪伴，也即将结束，再多的爱恨，究竟是谁欠了谁，又是谁负了谁，谁也不会去计较了。

此生足矣，来世随缘。

母亲看到了张倩，向她伸出了手。张倩走过去，母女二人的手，紧紧地握在一起。她轻声喊了一声："妈。"那声音在房间内回荡着，仿佛3岁那年，她走失在街口，对着陌生的人群大声地呼唤。多少年来，这声"妈"在她心里徘徊着，纠结而沉闷，现在终于脱口而出。一行泪水沿着母亲的脸颊滑了下来。张倩看着母亲，也是泪流满面。

此时此刻，她有许多的话想要和母亲说，却如鲠在喉。母亲的呼吸渐渐微弱，她看着张倩，目光变得模糊，最后，吐出了几个字："妈妈对不起你。"

3天后，在殡仪馆里举行母亲的遗体告别仪式，到场的人很多，有认识的，也有不认识的。直到这一天，张倩才知道，原来，一直瘦弱少言的母亲在这个城市有多大的影响力，许多老艺术家纷纷前来，他们流着泪向母亲告别。一位老艺术家对张倩说道："你母亲当年唱的歌，曾经是我们这一代人的青春记忆。那时候我们没有录音机和收音机，最大的快乐就是到老戏台，听你母亲唱歌。她的声音多动听啊。可惜了，那么好的人，如今，走了，我们这一代人的一生，也就基本上算结束了。"

这位老人停了一会儿，看了看张倩，说："你可真像你母亲年轻的时

立潮人

候啊，完全就是一个模样。"张倩轻轻擦去眼角的泪水。血缘关系多么神奇，母亲走了，可是她的血液在女儿的身体里流淌着、延续着，她们在长久的岁月长河里，活成了对方的影子。

肖飞始终陪伴在妻子身边。此时此刻，他依旧是妻子最有力的依靠。他们一起接受前来吊唁的人的问候，也向前来告别的人行礼致敬。当张倩累了的时候，也会将无助的手指放入他的十指间寻求依靠。

五

小满时节，雨量增多，天空灰蒙蒙地飘着雨丝，落尘的街道经雨水的冲洗，竟然通透明亮起来。咖啡馆的临窗之下，三个女人坐在那里，她们侧目看着窗外潮湿的天空。一盏新茶刚刚斟满，温润的茶色，入喉有着淡淡的苦香。回忆往事，半生的记忆浮了上来。

"不知不觉，又是一年小满时节，似水的年华，留不住的人。"她说。

"我喜欢'小满'这个词，多好啊。大满太盛，盛则溢，不如小满，一切刚好，不亏不盈。人生，若是处处小满，便也知足了。"她说。

"小满，应该就是小别离之后的小团圆吧。"她说。

"我们这一生，经历过许多次的潮起潮落，虽不能立于潮头之上，但波翻浪涌中好歹有自己的位置和归属，虽然一生漂泊，但至少心里还存留有一点点梦想，还懂得坚守和坚持，或许这也算是生命的小满了。"她的声音，浸着窗外的雨声，潮湿而具有韧性。

时间静止下来，窗外，瓦当上的滴水把窗台浸湿了，落雨的天空，如路人的眼神般灰暗而沉静。咖啡屋里的音响，传来一首老歌。她们静了下来，任熟悉的旋律在空间里慢慢游走。

明月几时有,把酒问青天。
不知天上宫阙,今夕是何年。
我欲乘风归去,唯恐琼楼玉宇,高处不胜寒。
起舞弄清影,何似在人间。
转朱阁,低绮户,照无眠。
不应有恨,何事长向别时圆?
人有悲欢离合,月有阴晴圆缺,
此事古难全。但愿人长久,千里共婵娟。